Robert Pucher

Rattenfalle

Kriminalroman

Prolibris Verlag

Handlung und Figuren entspringen der Phantasie. Eventuelle Übereinstimmungen mit lebenden oder verstorbenen Personen wären zufällig und nicht beabsichtigt.

Originalausgabe 1. Auflage 2007

Tel.: 0561/766 449 0, Fax: 0561/766 449 29

Lektorat: Anette Kleszcz-Wagner
Titelfoto: fotodesign hufnagel
Druck: Fuldaer Verlagsanstalt
ISBN: 978-3-935263-53-5

www.prolibris-verlag.de

Dankeschön

Andrea und Regina
für unermüdliche Fehlersuche

Anne
für Ideen, Einwände
und fruchtbare Diskussionen

Prolog

Saujud, stand auf dem Wisch, *deine Tage sind gezählt! Mach dich auf etwas gefasst! Wir schnappen dich, wo immer du dich verkriechst.*

Das übliche hirnlose Gewäsch unter einem dreidimensional gezeichneten Hakenkreuz. Wüste Beschimpfungen und Drohungen, die er längst in- und auswendig kannte. Dann war noch von Eliminierung rassenfremder Elemente die Rede, von gerechtem Volkszorn und dergleichen mehr. Unterzeichnet war der ganze Mist mit *Treue Heimatfront,* daneben prangte ein weiteres Hakenkreuz, aufgestempelt diesmal, als könnte es nie genug davon geben.

Ippstein legte das Blatt zurück auf den Schreibtisch. Es war nicht das erste Schreiben dieser Art, das in den vergangenen Wochen bei ihm zu Hause eingetrudelt war. Ganz abgesehen von den dubiosen Anrufen in der Firma. Das Ungeziefer war nicht auszumerzen. Es kam wieder aus seinen Löchern gekrochen. Eine Generation zeugte die nächste und schon stand der Nachwuchs bereit. Mit Schnürstiefeln und kahl geschorenem Kopf, die rechte Hand zum deutschen Gruß erhoben.

Er wusste, was das Gesindel auf den Plan gerufen hatte. Die angestrebte Übernahme von Lorelei-Bräu, die Ippstein-Bier schlagartig zum größten Brauereiunternehmen des Landes machen würde. Deutsches Bier in Judenhand. Das schien gewissen Kreisen nicht zu schmecken.

Die Fusion mit dem alteingesessenen Unternehmen sollte sein letzter großer Coup werden. Zum 300-jährigen Firmenjubiläum, bevor er sich in den Ruhestand zurückziehen und sich vermehrt seinen eigentlichen Leidenschaften widmen wollte. Der Hochseefischerei, der Jagd. Das Brauereigeschäft hatte längst seinen Reiz verloren. Verantwortungsbewusstsein und Verbundenheit mit der Familientradition waren es gewesen, die ihn dazu bewogen hatten, die Firma nicht schon früher aus der Hand zu geben.

Die Zeit war reif für einen Wechsel. Dr. Westland, der bisherige kaufmännische Leiter, stellte als neuer Vorstandsvorsitzender zweifellos die beste Lösung dar. Vielleicht auch deswegen, weil sich eine andere Variante gar nicht anbot, ohne an Heineken oder sonst wen zu verkaufen.

Lisa, ja Lisa wäre sofort und mit Begeisterung ins Unternehmen eingestiegen, hätte den Laden mit Feuereifer an sich gerissen. Was Geschäftsideen anbelangte, zeigte sie bekanntlich jede Menge Fantasie, doch bedauerlicherweise hatte sie die Sorglosigkeit und den Übermut ihrer Mutter geerbt. Diese unbekümmerte Leichtigkeit, diese erschreckende Spontaneität, mit der sie zwar die skurrilsten Ideen in die Welt setzte, aber keine davon zu Ende führte. Was hatte sie in ihrem Übereifer nicht schon alles angefangen?

Mit einer Mischung aus Schrecken und Amüsement erinnerte sich Ippstein an den Frisiersalon in der Singerstraße, den sie seinerzeit eröffnet hatte, um dem Retro-Look zu huldigen.

»Alle wollen das jetzt. Das ist voll trendy!«, hatte die Jungunternehmerin eifrig beteuert und stolz ihren Slogan präsentiert. *Frisuren wie vor zwanzig Jahren, zu Preisen von heute!*

Ach, Gott. Oder damals, als sie den Schweber erfand, einen Helium gefüllten Rucksack, der das Tragen erheblich erleichtern sollte. Dass die Gasblase den gesamten Innenraum des Gepäckstücks in Anspruch nahm, sodass nichts anderes mehr reinpasste, bemerkte sie erst, als die ersten 2000 Stück vom Hersteller angeliefert wurden. Doch es wäre nicht Lisa gewesen, hätte sie sich von solchen Kinkerlitzchen entmutigen lassen. Schon kurz nach jeder ihrer absehbaren Pleiten stand sie wieder da, um mit einem unwiderstehlichen Augenaufschlag zu verkünden:

»Papiii, ich hätte da eine Superidee! Die bringt's garantiert. Diesmal klappt's, das schwör ich dir. Es ist nur so, ich bräuchte …«

Und Ippstein unterschrieb einmal mehr, entgegen jeder Vernunft, einen Überweisungsauftrag. Was soll's?, dachte er sich. Lisa war sein einziges Kind. Sie sollte ihren Spaß haben. Jenen Spaß, der ihm stets versagt geblieben war. Abgesehen davon hielt er sie mit seinen Zuwendungen vom Ippstein-Imperium fern, das sie nach dreihundertjähriger Blüte vermutlich in nur wenigen Wochen in den Ruin getrieben hätte.

Als er ihr in einem langen, betont behutsam geführten Gespräch klargemacht hatte, dass er Dr. Westland als Nachfolger bestimmt habe, reagierte sie sehr beleidigt. Er traue ihr nichts zu, warf sie ihm vor. Er, der eigene Vater, halte sie für eine Versagerin. Wenn ihre Mutter das wüsste, die würde sich im Grabe umdrehen. Dabei habe sie sich so darauf gefreut, in seine Fußstapfen zu treten.

Darauf gefreut! Das war typisch Lisa. Für sie schien alles nur ein Spiel zu sein. Was stellte sie sich vor? Den Vorsitz eines Konzerns übernahm man nicht aus Spaß an der Freude. Auf Verantwortungsbewusstsein kam es an, auf Verlässlichkeit, auf Ernsthaftigkeit ... Auf all jene Eigenschaften, die sie nie besessen hatte.

Fuchsteufelswild war sie abgerauscht, wie ein zorniges Kind, mit Tränen in den Augen und bebendem Kinn, hatte wochenlang nichts von sich hören lassen. Bis kurz vor Weihnachten, da war sie plötzlich aus der Versenkung aufgetaucht. Natürlich mit einer neuen Idee. Sie sehe sich nach einem Haus um, hatte sie ihm mitgeteilt. Irgendwo im Grünen. Das Leben in der Stadt sei ihr zu langweilig. Ein Bauernhof wäre super, mit ganz vielen Tieren.

Ja, und den sollte sie bekommen! Mit Kühen, Schafen, Schweinen, mit allem, was dazugehörte. Und wenn sie bei der Auswahl des richtigen Objekts seine Hilfe brauche, solle sie nicht zögern, ihn zu Rate zu ziehen, hatte er ihr angeboten.

Ippstein liebte seine Tochter. Er wollte sie glücklich sehen, in Sicherheit und wohl behütet. Genau darum hatte er ihr nichts von dieser *Treuen Heimatfront* erzählt. Ewig gestrige Spinner waren das, die sich einen üblen Scherz erlaubten. Lisa sollte sich deswegen keine Sorgen machen müssen.

Entschlossen ließ er den Briefbogen in den Reißwolf gleiten. Ein leises Surren – und zahllose Schnipsel raschelten in den Papierkorb.

Er knipste die Schreibtischlampe aus und öffnete das Fenster. Eiskalte Luft strömte herein. Gegenüber in Beinholtz' Villa herrschte wieder einmal Festbeleuchtung. Seit die junge Reichenbach dort eingezogen war, ging es drunter und drüber. Immer wieder zeichneten sich seltsame Schattenrisse am großen Panoramafenster ab. So wie jetzt. Schattenrisse, die auf mysteriöse Vorgänge hindeuteten und von gedämpften Schreien begleitet wurden, die irgendwo zwischen Schmerz und Lust lagen.

Ippstein kannte Simone, seit sie ein kleines Mädchen gewesen war. Sie hatte mit ihrer Familie in der Gentzgasse gewohnt. Im selben Altbau wie er, bevor er nach dem Tod seiner Eltern in die Familienvilla gezogen war. Die jetzige Kriminalbeamtin war schon damals ein wenig eigen gewesen, fand er. Übertrieben ernsthaft und ausgesprochen zielstrebig für ein Kind. Das genaue Gegenteil von Lisa.

Fröstelnd schloss er das Fenster und wandte sich ab. Was bei Beinholtz passierte, ging ihn nichts an. Ippstein war ein guter Nachbar. Er kümmerte sich nicht um anderer Leute Privatangelegenheiten. Die waren sozusagen nicht sein Bier.

*

Es roch nach Schnee. Simone zog bibbernd den Kopf ein. Wie eine Schildkröte, der Gefahr drohte. Binnen weniger Stunden war es spürbar kälter geworden. Das untypische frühlingshafte Wetter, das die Menschen vor und während der Weihnachtsfeiertage noch nervöser und aggressiver gemacht hatte, als ihr absurder Kaufrausch und die lästigen Verwandtschaftsbesuche je dazu im Stande gewesen wären, war nun vorüber. Der Wind hatte auf Nordost gedreht und beförderte eisige Luftmassen über Wien.

Die Hände tief in den Manteltaschen vergraben stand sie auf der Terrasse und starrte hinunter, auf die glitzernden Lichter der Stadt. Ein eigenartiges Gefühl beschlich sie. Eine Mischung aus Nervosität, Heißhunger, Vorfreude und einer Prise verhaltenem Zweifel. Vielleicht lag es gerade an diesem besonderen Abend, dass ihr die bevorstehende Wende in ihrem Leben so richtig bewusst wurde. Jetzt erst und viel zu spät, wie ihr schien. Die Würfel waren längst gefallen, und sie hatte sie selbst geworfen. Es gab kein Zurück. Zumindest nicht ohne damit eine Lawine an Komplikationen loszutreten. Und das machte ihr ein bisschen Angst.

Nein, sie müsse es positiv sehen, forderte sie sich auf. Ihre bevorstehende Heirat nämlich, und dass ihr bisheriges Leben völlig umgekrempelt würde. Nach all den haarsträubenden Beziehungen in ihrer Vergangenheit war Rudolf M. Beinholtz das Beste, das ihr passieren konnte. Der Mann war etwas Exquisites! So behutsam, wie er mit ihr umging, und so forsch, wie er mit sich umgehen ließ. Da passte alles zusammen. In ihn, den stattlichen, charmanten und eloquenten Verleger, der nicht nur als exzellenter Liebhaber punktete, sondern auch als Vorzeigepartner, hatte sie sich ebenso auf den ersten Blick verliebt, wie in seine atemberaubende Villa hier oben am Wilhelminenberg. Und auf die würde sie nur noch ungern verzichten.

Gedämpftes Böllerkrachen tönte aus der Stadt zu ihr herauf. Hie und da zerschnitt eine Rakete den pechschwarzen Nachthimmel und ließ bunte Sterne regnen. Bald war dieses Jahr vorüber. Ein Jahr, das so ereignisreich verlaufen war, wie kein anderes zuvor. Fast hätte die Tragödie um ihren Bruder auch sie um den Verstand gebracht. Armer Daniel! Ob er jemals wieder arbeiten könnte? Als Literat. So, wie er es sich immer vorgestellt hatte.

Sechs Monate waren seit seinem Zusammenbruch verstrichen. Sechs Monate, in denen Psychiater und Therapeuten auf der Baumgartner Höhe alles Menschenmögliche unternommen hatten, um aus dem völlig verstörten, apathischen Häufchen Elend wieder ein passables Mitglied der Gesellschaft zu machen.

Mit Erfolg, wie es schien. Und genau das machte ihr Angst. Wenn Daniel erst einmal draußen war, hatte sie ihn unwiderruflich am Hals. Wer sonst, außer ihr, sollte sich um ihn kümmern und seine Spinnereien und bizarren Einfälle ertragen?

»Scheiße!«, fluchte sie und putzte sich die Nase. Daniel würde einen großen schwarzen Fleck in ihre rosige Zukunft patzen.

»Kommst du mit hinein, Liebling?«, fragte Rudolf M. Beinholtz. Plötzlich stand er hinter ihr und legte seine Hände zärtlich auf ihre Schultern. »Noch zwei Minuten bis Mitternacht. Lass uns anstoßen. Auf uns, auf, hm, du weißt schon.«

Sie sah ihn nicht an, biss die Zähne zusammen und schlich mit verschränkten Armen neben ihm her.

Während unzählige Feuerwerkskörper den Himmel bemalten, stierte sie finster zur Terrassentür hinaus. Tränen kullerten über ihre Wangen. Bunt war das, unerträglich bunt!

Der Korken des Dom Pérignon verfehlte ihr linkes Ohr nur um Millimeter.

»Upps«, sagte Rudolf.

1

»Und wegen dem Scheiß holst du mich um diese Zeit aus dem Bett?« Ludwig Kuhsteiger, genannt der Ochs, hatte Mühe, seine roten, verschwollenen Augen offen zu halten. »Bist du noch zu retten?« Dann griff er nach dem Bier, das der Kellner vor ihm abgestellt hatte, und schüttete es in einem Zug hinunter.

Peter Tenker sah mit gespielter Unschuld auf seine Uhr. »Verzeihung, aber es ist längst Mittag vorbei. Prosit Neujahr übrigens«, grinste er.

Er stand unter Zeitdruck. Ihm drohte das Geld auszugehen. Deshalb hatte er es mit dem Treffen so eilig gehabt und seinen Kumpel ins Café Schollmann gebeten. Ihm war nach einer beruflichen Veränderung zumute. Im Klartext hieß das, nach einem Intermezzo in der Legalität zu alten Gewohnheiten zurückzukehren.

»Der Plan ist todsicher«, zischte er verschwörerisch und rührte bedächtig in seinem Großen Braunen.

»Wenn du meinst, dass wir dabei draufgehen, Herr Peter, stimme ich dir zu.«

»Aber nein!«, entfuhr es Tenker eine Spur zu laut. Besorgt sah er sich um. Doch die wenigen Gäste, die das Lokal frequentierten, schienen allesamt mit ihrem angeschlagenen Allgemeinzustand beschäftigt zu sein. »Wenn ich dir sage, dass nichts schiefgehen kann, dann ist das auch so!«

Kuhsteiger fuhr sich nachdenklich über die Bartstoppeln. Sie knisterten. »Du hast lange nichts von dir hören lassen«, stellte er mit rauer Stimme fest. »Im Häfen warst du jedenfalls nicht. Das wäre mir zu Ohren gekommen.«

»Ach«, wehrte Tenker rasch ab. »Ich war anderweitig beschäftigt. Nicht so wichtig.« Was er wirklich getan hatte, ging keine Menschenseele etwas an. Vor allem der Ochs brauchte nicht zu erfahren, dass er in den letzten Jahren vier Romane veröffentlicht hatte. Autobiographisches Zeug, Insiderwissen aus dem Rotlichtmilieu. So mancher aus der Szene wäre nicht gut auf ihn zu sprechen gewesen, hätte Tenker seine Tarnung, sprich sein Pseudonym auffliegen lassen.

»Und was ist aus dieser *Beschäftigung* geworden?«, bohrte Kuhsteiger.

»Eine lange Geschichte … Jedenfalls ist sie vorbei.« Zwangsläufig, fügte er gedanklich hinzu. »Pass auf, Ochs, willst du einen Haufen Kohle machen oder nicht?« Tenker kniff die Augen zusammen und fixierte sein Gegenüber. Kuhsteiger war ein kleiner untersetzter Kerl mit einem aufgeschwemmten, pausbäckigen Bauerngesicht und blau geäderter Knollennase. Man hatte gewisse Vorstellungen, wie einer seiner Vorfahren vor Hunderten von Jahren zu diesem Namen gekommen war. »Nun? Ich höre?«

»Ich mache jeden Tag einen größeren Haufen Geld, als ich scheiße!«, kam ein Knurren als Antwort.

»Wach auf! Ich spreche von Millionen!«

»Ja, sicher! Vorausgesetzt, es funktioniert so, wie du es dir vorstellst.« Unbeeindruckt orderte der Ochs ein weiteres Bier. Sein drittes. Eine recht passable Leistung, wenn man bedachte, dass es erst dreiviertel eins war.

»Wenn du Schiss hast, ziehe ich die Sache eben alleine durch.«

Dem Ochsen entkam ein Rülpser und der säuerliche Duft von Magensäure wehte über den Tisch. »Jetzt stell einmal die Lauscher auf, Herr Peter. Als Zuhälter gehst du gerade noch durch, und keiner hat mit so viel Geschick Zigarettenautomaten geknackt wie du, aber eine Entführung … Ha! Glaube mir, das ist eine Nummer zu groß für dich.«

»Leiser, verflucht!« Tenker hob beschwörend seine Arme. »Der Kellner braucht das wirklich nicht zu wissen. Hör zu, der Mann ist knapp siebzig, eine leichte Beute. Wir schnappen ihn vor seiner Villa, und ab geht die Post!«

»Den Kellner?« Kuhsteiger grinste boshaft.

Allmählich verlor Tenker die Geduld. Hätte er geahnt, auf solches Desinteresse zu stoßen, wäre er von vornherein an einen verständnisvolleren Partner herangetreten. An Charlie Wimbacher zum Beispiel. Der war bekannt als Förderer begabter Nachwuchstalente. »Der Typ ist stinkreich!«, startete er einen neuen Anlauf. »Da ist was zu holen, das ist *die* Chance ein für alle Mal auszusorgen!«

»Der Typ ist aber auch bekannt«, gab der Ochs zu bedenken. »Die Aktion wird einiges Aufsehen erregen. Wer sagt, dass er keine Leibwächter hat, keinen Chauffeur, der ihn begleitet? Ein Mann in seiner Position. Also ich an seiner Stelle …«

Tenker rollte verzweifelt mit den Augen. »Wie oft muss ich es dir noch sagen? Ich habe Ippstein lange genug beobachtet. Er wohnt alleine in seiner Villa am Wilhelminenberg. Seine Frau ist vor Jahren gestorben, und seine Tochter lässt sich nur selten blicken. Jeden Morgen, genau um halb acht, verlässt er das Haus und fährt in die Firmenzentrale am Opernring, noch lange bevor die Haushälterin antanzt. Wir brauchen nur zu warten, und wenn er aufkreuzt …«

»… scheißt du dich an. Dabei kommt der schwierigste Teil erst zum Schluss. Wie hast du dir die Geldübergabe vorgestellt?«

»Null Problemo. Während du von seiner Tochter abkassierst, beaufsichtige ich Ippstein im Versteck. Sobald du die Kohle hast und sicher bist, dass dir niemand folgt, gibst du Bescheid. Ich lasse den Kerl laufen und wir setzen uns ab.«

Kuhsteiger nahm einen großen Schluck Bier und rülpste einmal mehr. »Mir gefällt das nicht. Ganz und gar nicht! Ich meine, während ich das Risiko trage, mit der Polizei und so, sitzt du im sicheren Nest und drehst Daumen. Hm, nein, vergiss es!«

»Dann lass es eben!« Tenker hatte die Nase voll. Verärgert sprang er auf. »Bleib bei deinen billigen Huren und werde glücklich!«

»Wir machen es umgekehrt, Herr Peter«, entschied Kuhsteiger.

»Was meinst du?«

»*Du* holst die Kohle und *ich* bewache Ippstein.«

Tenkers graue Zellen kamen in Bewegung. Auf seinen Lippen wuchs ein zartes Lächeln. Die kleine Änderung, die der Ochs vorgeschlagen hatte, gefiel ihm. Sie brachte ihn auf eine fabelhafte Idee. Der Rollentausch würde seinen Part zwar gefährlicher, aber dafür auch wesentlich rentabler machen. Wenn er erst einmal das Lösegeld abkassiert hatte, sollte sein Kompagnon nie wieder etwas von ihm hören.

»Einverstanden«, sagte er und nahm wieder Platz.

»Apropos Versteck«, grunzte Kuhsteiger. »Wo willst du den Typen eigentlich unterbringen?«

*

Für Bezirksinspektor Kurt Doppler begann das neue Jahr, wie das alte geendet hatte. Mit der Arschkarte. Dienst am Neujahrstag oder acht ereignislose Stunden, die es irgendwie zu überstehen galt. Erfahrungsgemäß gab es am ersten Jänner wenig zu tun. Die Leute hatten keine Lust, sich gegenseitig die Schädel einzuschlagen. Jeder vernünftige Mensch kurierte seinen Kater aus und war froh, wenn man ihn in Ruhe ließ.

Doppler hatte keinen Kater auszukurieren. Aus Alkohol machte er sich nichts. Gut, vielleicht das eine oder andere Bier hie und da, um in Stimmung zu kommen, aber die war ihm gestern sowieso von Anfang an vergangen.

Natürlich war es Lottes Idee gewesen, ihn ins *Metropol* zu schleppen. Er hatte ja ursprünglich gehofft, sie würden gemeinsam bei ihm Silvester feiern, und in geradezu euphorischem Optimismus eine Flasche Sekt kalt gestellt. Sogar Chips hatte er eingekauft und Erdnusslocken. Doch davon hatte sie nichts wissen wollen und nur gemeint, sie würden ohnehin so selten ausgehen, und es könne ein durchaus amüsanter Abend werden.

Irrtum. Nicht für ihn. Viel zu heiß war es in dem überfüllten Saal und die Show ehrlich gesagt schnarchlangweilig. Zu politisch. Lotte sah das naturgemäß anders. Im Gegensatz zu ihm zeigte sie sich bestens gelaunt. So viel habe sie schon lange nicht mehr gelacht, meinte sie, als sie nach nicht enden wollenden eineinhalb

Stunden die Vorstellung verließen und Richtung Gürtel zur U6 schlenderten. Sie liebe hintergründigen Humor, was auch der Grund sei, weshalb sie ihn so schätze.

Schätze! Doppler bezweifelte, dass er das als Kompliment auffassen sollte. Ihr Lächeln fiel eine Spur zu schelmisch aus. Er nickte nur und packte den Stier bei den Hörnern. Angriff war bekanntlich die beste Verteidigung. Ob sie nicht vielleicht doch mit zu ihm kommen wolle, fragte er, nur auf einen Sprung, jetzt, nachdem sie das Pflichtprogramm absolviert hätten. Große Hoffnungen machte er sich allerdings keine.

Er hatte Lotte bei Dr. Fleischmanns Abschiedsfeier kennengelernt, wo sie der Kollegenschaft als neue Gerichtsmedizinerin vorgestellt worden war. Seither waren zwei Monate vergangen. Zwei Monate der kontinuierlichen Annäherung. Doch gerade das allerletzte Stück bereitete unerwartete Schwierigkeiten. Sie brauche noch Zeit, beteuerte sie immer wieder, er müsse etwas Geduld mit ihr haben.

Umso überraschter war er, als sie ihm einen Kuss aufgedrückt und nach kurzem Zögern zugestimmt hatte. »Einverstanden«, hatte sie errötend gehaucht. »Fahren wir zu dir.«

Und dann …

Mürrisch trat Doppler ans Fenster und starrte hinunter auf den Schottenring. Was für ein Idiot war er gewesen! Warum hatte er Lotte gegenüber bloß erwähnt, dass er in wenigen Stunden seinen Dienst antreten müsse, just als sie in trauter Zweisamkeit auf seinem Sofa gesessen waren und sie, schon leicht beschwipst, ein Stück näher an ihn herangerückt war?

»Dann möchte ich dich nicht länger aufhalten«, hatte sie sofort gesagt und ihn völlig konsterniert zurückgelassen.

Eine neue Gelegenheit würde sich so bald nicht bieten. Was auf ihn zukam, sah verdammt nach einem endlosen Balzritual aus. Musste er am Ende den gleichen Weg einschlagen, wie Simone, die sich blindlings in die Ehe stürzte? Nein, sicher nicht! Bei ihr war das etwas anderes. Schließlich hatte sie einige Jährchen mehr am Buckel und wurde von der Verzweiflung einsamer, alternder

Frauen angetrieben. In ihrer Situation dachte man nicht lange nach. Da krallte man sich den Nächstbesten, nur um nicht übrig zu bleiben.

Beinholtz war ehrlich zu bedauern. Der Unglückliche hatte vermutlich nicht die geringste Ahnung, was ihn erwartete. Ihre aufbrausende, dominante Art, ihre perverse Vorliebe für Rohrstäbe, Ledermasken und dergleichen. Na dann, viel Spaß!

Doch während für den armen Teufel in der Hochzeitsnacht das Grauen erst beginnen sollte, barg diese Heirat für Doppler einen durchaus positiven Aspekt. Unter vier Augen hatte Dr. Feuersturm, der Chef der Kriminaldirektion, anklingen lassen, ihn während Simones Hochzeitsreise mit der Referatsleitung zu betrauen. Doppler frohlockte. Das war die Chance seines Lebens! Wenn er seine Führungsqualitäten erst unter Beweis gestellt hatte, stand einer rasanten Karriere nichts im Wege.

Seine anfängliche Begeisterung war allerdings jäh gedämpft worden, als Simone erzählt hatte, dass es in den Flitterwochen nach Nassau gehe. Nach *Nassau*! Man stelle sich das vor! Konnte sich Beinholtz nichts Besseres leisten, als einen Urlaub in irgendeinem öden steirischen Kaff, oder wo immer das war? Mit Sicherheit würde sie von dort täglich anrufen, um nach dem Rechten zu sehen. Also ehrlich, von einem erfolgreichen Verleger hätte er etwas mehr Stil erwartet. Ibiza etwa. Oder ein Club in Tunesien. Mindestens.

Zu guter Letzt hatte sich der Irrtum dann doch aufgeklärt. Doppler konnte befreit durchatmen. Die Bahamas waren natürlich etwas anderes. Einen Trip in den Fernen Osten fand er gut. Das war weit genug weg, um ihm seine Vorgesetzte vom Hals zu halten.

*

Nervös schreckten einige Patienten auf und stoben mit wehenden Nachthemden auseinander. Forschen Schritts bahnte sich Dr. Simone Reichenbach ihren Weg durch die grünlich getünchten Gänge der psychiatrischen Klinik. Sie war froh, endlich die Möglichkeit zu erhalten, mit Professor Regartl – *dem* Professor Regartl – persönlich zu sprechen. Nichts gegen den behandelnden Arzt, Dr. Robora, aber mit der Entlassung ihres Bruders kam ein gehöriges Plus an Verantwortung auf sie zu, und so war es ihr ein ernsthaftes Anliegen, sich direkt von der weltberühmten Koryphäe in Sachen Psychiatrie einige Ratschläge für den Umgang mit seelisch Kranken zu holen. Simone hatte wieder Mut geschöpft. Der kleine Einbruch am Silvesterabend war Geschichte.

»Kommen Sie nur, kommen Sie nur!«, krächzte eine zittrige Stimme kaum hörbar, nachdem sie mehrmals, immer lauter werdend, gegen die Tür des Primararztes gehämmert hatte.

Ein modriger Mief schlug ihr entgegen. Verunsichert blickte sie sich um. Allem Anschein nach war sie in einem Antiquitätengeschäft gelandet. Der Raum war vollgestopft mit verschnörkelten Ziertischchen, Porzellanfiguren, Biedermeierkommoden und alten Kaffeehaussesseln. Nur die Preisschildchen fehlten, stellte sie fest, und die Besorgnis, dass sie etwas kaputt machen könnte. Ringsum ragten zum Bersten gefüllte Bücherregale bis hinauf unter die mit Stuck verzierte Decke. Schwere, weinrote Brokatvorhänge hielten das Tageslicht auf Distanz. Die einzige Lichtquelle war die gelblich schimmernde 20 Watt-Glühbirne einer zwei Meter hohen Stehlampe aus Messing in Form eines Rosenstiels. Ihr spärlicher Schein reichte gerade aus, um Simone den Weg an dem verstaubten Inventar vorbei, hin zum Besuchersessel zu weisen. Angewidert entfernte sie die Spinnweben, die sich während ihres Spießrutenlaufs in ihrem Gesicht verfangen hatten.

»Bitte, setzen Sie sich doch!«, hörte sie die schwache Stimme wieder.

Erst beim zweiten Hinsehen nahm sie das kleine verrunzelte Männchen wahr, das in seinem überdimensionalen Ohrenfauteuil zu versinken drohte. Vorsichtig ließ sie sich nieder, wobei sie wie befürchtet eine riesige Staubwolke aufwirbelte. Der Mann musste an die Hundert sein, mutmaßte sie und ihr Vertrauen schwand rasant dahin. Wie konnte es sein, dass jemand in dem Alter noch seinen Beruf ausübte? Als wäre er in seiner kleinen stickigen Welt einfach vergessen worden.

»Wer schickt Sie zu mir, junge Dame?«, erkundigte sich Professor Regartl.

Plötzlich fiel ihr ein, wo sie dieses Zimmer schon einmal gesehen hatte. Es musste in einem uralten Dracula-Film gewesen sein. Oder vielleicht doch in *Der Fluch der Mumie*? Angesichts des Erscheinungsbilds ihres Gegenübers erschien ihr die zweite Variante wahrscheinlicher.

»Die Schwester an der Leitstelle ...«, begann sie.

»Sie müssen schon lauter reden, Kindchen!«

»Die Schwester an der Leitstelle meinte, ich solle bei Ihnen vorsprechen!«, brüllte das Kindchen und bekam prompt einen Hustenanfall.

»Ja, ja«, murmelte der Professor und man durfte annehmen, dass seine verzerrten Lippen so etwas wie ein wehmütiges Lächeln ausdrückten. »Die gute Schwester Antonia ... Letzten Sommer ist sie von uns gegangen. Ein schrecklicher Unfall ...«

»Mein Name ist Reichenbach«, fiel ihm Simone ins Wort. »Ich bin hier, um meinen Bruder abzuholen. Daniel Reichenbach. Sie wissen schon.« Das stellte sie in einem Anfall von grenzenlosem Optimismus in den Raum.

»Bruder ...«

»Ja. Mein Bruder, Daniel Reichenbach!«, versuchte sie es um einige Dezibel lauter. »Er ist bei Ihnen in Behandlung. Ich meine, hier im Haus.«

»So, so. Was fehlt ihm denn?«

Simone runzelte die Stirn. Gewisse Zweifel an der Sinnhaftigkeit dieses Gesprächs stellten sich ein. »Ich dachte, *Sie* könnten mir das sagen.«

»Wie?« Regartl hielt sich lauschend die Hand ans Ohr. »Lauter, bitte! Lauter! Ich verstehe Sie ganz schlecht, Kindchen!«

»Eigentlich wollte ich von *Ihnen* Auskunft über seinen Zustand bekommen«, schrie sie. »Und ein Kindchen bin ich im Übrigen nicht«, fügte sie leise hinzu, damit er es nicht hörte.

Der Professor lachte herzlich. »Selbstverständlich nicht. Verzeihen Sie meine Vertraulichkeit, aber ein Mann in meinem Alter, der darf sich das schon erlauben.« Mit zitternden Händen nahm er eine Krankenakte von seinem Schreibtisch und blätterte planlos darin herum. »Nun zu Ihnen. Um Ihren Zustand festzustellen, müsste ich Sie erst einmal gründlich untersuchen. Am besten, hm, Sie machen sich frei, Kin… äh, junge Dame! Wenn Sie sich bitte ausziehen würden …« Erwartungsvoll trommelten seine runzligen und von gelbbraunen Flecken übersäten Finger auf die Tischplatte.

»Entschuldigen Sie?«, erhob Simone Einspruch. »Sie missverstehen mich. Hören Sie, ich bin keine Patientin!«

»Nein, nein, natürlich nicht«, bestätigte der Professor in jenem beruhigenden Tonfall, den er vermutlich für die ganz schweren Fälle bereithielt. »Erzählen Sie mir von Ihrem Bruder! Sie lieben ihn?«

»Ähm, selbstverständlich, aber …«

»Auch intim? Ich meine, Sie verkehren mit ihm?«

Während Simone mit offenem Mund dasaß und kein Wort herausbrachte, erhob sich Regartl mühevoll, was ihn nur unwesentlich größer werden ließ, und trat ans Fenster. Wachsam schob er den Vorhang ein Stück beiseite.

»Sie brauchen keine Angst zu haben«, flüsterte er. »Wir sind unter uns. Heute sind sie nicht da.«

»Wer?«

»Die Steinmänner.«

Simone glotzte ihn an. Ihre Zweifel waren einer unumstößlichen Überzeugung gewichen.

»Wie kommen Sie mit dieser Hitze zurecht?«, fragte die Mumie.

»Wir haben minus sieben Grad, zu Ihrer Information. Und ich denke ehrlich gesagt nicht, dass unsere Unterhaltung …«

»Verrückt, dieses Wetter. Einfach verrückt!«, murmelte der Professor und schlich zu seinem Schreibtisch zurück.

»Das *Wetter*?«, gab Simone zu bedenken.

»Meistens sind sie da, die Steinmänner. Stehen draußen, eine ganze Horde, und beobachten mich.«

»Tja dann, danke für das informative Gespräch. Ich glaube, es ist besser, wenn ich aufbreche und nach meinem Bruder sehe.«

Regartl schien sie nicht wahrzunehmen. Er kauerte mit geschlossenen Augen in seinem Sessel.

»Haben Sie mich verstanden?«, brüllte sie und stand auf. »Ich werde jetzt gehen. Herr Professor? ... Hallo? ... Hören Sie mich?«

Simone schüttelte konsterniert den Kopf. Vor drei Minuten hätte er ihr am liebsten noch die Kleider vom Leib gerissen und nun schlief er tief und fest! Typisch Mann, dachte sie und machte mit der Entrüstung einer abgewiesenen Frau kehrt.

»Ich bin froh, Sie zu sehen!«, strahlte sie Dr. Robora an, dem sie geradewegs in die Arme gelaufen war. »Professor Regartl scheint keinen besonders guten Tag zu haben ... Wie geht es Daniel?«

Der Arzt setzte eine besorgte Miene auf. »Bedauerlicherweise werden seine hellen Momente von Tag zu Tag seltener. Wir kümmern uns um ihn, so gut es geht.«

Simone erschrak. »Aber ich dachte ... es ... es ginge ihm gut und er könnte heute das Krankenhaus verlassen! Weshalb wurde ich nicht informiert?«

»Ich spreche von Professor Regartl.«

»Regartl? Sie meinen, er ist hier ... *Patient*?«

»Nun, wie einige der anderen Ärzte auch, wohl so etwas wie ein Mittelding. Ha, ha!« Dr. Roboras linke Augenbraue begann wild zu zucken. »Nein, ich mache nur Spaß! Und Ihrem Bruder geht es ausgezeichnet. Na ja, verglichen mit seinem Zustand vor einem halben Jahr.«

»Er ist also nicht zur Gänze wiederhergestellt?«

»Ich habe mehr als einmal darauf hingewiesen, dass eine Heilung, so sie überhaupt möglich ist, Jahre in Anspruch nehmen kann. Erwarten Sie bitte keine Wunder!« Ein gewisses Maß an Skepsis hielt er stets für angebracht. Schon alleine um späteren Beschwerden über seine Behandlungsmethoden vorzubeugen.

»Jahre?« Simone starrte ihn besorgt an. »Aber es besteht doch wenigstens die Chance, dass er wieder so wird wie früher ... Ich meine, wie ein normaler Mensch«, verbesserte sie sich.

»Wir dürfen durchaus optimistisch sein, obgleich gewisse Vorkehrungen getroffen werden müssen. Zum Beispiel wäre es unverantwortlich, Ihren Bruder in seinem Haus in Dornbach einzuquartieren. Die furchtbaren Vorfälle, die dort passiert sind, würden ihn schwer belasten. Haben Sie mich verstanden? Unter keinen Umständen darf er in sein Haus zurückkehren!«

»Selbstverständlich! Ich bringe ihn wie vereinbart in meiner Wohnung unter. Seine Sachen habe ich bereits übersiedelt. Es ist alles vorbereitet.«

»Das allein wird nicht genügen. Daniel braucht absolute Ruhe. Er muss in einen geregelten Tagesablauf finden. Schon die kleinste Störung kann neuerliche Panikattacken und Angstzustände auslösen. Und sorgen Sie dafür, dass er auch weiterhin seine Medikamente nimmt!«

»Ich werde mich darum kümmern«, versprach Simone, ohne zu wissen, wie sie das anstellen wollte. In zwei Tagen wäre sie mit Rudolf unterwegs zu den Bahamas.

»Und sollte sich sein Zustand dennoch verschlechtern, bringen Sie ihn unverzüglich hierher!«, mahnte der Arzt mit erhobenem Zeigefinger. »Wir dürfen kein Risiko eingehen!«

»Ich garantiere Ihnen, für sein Wohlbefinden ist gesorgt.«

»Nun, hoffen wir es.« Dr. Robora seufzte und nahm sie beim Arm. »Kommen Sie. Ich glaube, Ihr Bruder wartet bereits.«

*

Am dritten Jänner, um zehn Uhr vierundfünfzig, öffnete Daniel Reichenbach die Glastür des Pavillons und trat in eine schneebedeckte Landschaft. Tief zog er die klare Luft durch seine Nase. Sie roch nach Neubeginn mit einem Schuss alter Vertrautheit. Nachdenklich ging er ein Stück den Weg entlang, dann blieb er stehen und ließ seinen Blick durch den Park schweifen. Ungefähr 70 Meter schätzte er die Entfernung zum Tor. Noch 70 Meter, die ihn von seiner neuen Freiheit trennten. Er spürte, wie es in seinen Fingern zu kribbeln begann. Es juckte ihn. Seine Kreativität erwachte aus ihrem Tiefschlaf. Er konnte es nicht erwarten, sich daheim hinter seinen Laptop zu klemmen und zu schreiben. Schreiben, schreiben, schreiben … Nichts als schreiben! An Stoff mangelte es ja nicht. Was er hier erlebt hatte, an diesem Ort geballter Unzurechnungsfähigkeit, reichte für mindestens fünf Romane.

»Hast du etwas vergessen?«, erkundigte sich Simone und sah ihn forschend an. Gut sah er aus, stellte sie fest. Jedenfalls besser als früher. Irgendwie jünger. Das machten die kurzen Haare. Und ein paar Kilo hatte er auch zugelegt.

»Hm? ... Nein«, hauchte er und setzte sich wieder in Bewegung.

»Wie bist du eigentlich zu dieser Beule gekommen, da auf deiner Stirn?«

Daniel schwieg.

Dann also ein anderes Thema, entschied sie. »Hast du Lust, mit mir zu Mittag zu essen? Ich muss erst am Nachmittag in der Bundespolizeidirektion sein.«

Er schüttelte den Kopf. »Ich habe zu arbeiten«, erklärte er.

»Arbeiten?«

»Schreiben.«

»Mein Gott, das hat doch Zeit! Morgen, übermorgen ...« Simone zwinkerte ihm aufmunternd zu. »Setz dich nicht so unter Druck! Richte dich erst einmal ein, gewöhne dich an deine neue Umgebung ... Daniel?«

Er sagte nichts. Es war sinnlos, mit seiner Schwester zu diskutieren. Sie verstand ihn nicht. Sie hatte ihn noch nie verstanden. Sie wusste nicht, was es bedeutete, berufen zu sein.

»Fuck, Dan!« Eine schrille Stimme ließ ihn herumfahren. Es war Albert, der zwanghafte Putzfreak, der mit einem Besen bewaffnet den Streusand gleichmäßig über den Gehweg verteilte. Salutierend hob er die Hand an seine Baseballkappe. »Schau dir das Durcheinander an, Alter! Wie bei den Hottentotten. Shit!«

Daniel winkte gequält zurück. »Du wirst das schon in Ordnung bringen, schätze ich.«

»Darauf kannst du einen lassen, fuck!« Albert vollführte einen sonderbaren Tanz mit dem Besen und grinste irre. »Ticktickticktick ...« Das machte er immer, wenn er seine Umgebung auf Unordnung scannte.

Wegen des Martyriums, das Daniel hier in der Psychiatrie hatte erdulden müssen, konnte er sich nur bedauern. Im Besonderen war es Albert gewesen, sein Zimmergenosse, der ohne Unterlass und mit erschreckender Beharrlichkeit an seinem seelischen Wohlbefinden, so man von einem solchen überhaupt sprechen konnte, gesägt hatte. Egal, ob er unermüdlich Staub von den Kästen wischte, die Klomuscheln schrubbte, bis man aus ihnen essen konnte - was er nicht versäumte, gelegentlich zu demonstrieren - oder die Böden der Krankenzimmer und Gänge übereifrig mit Wachs einließ, wodurch so mancher Insasse mit Knochenbrüchen und Prellungen ins Meidlinger Unfallkrankenhaus überstellt werden musste.

Vorsichtig befühlte Daniel die Beule an seiner Stirn, die er sich vergangene Nacht eingehandelt hatte, als er auf die Toilette geschlichen war. Vom grellen Ganglicht geblendet, war er prompt gegen die Leiter gedonnert, auf der Albert in seinem Übereifer um drei Uhr morgens die Neonröhren poliert hatte.

»Also dann, mach's gut«, sagte er. Die Vorstellung, den Verrückten nie wieder sehen zu müssen, zauberte den Anflug eines Lächelns auf sein Gesicht.

»See you, motherfucker!«, röhrte Albert. »Dr. Robora hat gesagt, er wird mich bald rausschmeißen. Ich bin voll geheilt. Ich komm dich dann besuchen, Alter!«

Daniel erhöhte das Tempo. Je näher er dem Tor kam, desto schneller wurde er. Die letzten paar Meter legte er im Laufschritt zurück.

*

Ippstein war höchst verärgert und das schwächte seine Konzentrationsfähigkeit. Um ein Haar und er hätte das Kind übersehen, das wenige Meter vor seinem Jaguar über die Simmeringer Hauptstraße gehuscht war. Das Meeting in der Werbeagentur spukte immer noch in seinem Kopf herum und ließ ihm keine Ruhe. Es war absolut nicht so gelaufen, wie er es sich vorgestellt hatte. Die Werbefritzen von *Gorg & Zola* waren eitle, sture Böcke und selbstgerecht obendrein. Wäre ihm daran gelegen, seine ganze Macht auszuspielen, er hätte sie ohne zu zögern aus ihrem Vertrag entlassen.

Was dachten sich diese selbstgefälligen Idioten bei Werbeslogans wie *Die Frau kann ihren Mann nicht reizen, liebt er doch sein Ipp-*

stein-Weizen. Oder: *Der Anorektiker ist nicht mehr mager, er mästet sich mit Ippstein-Lager.* Und dieser Müll sollte schon bald in allen großen Zeitschriften erscheinen, im Radio laufen und weiß Gott was alles. Niveauloser Mist übelster Sorte! Eine Blamage für das ganze Unternehmen.

Dr. Westland sah das differenzierter. Er fand die Sprüche ausgesprochen progressiv. Einmal etwas anderes, hatte er eingeworfen, als Ippstein kurz vor dem Ausrasten gestanden war. Es gehe ums Auffallen, um Präsenz in der Öffentlichkeit. Die Konkurrenz schlafe bekanntlich nicht.

Ippstein hatte sich nur widerwillig beruhigen lassen und sich für den Rest der Besprechung ein Schweigegelübde auferlegt. Er musste erst lernen, die Zügel lockerzulassen und Verantwortung zu delegieren. Immerhin würde sein jetziger Finanzchef bald das Unternehmen leiten und das bedeutete, dass vor allem *er* mit der neuen Werbelinie leben können musste. Und anscheinend konnte er das.

Der alte, dunkelgrüne Volvo war ihm bereits zuvor am Rennweg aufgefallen. Als Ippstein jetzt am Schwarzenbergplatz in den Ring bog, war er wieder dicht hinter ihm. Irgendwie kam ihm der Wagen bekannt vor. Wenn er sich nicht täuschte, hatte er ihn bereits einige Tage zuvor gesehen. Zumindest so ein ähnlicher war damals vor Beinholtz' Grundstück gestanden. Ippstein hatte sich noch gewundert, weil in der Nachbarschaft niemand eine solche Rostlaube fuhr.

Ein mulmiges Gefühl beschlich ihn. Möglicherweise war es ein Fehler gewesen, die Drohbriefe dieser *Treuen Heimatfront* als Humbug abzutun. Er hätte besser Vorkehrungen treffen sollen, die Polizei informieren, Leibwächter anheuern, irgendetwas …

Zum ersten Mal bereute er es, sich stets gegen die Dienste eines Chauffeurs gesträubt zu haben. Auto fahren könne er immer noch selbst, hatte er schroff behauptet, als ihn seine Assistentin darauf angesprochen hatte. Sich herumkutschieren zu lassen war nicht sein Stil. Er gehörte nicht zu diesen abgehobenen Spitzenmanagern, die jeden Handgriff vom Personal erledigen ließen.

Noch einmal blickte er prüfend in den Rückspiegel. Nichts. Der Volvo war verschwunden. Also doch falscher Alarm, dachte er erleichtert und bog in die Parkgarage neben der Staatsoper. Verrückt, wie einen manchmal schon Kleinigkeiten verunsichern konnten!

*

Obwohl Simone mit aberwitzigem Tempo durch die nur mangelhaft geräumten Straßen gerast war, drängte die Zeit. Mit quietschenden Reifen hielt sie direkt vor der Bundespolizeidirektion am Schottenring und eilte ins Gebäude.

Ihren Bruder in seinem neuen Zuhause einzuweisen, hatte länger gedauert, als erwartet. Als sie ihm die Funktionsweisen der Espressomaschine und des Wasch-Trockenautomaten erklärt hatte, war er nicht so recht bei der Sache gewesen. Geistig abwesend hatte er nur »ja, ja« gemurmelt und »so kompliziert ist das auch wieder nicht«, gefolgt von einem gequälten Schnaufen. Fast hätte man annehmen können, er wäre sie am liebsten so schnell wie möglich losgeworden.

Anschließend hatte sie noch ein paar persönliche Dinge zusammengerafft und in Rudolfs Villa gebracht. Ihre Übersiedlung war damit so gut wie abgeschlossen. Bis auf den pikanten Kleinkram, Nieten besetzte Lederdessous, Peitschen, Zangen, Dornenkronen und andere Accessoires, die sie vor Daniel nicht aus dem Versteck holen wollte, war nichts zurückgeblieben, wofür sie noch Verwendung gehabt hätte. Um dieses Spielzeug würde sie sich ein anderes Mal kümmern, entschied sie. Nach den Flitterwochen. Bis dahin war es hinter der doppelten Wand ihres Kleiderschranks gut aufgehoben.

»Verzeihen Sie meine Verspätung!«, keuchte sie, als sie in Dr. Feuersturms Büro platzte, wobei ihr Doppler unverschämt ins Gesicht grinste. »Tut mir leid, dass ich etwas unpünktlich bin.«

»Von *etwas* kann kaum die Rede sein!«, knurrte der Leiter der Kriminaldirektion 1. »Wir warten seit 15 Minuten!«

»Nun«, begann Dr. Scherz, der Polizeipräsident, und kramte tief in seiner reichhaltigen Auswahl unförmiger Schachtelsätze. »Da wir es doch noch geschafft haben, meine Dame, meine Herren, uns hier nahezu wie vereinbart zu dem von mir einberufenen Meeting zu versammeln, möchte ich, ohne lange herumzureden, quasi gleich zu Beginn, mit der Tür ins Haus fallen und diejenigen, die wider Erwarten noch keine Kenntnis vom heutigen Tagesordnungspunkt erlangen konnten, in aller Kürze über die uns bevorstehenden Inhalte informieren. Doch zuerst ist es mir ein Anliegen, ein erfreuliches Ereignis anzusprechen, das für mich wahrscheinlich ebenso unerwartet gekommen ist, wie für die meisten anderen Kollegen in der Bundespolizeidirektion, und Ihnen, liebe Frau Dr. Reichenbach, zukünftige Frau Dr. Beinholtz, die allerherzlichsten Glückwünsche zu Ihrer morgigen Vermählung darbringen. Möge der Bund der Ehe Ihnen zu jener Ruhe und Gelassenheit verhelfen, die wir uns alle so sehr wünschen! Bedauerlicherweise, und ich hoffe, Sie nehmen es mir nicht übel, bin ich gezwungen, Ihre Einladung zu den sicherlich berauschenden Feierlichkeiten aufgrund unaufschiebbarer dienstlicher Verpflichtungen auszuschlagen.«

Simone nickte verständnisvoll. »Aber es bleibt bei Dr. Reichenbach«, stellte sie richtig. »Ich habe mich entschlossen, meinen Namen beizubehalten. Der Einfachheit halber.«

»Ja, wie Sie meinen. Um nun jedoch des Pudels Kern freizulegen, nähere ich mich einem Problem, das sich uns bei aller Teilhabe an Ihrem privaten Glück aufdrängt, und das es gilt, so elegant wie möglich zu umschiffen, um eine effektive Zusammenarbeit im Sicherheitsapparat zu gewährleisten und den normalen Betrieb zum Wohle aller Bürgerinnen und Bürger aufrechtzuerhalten. Wie Ihnen bekannt sein dürfte, war die bisherige Regelung im Falle von Frau Dr. Reichenbachs Abwesenheit jene, Major Stofant von der Gruppe zwei mit den brachliegenden Agenden zu betrauen, die er, wie ich gerne festhalten möchte, stets zur vollsten Zufriedenheit Dr. Feuersturms und meiner Wenigkeit exekutiert hat. Weiters werden Sie wissen, und ganz besonders Bezirksinspektor Doppler, dessen herzhaftes Gähnen allergrößte Langeweile zum Ausdruck zu bringen scheint, dass Kollege Stofant unter bedauerlichen Umständen in Ausübung seines Dienstes so schwer verletzt wurde, dass er nach Ansicht der behandelnden Ärzte, mit denen ich selbstverständlich laufend in Kontakt stehe, noch einige Zeit das Krankenbett wird hüten müssen.«

Ja, ja, dachte Simone, *in Ausübung seines Dienstes*, ha! In der Kantine war er ausgerutscht, nach einem weißen G'spritzten zu viel, und so unglücklich gegen eine Tischkante gefallen, dass er sich einen Schädelbasisbruch zugezogen hatte.

»Ich nehme an, Dr. Feuersturm wird während meiner Abwesenheit das Ruder in die Hand nehmen«, warf sie ein. »Ehrlich gesagt ist er der einzige, der die notwendige Erfahrung aufweisen kann.«

»Genau das war meine erste Überlegung«, bestätigte Dr. Scherz ihre Ansichten. »Doch die Entscheidung war letztlich eine andere und für Sie, Frau Doktor, vielleicht umso erstaunlicher, als dass sie auf einem Vorschlag Dr. Feuersturms beruht, der, ich möchte fast sagen, in selbstloser Weise angeregt hat, einem jungen, engagierten und dynamischen Kriminalbeamten, der es längst verdient hat, vor höhere Aufgaben gestellt zu werden, das Vertrauen auszusprechen und ihm die interimistische Leitung zu übertragen.«

Simone runzelte die Stirn. Aus ihrem Referat fiel ihr niemand ein, der für den Posten in Frage gekommen wäre. »Ich halte es für riskant, einen Abteilungsfremden einzusetzen«, gab sie zu bedenken. »Es würde zu lange dauern, bis er sich in die Materie eingearbeitet hat.«

»In dieser Beziehung gehen wir absolut mit Ihnen konform«, pflichtete ihr Dr. Feuersturm bei. »Allerdings ist nie ein Kollege aus einem anderen Referat zur Debatte gestanden. Dahin gehend kann ich Sie beruhigen.«

Das konnte er keineswegs. »Wer ist es?«, wollte sie wissen und eine schreckliche Vorahnung überkam sie. Argwöhnisch schielte sie in Richtung Doppler, der nervös an seiner Unterlippe nagte. »Wer?«, drängte sie.

»Vielleicht verblüfft es Sie, aber Dr. Feuersturm und ich haben eine Übereinkunft getroffen, die ich, und das füge ich mit allergrößter Deutlichkeit hinzu, mit gutem Gewissen vertreten kann und ...«

»Wer … ist … es?« Es war nur ein Hauchen. Ein gefährliches Hauchen.

»Bezirksinspektor Doppler«, kürzte Feuersturm die Sache ab.

Simone starrte ihn fassungslos an. »Das kann unmöglich Ihr Ernst sein!«, entfuhr es ihr. »Sie wissen nicht, was Sie tun!«

Dr. Feuersturm blieb ungerührt. »Verehrte Frau Doktor, ich fände es nur fair, keine vorschnellen Urteile zu fällen. Ich denke, wir sollten uns anhören, was Kollege Doppler dazu meint.«

»Nun ja«, begann der Bezirksinspektor irritiert. Simones offene Ablehnung hatte ihn ein wenig aus der Bahn geworfen. Verzweifelt suchte er nach den richtigen Worten. Die kleine Ansprache, die er vorbereitet hatte, war wie weggeblasen. »Ich werde mich bemühen, ähm, glaube ich …«, improvisierte er. »Ich werde mein Bestes geben, ich werde verantwortungsbewusst agieren, ich werde …«

»Schon gut, Doppler«, sagte Dr. Scherz in einem väterlichen Tonfall und klopfte ihm beruhigend auf die Schulter. »Ich möchte Sie nachdrücklich dazu auffordern, nach bestem Wissen und Gewissen, unter Ausnützung sämtlicher Ihnen zur Verfügung stehenden geistigen Kapazitäten an die neue Aufgabe heranzugehen und größte Vorsicht und Umsicht walten zu lassen, angesichts der auf Sie zukommenden Herausforderungen.«

Simone schüttelte belustigt den Kopf. Der Mann wusste nicht, mit wem er sprach. Doppler besaß weder Wissen noch Gewissen, von Umsicht ganz zu schweigen. Und was seine geistigen Kapazitäten anbelangte … Ihre Vorgesetzten hatten keine Ahnung, worauf sie sich mit diesem hirnrissigen Experiment einließen.

»Selbstverständlich kann mich unser Kollege jederzeit zu Rate ziehen, nein, er muss es sogar, sollte ein Problem anstehen, mit dem er nicht allein fertig wird«, erklärte Dr. Feuersturm, als hätte er ihre Gedanken gelesen. »Des Weiteren haben wir entschieden, ihm einen Mann zur Seite zu stellen, der Dopplers praktische Qualitäten mit exzellenten theoretischen Kenntnissen perfekt ergänzen wird. Wenn Sie nichts dagegen haben, Herr Doktor …«, wandte er sich an den Polizeipräsidenten und wies seine Sekretärin über die Sprechanlage an, den Neuen hereinzuschicken.

Doppler horchte verdutzt auf. Hatte er richtig verstanden? Ihm einen Mann zur Seite stellen? Davon war nie die Rede gewesen! Was sollte das? Er brauchte keinen Aufpasser, der ihm ins Handwerk pfuschte.

»Darf ich vorstellen …« Feuersturm war aufgesprungen und eskortierte den neuen Mitarbeiter an den Besprechungstisch. »Das ist Magister Kleist. Er kommt direkt von der Ausbildung zum leitenden Beamten und kann zudem auf ein abgeschlossenes Studium der Orientalistik verweisen. Herr Magister Kleist wurde mit sofortiger Wirkung dem Referat 1 zugeteilt. Und das ist …«

»Reichenbach … Simone Reichenbach«, sagte die Referatsleiterin kühl, und es klang ein wenig wie Bond … James Bond.

»Angenehm. Und Sie müssen Bezirksinspektor Doppler sein.« Mag. Kleist lächelte herzlich, als er auf seinen neuen Kollegen zueilte und ihm die Hand schüttelte. »Ich freue mich auf unsere Zusammenarbeit.«

»Gleichfalls«, knurrte der Bezirksinspektor und musterte das schmale Bürschchen von oben bis unten.

Eine Witzfigur, erkannte er auf den ersten Blick. Ein intellektueller Klugscheißer. Aber was wusste der schon? Auf ein Studium kam es nicht an. Das brachte einen im Leben nicht weiter. Kriminalistischer Instinkt war gefragt. Feingefühl, Scharfsinn und das alles. Dieser pickelgesichtige Besserwisser dachte wohl, er könne einfach hier antanzen und ihm die Show stehlen! Aber da täuschte er sich gewaltig! Doppler dachte nicht im Traum daran, ein Stück von der Macht abzugeben, die berechtigterweise in seine Hände gelegt worden war.

*

»Nobles Viertel«, bemerkte Ludwig Kuhsteiger brummig. »Allerdings hätten wir den ganzen Tag Zeit gehabt, uns hier umzusehen.« Für seine Begriffe war es wieder einmal viel zu früh. Schließlich hatte man in seiner Branche bis weit in die Nacht zu arbeiten. Herzhaft gähnend musterte er die durchaus beeindruckenden Villen, die die Wilhelminenstraße zu beiden Seiten säumten.

Im Gegensatz zu ihm begann sein Interesse allmählich zu erwachen. »Eine kleine Einbruchstour würde sich hier bezahlt machen«, stellte er in den Raum.

»Einbrechen? Du spinnst ja! Das sind Peanuts!« Peter Tenker lenkte seinen Volvo an den Straßenrand und stellte den Motor ab. »Dort vorne«, deutete er durch die Windschutzscheibe, »dort wohnt er. Nicht schlecht, die Hütte, was? Ich meine, Ippstein wird es verkraften, wenn wir ihn um einen Teil seines Vermögens erleichtern.«

Diese Ansicht vertrat auch Kuhsteiger. Die herrliche Jugendstilvilla war bei weitem die größte in der Gegend. Vom dazugehörigen parkähnlichen Anwesen ganz zu schweigen. »An welche Summe hast du gedacht?«, erkundigte er sich beiläufig.

»Zwei Millionen. Die lassen sich leicht teilen. Runde Summen, du verstehst.«

Der Ochs lächelte, wobei seine kleinen Schweinsaugen gefährlich blitzten. »Zwei Millionen? Ich glaube, Herr Peter, dir fehlt jeder Bezug zur Realität.«

»Aber der Mann ist Brauereibesitzer!«, verteidigte sich Tenker. »Er steht kurz vor der Übernahme von Lorelei-Bräu! Hast du eine Ahnung, wie viel Kohle der scheffelt? Der kann das Geld in fünf Minuten flüssig machen, wenn er will. Und er wird wollen, vertrau mir!«

»Zehn Millionen, oder ich steig aus«, verkündete Kuhsteiger und lehnte sich entspannt zurück.

Tenkers Augäpfel quollen aus ihren Höhlen. »Z … zehn …«, hauchte er. »Zehn Millionen? Bist du völlig wahnsinnig geworden? Das ist viel zu viel! Seine Tochter wird Schwierigkeiten haben, diesen Betrag auf die Schnelle aufzutreiben!«

»Na und? Hast du es eilig?«

»Und ob! Ich möchte die Sache in längstens einer Woche durchziehen. Je rascher wir sie hinter uns bringen, desto geringer das Risiko!«

»Zehn Millionen. Keinen Cent weniger«, entschied der Ochs. »Weck mich, wenn er auftaucht!«

Entgeistert betrachtete Tenker seinen Kollegen, der sich behaglich zur Seite lehnte und alle Anstalten machte, sein Schlafdefizit auszugleichen. Immer mehr gelangte er zur Ansicht, dass es vernünftiger gewesen wäre, bei der Schreiberei zu bleiben. Allerdings war er vor einem nicht unwesentlichen Problem gestanden. Er hatte die Geschichten nämlich nicht geschrieben, sondern aufs Band gesprochen und an seine Tante beim Verlag geschickt. Die hatte sie dann getippt und mit allerlei komplizierten Wörtern aufgemöbelt. Seit ihrem Tod war das vorbei. Ohne ihre Fürsprache, ohne ihre Unterstützung beim Formulieren grammatikalisch korrekter Sätze hatte er für seine Zukunft als Autor schwarzgesehen.

Verflucht, er hätte die Flinte nicht zu früh ins Korn werfen sollen, dachte er. Warum setzte er sich nicht mit seinem Verleger zusammen? Dem würde bestimmt etwas einfallen. Die Bücher hatten sich ja nicht schlecht verkauft. Und ein literarisches Schaffen war auf jeden Fall ungefährlicher, als sich mit einem größenwahnsinnigen Rotlichtbaron einzulassen.

Ein Geräusch riss ihn aus seinen Gedanken. »He, Ochs!«, raunte er. »Es ist so weit!« Aufgeregt stieß er seinen Partner in die Rippen. »Da kommt er. Pünktlich auf die Minute. Na, was habe ich dir gesagt?«

Gespannt beobachteten sie, wie der silbergraue Jaguar aus der Garage rollte und schnurrend in die Wilhelminenstraße bog.

»Und wie gedenkst du, ihn aus der Kutsche herauszukriegen?«, forschte Kuhsteiger, als die Limousine aus ihrem Blickfeld verschwunden war.

»Na, wie wohl? Wir parken den Fluchtwagen vor seiner Einfahrt und verziehen uns. Sobald er aussteigt, um nach dem Fahrer zu sehen, schnappen wir ihn und die Sache ist gelaufen!«

»Und wenn er nicht aussteigt?«

»Was soll er sonst machen?« Tenker blies lautstark die Luft aus seinen geblähten Wangen. Kuhsteiger stellte ihn auf eine harte Geduldsprobe. Ständig hakte er nach, wie ein dreijähriges Kind! Warum dies, warum das …? »Er wird. Verlass dich darauf! Ippstein ist ein pedantischer Mensch. Der lässt sich eine Störung seines Tagesablaufs nicht gefallen.«

»Und wann willst du die Aktion durchziehen?«

»Am Montag. Es gibt keinen Grund, länger zuzuwarten. Übers Wochenende werde ich das Versteck vorbereiten und …«

»Moment, Moment, Herr Peter!«, stieg der Ochs auf die Bremse. »Nicht so hastig mit den jungen Pferden. Was, wenn wir beobachtet werden? Hast du dir das überlegt?«

»Schwachsinn! Um diese Zeit? In dieser Gegend? Außer Ippstein ist da kein Schwein auf den Beinen. Sei unbesorgt, ich habe alle Eventualitäten einkalkuliert. Gib doch zu, dass …«

»Verzeihen Sie«, rief jemand und klopfte gegen die Scheibe der Fahrertür.

Tenker wirbelte herum.

»Kein Mensch auf der Straße, wie?«, grunzte Kuhsteiger und zog den Kopf ein.

Der Schreck fuhr Tenker durch alle Glieder. Mit zitternden Fingern griff er nach dem Zündschlüssel. Nicht nur, dass dieser Kerl ohne Vorwarnung aus dem Nichts aufgetaucht war und seine Behauptung ad absurdum führte, Scheiße, Tenker kannte ihn auch noch!

»Sie blockieren meine Ausfahrt«, erklärte Rudolf M. Beinholtz. »Wären Sie so freundlich … Ich muss zu einer Hochzeit.«

Tenker fühlte eine brennende Hitze in sich aufsteigen. In Windeseile erreichte sie seine Schädeldecke. So kurz vor der Entführung in der Nähe von Ippsteins Villa gesehen zu werden, könnte leicht zu unangenehmen Fragen der ermittelnden Behörden führen. Wie besessen legte er den ersten Gang ein und stieg aufs Gas. Es dauerte Nerven zerreißend lange, bis die Reifen im glatt gefahrenen Schnee griffen und der Volvo in Schlangenlinien davonschlitterte.

*

»Was, verflucht, bildest du dir eigentlich ein?«, blaffte Simone Doppler an. Sie hatte ihn in ein ruhiges Eck getrieben und schnappte ihn beim Kragen.

Die Feierlichkeiten im Schloss Wilhelminenberg waren in vollem Gange. Beinholtz hatte sich nicht lumpen lassen. Unentwegt fegten Kellner durch den Festsaal und tischten neue Köstlichkeiten auf. Fünf Musiker in Glitzerkostümen boten Tanzmusik vom Feinsten. Kubanische Rhythmen, wie Simone es angeordnet hatte.

Bedrohlich baute sie sich vor ihrem Mitarbeiter auf. »Was soll das? Sprich!« Ihre Nasenflügel bebten vor Wut.

»Wie? … Was? … Ich weiß nicht …«, stammelte Doppler.

»Deine Aufmachung! Wie siehst du aus? Kommst einfach in den alten, ausgewaschenen Jeans und diesem lächerlichen Rentierpullover zu meiner Hochzeit!«

Der Bezirksinspektor zuckte mit den Schultern. Allemal passender, als Simones Outfit, fand er. Die unschuldige Jungfräulichkeit, die ihr blütenweißes Brautkleid vorzutäuschen versuchte, nahm ihr sowieso keiner ab. Schon in der Kirche hatte er sich gefragt, ob sie darunter das schwarze Lederhöschen mit dem Vorhängeschloss trug oder die Strümpfe aus Stahlwolle und ob aus dem Brautstrauß jeden Moment ein ausklappbarer Rohrstock schießen würde.

Im Gegensatz zu Doppler, war Daniel erst gar nicht zur Messe gekommen. Die Rückkehr in ein normales Leben stellte ihn vor nahezu unüberwindbare Hindernisse. Dreimal war er umgekehrt, um sich zu vergewissern, dass der Herd abgedreht, das Licht am Klo ausgeschaltet und die Espressomaschine auch wirklich ausgesteckt war. Und ein viertes Mal, als ihm eingefallen war, dass er irrtümlich den Stecker des Kühlschranks vom Netz genommen hatte, statt den des Kaffeeautomaten.

Ein Zwang, der möglicherweise auf seiner Agoraphobie basierte, die es ihm von Zeit zu Zeit unmöglich machte, die eigenen vier Wände zu verlassen. Keine große Sache. Nach knapp zwei Stunden war der Spuk vorüber gewesen. Nichts im Vergleich zu der klaustrophobischen Attacke, die ihm die Kehle zuschnürte, als er zaghaft in den überfüllten Festsaal schielte. Ihm wurde speiübel.

»Daniel!« Umgehend ließ Simone von Doppler ab und steuerte geradewegs auf ihn zu. »Wo warst du denn so lange?«, fauchte sie. »Ich habe schon befürchtet, dass dir etwas passiert ist!«

»Passiert? Mir? … Nein, wieso?«, stammelte er.

Sie zwang sich zu einem freundlicheren Gesichtsausdruck und nahm ihn an der Hand. »Komm, setz dich zu uns. Wir haben zwar schon gegessen, aber ich bin sicher, dass noch etwas übrig ist. Ich lass dir ein Menü bringen.«

»Nein«, wehrte er ab. »Ehrlich gesagt habe ich keinen Hunger. Außerdem muss ich gleich wieder gehen und …«

»Gehen? Du spinnst wohl!«, tadelte sie ihn. »Das will ich nicht gehört haben.« Keine Widerrede duldend schubste sie ihn vor sich her und drückte ihn auf einen Stuhl an der festlich geschmückten Tafel. »Das ist Lisa. Lisa Ippstein. Ihr erinnert euch sicher aneinander.«

»Hallo Daniel«, sagte Lisa. »Lang, lang ist's her.«

»Lisa wohnt immer noch in der Gentzgasse. Ihr seid jetzt also Nachbarn.«

»Aha«, hauchte Daniel und zupfte verlegen am Tischtuch. Stickig war es hier herinnen und unerträglich heiß.

»Sie wird sich während meiner Abwesenheit um dich kümmern. Das hat sie mir versprochen. Hab ich Recht?«

»Gerne.« Lisa boxte ihm übermütig in den Bauch. »Wir kriegen das schon hin, oder?«

»Ich, ähm, kann gut auf mich selbst aufpassen«, hüstelte er.

»Papperlapapp!« Sein Protest stieß bei Simone auf taube Ohren. »Wenn du etwas brauchst, zögere nicht, dich an sie zu wenden! Ich habe ihr alles erklärt, wo was zu finden ist in der Wohnung und so. Sie weiß Bescheid. Und benimm dich ihr gegenüber! Ich will keine Klagen hören!«

Daniel sank beschämt in sich zusammen. Seine Schwester war eine Plage, die selbst einen Schwarm Heuschrecken vor Neid erblassen ließ. Sogar hier in der Öffentlichkeit behandelte sie ihn wie einen Minderbemittelten.

»Und denk daran, deine Medikamente zu nehmen«, fuhr sie unerbittlich fort, so laut, als wollte sie eine Ansprache halten. »Und zwar *regelmäßig*! Ich habe es Dr. Robora versprochen … Daniel? Hörst du zu? Hast du mich verstanden?«

Es war, als würde der Raum auf die Größe einer Schuhschachtel zusammenschrumpfen. Keuchend rang er nach Luft. Nur nicht dagegen reden, befahl er sich, nur keine endlosen Diskussionen lostreten.

2

Totenstille. Wie leblos lag sie da, die Simmeringer Haide, rein und unschuldig im matten Schimmer des Mondlichts, eingehüllt in eine üppige Decke aus Schnee.

Ein fernes Tuckern störte ihre Ruhe. Langsam kam es näher. Scheinwerfer flammten auf. Ächzend holperte der alte VW-Bus über den Mitterweg, vorbei an Glashäusern und endlosen Gemüsefeldern.

»Sind gleich da«, raunte Hermann Friedrich nach hinten. »Macht euch bereit!«

Sorgsam behielt er die Umgebung im Auge. Die Fracht war heikel. Deshalb auch der nächtliche Transport. Je weniger Leute etwas mitkriegten, desto besser.

In Langenlois hatte er die Ladung von einem guten Freund übernommen, dessen Schwager enge Kontakte zum Militär pflegte und somit Dinge beschaffen konnte, an die man gewöhnlich nicht herankam. Das in vielen Jahren sorgfältig aufgebaute Netzwerk der Neuen Nationalen Sauberkeitspartei machte sich bezahlt.

Der Schnee knirschte unter den Reifen, als Friedrich den Kleinbus in den Hof der aufgelassenen Gärtnerei lenkte. Das Hauptquartier der *Treuen Heimatfront*.

»Absitzen!«, befahl er und stellte den Motor ab. Er schwang sich aus dem Fahrzeug und öffnete die Seitentür. Zwei dunkle Gestalten sprangen ins Freie. »Ihr bringt die Ausrüstung in die Lagerhalle«, wies er sie an. »Verstaut sie unter den Packtischen, aber kein Lärm und kein Licht! Habt ihr verstanden?«

»Jawoll«, brüllte Haberfeld und salutierte zackig.

»Kein Lärm!«, setzte Lerch nach.

»Pssst!« Friedrich ruderte aufgeregt mit seinen Armen. »Was habe ich gesagt?«

»Kein Lärm«, wiederholte Lerch diesmal etwas leiser.

»Recht so!« Der Kommandant trat beiseite und holte einen Flachmann hervor. Mit einem kräftigen Schluck spülte er den schalen Geschmack einer langen Nacht aus seinem Mund.

Wackere Kerle waren das, seine Burschen. Männer, wie sie das Land brauchte. Bestens geeignet, um in eine glorreiche Zukunft geführt zu werden. Kühn und furchtlos. Die nächste Generation, die der alten Garde um nichts nachstand. Mit der Zeit waren sie immer mehr geworden. Am Fußballplatz hatte er sie rekrutiert, wo ihre Schlachtgesänge von Rechtschaffenheit und Kampfgeist zeugten. Da hatte er die Idee mit der *Treuen Heimatfront* geboren, einer Elitetruppe, mit der er die Vergangenheit neu auferstehen lassen wollte. Diesmal für immer.

Ein Scheppern schreckte ihn auf.

»Hoppla«, sagte Lerch und bückte sich nach einer Kiste, die am Boden lag.

»Seid vorsichtig, verdammt noch einmal!«, zischte Friedrich. »Oder wollt ihr, dass wir alle in die Luft fliegen?«

»Wieso? Was ist da drinnen?«, erkundigte sich Haberfeld neugierig.

»Geheimsache. Werdet es schon noch rechtzeitig erfahren. Los, beeilt euch jetzt!«

Handgranaten waren drinnen und eine Menge Sturmgewehre inklusive Munition. Alles, was man benötigte, um sich auf den Endkampf vorzubereiten.

Friedrich schnappte sich die letzte Kiste und trug sie in die Halle. »Das wäre dann alles«, sagte er. »Ihr bleibt hier und schiebt Wache.«

»Bei der Kälte?«, zeigte sich Lerch wenig begeistert.

Der Kommandant trat nahe an ihn heran. »Deutsches Blut kennt keine Kälte!«, bellte er. »Nichts kann einen echten Recken kleinkriegen, verstanden? Weder Hunger, noch Durst, noch Kälte! Nichts!«

Haberfeld kratzte sich am Kopf. »Aber damals in Stalingrad …«

»Schnauze!«, ging Friedrich dazwischen. »Ich will kein Wort mehr hören.« In aller gebotenen Strenge musterte er die beiden Heimatfrontkämpfer, dann wandte er sich zum Gehen. »Ach ja«, fiel ihm ein. »Wie läuft die Ippstein-Aktion? Habt ihr alles im Griff?«

Haberfeld nahm eine stramme Haltung an. »Jawoll!«, meldete er. »Alles im Griff. Werden ihm eine Lektion erteilen.«

»Aber voll«, fügte Lerch erklärend hinzu.

Der Kommandant nickte zufrieden. »Wird dem Schwein noch leidtun, sich an deutschem Eigentum vergangen zu haben. Reißt ihm den Arsch auf, Männer! Vergesst dabei aber unseren kleinen Wochenendausflug nicht. Am Samstag geht's los. Wie angeordnet.«

*

Diesmal war es nicht der grüne Volvo, der um sieben Uhr fünf vor Ippsteins Villa in der Wilhelminenstraße hielt. Es war ein weißer Ford Transit mit aufgebrochener Fahrertür und kurzgeschlossener Zündung. Um genau sieben Uhr fünf und zwei Sekunden sprang ein völlig aufgelöster Peter Tenker aus dem Auto.

»Du musst dich nicht beeilen. Wir haben jede Menge Zeit«, hörte er Kuhsteiger hinter sich rufen.

Diese Auffassung konnte er beim besten Willen nicht teilen. Das bedrohliche Rumoren in seinen Eingeweiden war während der Fahrt immer lauter geworden, die kolikartigen Bauchschmerzen immer qualvoller. Er stand unmittelbar vor einer Katastrophe. Mit letzter Kraft köpfte er seine Hose auf und hockte sich hinter den Lieferwagen.

Er hatte längst aufgehört, die Entleerungen zu zählen, die ihn seit den frühen Morgenstunden plagten. Kurz nach fünf war es losgegangen. Der Wetterbericht hatte gerade den kältesten Tag dieses Winters angekündigt, als er zum ersten Mal auf die Toilette gestürzt war. Und das mit dem kältesten Tag war kein leeres Gewäsch gewesen, wie er nun feststellte.

»Du wirkst ein klein wenig nervös«, bemerkte Kuhsteiger, der aus dem Wagen geklettert war und einen ordentlichen Schluck Weinbrand zu sich nahm. »Willst du?« Auffordernd hielt er seinem Komplizen die Flasche hin.

Tenker schüttelte den Kopf. Er war heilfroh, dass wenigstens sein Hirn noch funktionierte, und das sollte so bleiben.

»Siehst ziemlich blass aus«, stichelte der Ochs weiter. »Hebst dich kaum vom Schnee ab. Sag ehrlich, Herr Peter, wenn du nicht in der Lage bist, das Ding durchzuziehen, lassen wir es lieber bleiben.«

»Das könnte dir so passen!«, knurrte Tenker, während er seinen tiefgekühlten Hintern notdürftig mit einem Taschentuch säuberte.

»Ich meine, wenn deine Nerven …«

»Mit meinen Nerven ist alles okay!«, stellte er klar. Und dann redete er sich auf eine verdorbene Meeresfrüchtepizza vom Vorabend raus.

»Wenn du meinst. Na los, wir sollten uns allmählich verdrücken.«

Tenker zog sich die Hose hoch und lief neben Kuhsteiger zur nächsten Quergasse hinunter, wo sie hinter einer Gartenmauer in Deckung gingen. Trotz der niedrigen Temperaturen standen Schweißperlen auf seiner Stirn. Die wenigen Schritte hatten ihn völlig außer Atem gebracht. Er fühlte sich erbärmlich, alles andere als fit und das ausgerechnet zum unpassendsten Zeitpunkt. Jetzt galt es, die Aktion so rasch und unkompliziert wie möglich über die Bühne zu bringen. Wenn sie Ippstein erst einmal in ihrer Gewalt hatten, war das Schlimmste überstanden.

Der Plan sah vor, den Brauereiunternehmer unverzüglich in ihren Unterschlupf zu schaffen. Schon vor Monaten war Tenker bei einem Ausflug zufällig auf die halb verfallene Sargfabrik in der Nähe des Schwarzenbergparks gestoßen. Sofort war ihm klar gewesen, dass ihm ihre abgeschiedene Lage eines Tages nützlich werden könnte. Ganz allein stand sie in der Landschaft. Irgendwie verloren. Weit weg vom Schuss. Keine Nachbarn, denen seltsame Aktivitäten aufgefallen wären. Und die Gefahr, dass sich mitten im Winter Spaziergänger auf das verlassene Gelände verirrten, war gleich Null. Bis zur Übergabe des Lösegelds hatten sie dort nichts zu befürchten.

Auf fünf Millionen hatte er sich mit dem Ochs nach langem Tauziehen geeinigt. Mehr als genug für Sonne, Sand und Meer bis ans Ende aller Tage. Südamerika kam ihm in den Sinn oder Thailand. Das richtige Plätzchen würde er schon noch finden.

Tenker griff sich stöhnend an den Bauch. Die nächste Kolik war im Anrollen. »Vielleicht sollten wir alles noch einmal durchgehen«, schlug er vor, um sich von den Schmerzen abzulenken.

»Nicht schon wieder, Herr Peter!« Kuhsteiger fletschte gequält seine Zähne. »Sogar ein Vollidiot hätte deinen Plan mittlerweile kapiert. Scheiß dich nicht an! Wir werden schon nichts Wichtiges vergessen.«

Tenker blieb das Herz stehen. »Das haben wir bereits!«, flüsterte er aufgeregt. »Die Masken! Sie liegen noch im Auto.«

»Dann würde ich mich an deiner Stelle aber beeilen!«, zischte der Ochs. »Es ist fünf vor halb acht.«

Kopfschüttelnd betrachtete er seinen Partner, der gebückt zum Wagen zurückhetzte. Zuerst hatte er an dem Plan in seiner Gesamtheit gezweifelt. Nun zweifelte er vor allem an Tenker. Offenbar war der Mann den anstehenden Belastungen nicht gewachsen. Keine Frage, dass er bei der erstbesten Gelegenheit die Nerven wegschmeißen und das ganze Unternehmen in Gefahr bringen würde. Ein Desaster war so gut wie vorprogrammiert.

Am vernünftigsten wäre es, den Coup allein zu Ende zu bringen, frischte Kuhsteiger einen Gedanken auf, der ihm schon am Vortag gekommen war. Sobald sie Ippstein im Versteck abgeliefert hätten, wollte er auf eine weitere Kooperation mit Tenker verzichten. Irgendwie würde er ihn schon loswerden. In einer baufälligen Fabrik sollte es keine Mühe bereiten, einen kleinen Unfall zu arrangieren.

Kuhsteiger blickte auf seine Uhr. Halb acht und von diesem Brauereiheini war weit und breit nichts zu sehen.

*

Die Verdauungsstörungen, mit denen Bezirksinspektor Doppler zu kämpfen hatte, waren anderer, wenn auch, wie im Fall von Peter Tenker, psychosomatischer Natur. Seit man ihm eröffnet hatte, dass dieser Magister ihm bei der Arbeit unter die Arme greifen sollte, litt er an einer hartnäckigen Verstopfung, die ihm zusehends ein unangenehmes Ballongefühl bescherte. Wie üblich richtete sich sein Unmut vor allem gegen Simone. Immerhin war sie es, die sich seiner Karriere beharrlich in den Weg stellte, ihn bei jeder Gelegenheit niedermachte und auf ihm herumtrampelte. Und dann noch die bodenlose Frechheit, von ihm zu erwarten, dass er sie und ihren frisch Angetrauten um vier Uhr morgens hinaus nach Schwechat zum Flughaften kutschierte. Gut, dass sie endlich weg war! Keine Träne würde er ihr nachweinen!

Wie gebannt fixierte Doppler die Wanduhr. Es war zwölf Minuten nach acht und mit jedem Vorrücken des Sekundenzeigers nahm seine Schadenfreude zu. Kleist war spät dran. Eine hervorragende Gelegenheit, dem kleinen Wichser einen ersten Anschiss zu verpassen. Einen, der sich gewaschen hatte!

Das Muttersöhnchen würde seinem Schicksal direkt in die Arme laufen. Doppler hatte alles wohldurchdacht und seinen Schreibtisch selbstbewusst in die Mitte des Raums geschoben. Auf diese Weise wurde er für jeden Besucher zu einem imponierenden ersten Eindruck. Und ... er trug eine Krawatte! Seine einzige. Die beigefarbene mit den grünen Punkten. Ein charakteristisches Merkmal der Macht, wie er fand, unverzichtbar für einen Mann in seiner Position.

»13 Minuten und 47 Sekunden zu spät!«, fuhr er seinen Mitarbeiter an. »Was haben Sie vorzubringen?«

»Vorerst guten Morgen«, lächelte Kleist und zwängte sich an Dopplers Schreibtisch vorbei, der eine Spur zu nahe an der Tür stand. Ohne näher auf den Vorwurf einzugehen, begab er sich an Simones Arbeitsplatz, der ihm vorübergehend zugewiesen worden war.

»Unser Dienst beginnt um acht«, erklärte der Bezirksinspektor. »Keine Sekunde später ... und, ähm, keine früher.« In seiner Stimme schwang leichte Unsicherheit mit. Bei der innenarchitektonischen Umgestaltung des Büros hatte er nicht bedacht, dass Kleist hinter seinem Rücken sitzen würde und er ihn dadurch unmöglich im Auge behalten konnte, ohne sich ständig umzudrehen.

»Die Arbeitszeiten sind mir durchaus bekannt, Herr Bezirksinspektor.«

»Und wieso erscheinen Sie dann erst jetzt?«, hakte Doppler nach, während er sich geräuschvoll daranmachte, den Schreibtisch an seinen Ausgangspunkt zurückzubefördern.

»Sie müssen entschuldigen, ich war bei Dr. Feuersturm. Er hat mich letzten Freitag gebeten, einige Ihrer Protokolle zu korrigieren, bevor sie an die Staatsanwaltschaft weitergeleitet werden.«

»So? Tat er das?« Doppler runzelte die Stirn. Es fing schon an. Kaum saß man in einer Führungsposition, hatten die verfluchten Neider nichts Eiligeres zu tun, als einen zu piesacken. »Jetzt sperren Sie die Ohren auf! Ich bin hier der Boss. Ist das klar? Ich wünsche, dass Sie mich informieren, bevor Sie an meinen Berichten herumpfuschen!«

»Selbstverständlich, da bin ich ganz Ihrer Meinung«, pflichtete ihm sein Mitarbeiter bei. »Grundsätzlich pflege ich, auf diese Weise vorzugehen. Aber da Sie bei Dr. Reichenbachs Hochzeit weilten und Dr. Feuersturm darauf bestand, die Berichte spätestens heute in Händen zu halten.«

»Aha, jetzt ist also Dr. Feuersturm schuld daran, oder was?«

»Vielleicht beruhigt es Sie zu erfahren, dass ich keine inhaltlichen Änderungen vorgenommen, sondern Ihren Aufzeichnungen lediglich einen, hm, anderen stilistischen Touch gegeben habe.«

Doppler beruhigte das keineswegs. »Einen was?«, brüllte er.

»Die Ausdrucksweise erschien Dr. Feuersturm ein wenig zu verworren. Ihre orthographische Schwäche hielt er ebenso für unterstützungswürdig.«

Der Bezirksinspektor biss die Zähne zusammen. Der Mann, der ihm zur Seite stehen sollte, war nichts anderes, als ein mieser kleiner Spitzel! Und was diese angebliche orthographische Schwäche anbelangte, mein Gott … Er hatte nie behauptet, Stadtpläne zeichnen zu können. Das war nicht seine Aufgabe.

Mit erhobenem Zeigefinger trat er an seinen Untergebenen heran. »Bevor Sie weiterhin Ihre Zeit mit unnützem Zeug vergeuden, werden Sie in Hinkunft *mich* fragen, ob nichts Wichtigeres ansteht! Sie werden nicht bezahlt, um Romane zu schreiben. Haben Sie mich verstanden?«

»Selbstverständlich.« Kleist nickte beschwichtigend. »Wenn etwas Dringendes anliegt, lassen Sie es mich ruhig wissen. Im gegenteiligen Fall würde ich gerne den Kollegen von der Kriminaltechnik einen Antrittsbesuch abstatten.«

»Nein, das werden Sie nicht!« Doppler nahm mit Befriedigung zur Kenntnis, dass seine Autorität bereits Wirkung zeigte. Der Eierkopf war schneller weich geworden, als er gehofft hatte. »Sie bewegen sich augenblicklich in die Kantine und holen mir zwei Zimtschnecken und ein Cola!«

»Ich bedaure außerordentlich«, wehrte Kleist lächelnd ab. »Die Versorgung von Vorgesetzten mit Nahrungsmitteln fällt nicht in meinen Aufgabenbereich. Sollten Sie einen dienstlichen Auftrag für mich haben, Sie wissen, wo Sie mich finden.«

Dopplers Mund stand sperrangelweit offen. Fassungslos glotzte er seinem Mitarbeiter nach, der, ohne ein weiteres Wort zu verlieren, aus dem Zimmer stolzierte. Einen kurzen Moment lang überlegte er, einfach seine Glock zu ziehen und dem anmaßenden Milchgesicht nachzufeuern. Einmal, zweimal, dreimal ... das ganze verdammte Magazin!

*

»Ja, ja, ich komme schon!«, rief Daniel. »Einen Augenblick noch, bitte.«

Schon am Vortag hatte es an der Tür geklingelt. Immer wieder, in regelmäßigen Abständen. Da war er allerdings nicht in Stimmung gewesen, Gäste zu empfangen, sondern hatte sich lieber im Schlafzimmer hinter dem Gummibaum verschanzt, bis der Störenfried wieder abgezogen war. Die Umstellung auf ein Leben außerhalb der Klinik funktionierte eben nicht von heute auf morgen.

Seit dem Aufstehen war alles anders. Er fühlte sich prächtig. Frisch und putzmunter. Voller Elan sozusagen. Sogar im Baumarkt war er schon gewesen und nun juckte es ihn geradezu, noch eins draufzusetzen und nachzusehen, wer ihn mit seinem Besuch beehren wollte. Was ihn daran hinderte, war sein halsbrecherischer Balanceakt auf einem wackligen Holzstuhl in der Badewanne, von dem aus er den neu erworbenen Duschvorhang an der Halterung befestigte. Mit Gewalt versuchte er, die letzte, außerordentlich widerspenstige Öse in den Haken zu fädeln. Dies verleitete ihn zu einer komplizierten Verrenkung und führte in weiterer Folge zum Verlust seines Gleichgewichts.

»Daniel, um Himmels willen, was ist los?«, schrie Lisa erschrocken, als sie ins Bad stürzte. »Ich habe Lärm gehört und …«

»Ach, du bist es.« Benommen rappelte er sich auf und kletterte aus der Wanne. »Keine Angst, es ist nichts weiter passiert. Ich …«

»*Nichts weiter*? Das sieht mir aber anders aus!«

»Hm? Wieso? … Was meinst du?«

»Das Blut meine ich!«

»Blut?« Vorsichtig betastete er seinen Kopf. Tatsächlich, er blutete und zwar ziemlich heftig. Sein linkes Ohr fühlte sich an, als wäre es beim Sturz zur Hälfte abgerissen worden. »Halb so schlimm«, versuchte er die Sache herunterzuspielen.

Lisa ließ sich nicht beirren. Entschlossen zerrte sie ihn hinüber ins Wohnzimmer und beförderte die Erste-Hilfe-Box aus dem Einbauschrank.

»Gut, dass mir Simone einen Wohnungsschlüssel dagelassen hat. Ursprünglich habe ich ihre Sorgen für übertrieben gehalten, aber jetzt … Los, setz dich aufs Sofa, bevor du mir in Ohnmacht fällst!« Bewaffnet mit Desinfektionsmittel, Mullbinde und Druckverband kniete sie sich neben ihn und machte sich daran, die Wunde zu verarzten. »Ohne fremde Hilfe bist du anscheinend wirklich aufgeschmissen«, bemerkte sie mit gespielter Strenge. »Ein schwerer Fall, hm?«

»Genau genommen ein tiefer«, stellte er richtig. »Von einem wackligen Stuhl … Aua!«

Lisa lachte. »Das wird jetzt ein bisschen brennen«, warnte sie ihn etwas zu spät. »Was hattest du auf einem Stuhl verloren? Du wolltest dich doch nicht erhängen, oder?«

»Nein, heute noch nicht.« Auch Daniel musste grinsen. Es überraschte ihn, wie gelassen er ihre pflegerischen Maßnahmen über sich ergehen lassen konnte. Für gewöhnlich hielt er Menschen so gut es ging auf Distanz. Körperlicher Kontakt war ihm unangenehm, bisweilen höchst zuwider, doch bei Lisa störte es ihn keineswegs, dass sie umständlich an seinem Ohr herumbastelte, dabei fast auf seinem Schoß zu sitzen kam und sich eng an ihn schmiegte. Er mochte ihre Nähe. Und er mochte ihren Duft. Lavendel war das, wenn er sich nicht täuschte.

»Du hast Glück, dass ich Krankenschwester bin«, erklärte sie. »Ich denke, wir können darauf verzichten, das Ohr zu amputieren. Früher oder später wird es wieder halten. Du musst nur vorsichtig sein. Und lass den Verband oben!«

»Du bist Krankenschwester?« Verwundert sah er sie an. Aug in Aug. Er spürte ihren Atem an seiner Wange. »Das wusste ich gar nicht.«

»Na, ja, fast. Ich war in der Schwesternschule. Diplom habe ich keines. Und es ist schon eine Weile her, aber ein bisschen ist doch hängengeblieben ... Nun, was sagst du?«

Skeptisch betrachtete er sich in dem kleinen Schminkspiegel, den sie ihm vors Gesicht hielt. Der Turban saß erbärmlich schief und einige, nicht zu bändigende Haarbüschel zeigten wirr in alle Richtungen. »Die Prüfung hättest du sowieso nicht bestanden, so wie das hier aussieht!«, maulte er.

»Pass auf, was du sagst, Nachbar! Ohne mein beherztes Eingreifen wärst du längst tot. Du solltest mir dankbar sein!«

»Oh, das bin ich!«, lenkte er rasch ein.

Er war es wirklich. Im Gegensatz zu seiner Schwester, die ihn nur als lästige Verpflichtung ansah, deren Fürsorge zweifellos auf einem schlechten Gewissen beruhte, wirkte Lisas Anteilnahme echt. Genauso, wie ihre Fröhlichkeit, ihr spitzbübisches Lächeln und das alles. Die Frau strahlte eine unglaubliche Wärme aus. Zudem war sie erfrischend farbenfroh, wie ihm erst jetzt auffiel, in ihrem roten Strickkleid und der orange-braunen Ringelstrumpfhose. In diesem Moment hätte er sie am liebsten in die Arme genommen und gedrückt.

»Ich finde dich nett«, hörte er sich sagen und errötete bis unter den Verband. »Ich meine, nett, dass du dich um mich kümmerst«, fügte er schnell hinzu.

»Ts, ts, ts ...« Lisa zog eine Augenbraue hoch, was ziemlich witzig aussah. »Es fällt mir schwer, das einem Kerl zu glauben, der mir erst kürzlich einen Korb gegeben hat.«

»Einen Korb?«

»Bei der Hochzeit. Da hast du dich ja standhaft geweigert, mit mir zu tanzen.«

»Hm, ach so, das … Es tut mir leid, ehrlich!« Daniel kam ins Stottern. »Ich … Ich bin manchmal so verloren … Weißt du, was ich meine? Ähm, in Dimensionen, die … wie soll ich es ausdrücken … Dann nehme ich von dem, was um mich vorgeht, einfach nichts mehr wahr … Es ist … Nun, da ist oft so ein undurchdringbarer Schleier, der sich über mich legt und plötzlich … Verstehst du?« Was um Himmels willen stammelte er da? Stumpfsinniges Zeug war das! Was sollte sie bloß von ihm denken?

Lisa nickte wissend. »Ich kenne das von meinem Wellensittich«, bestätigte sie. »Der ist in einem ähnlichen Zustand in den offenen Kamin geflogen. Und dann … *brutzel*!«

»Keine Bange, hier gibt es keinen offenen Kamin. Der Stabmixer und das Backrohr sind die gefährlichsten Fallen im Haus.«

»Und die Brotschneidemaschine, das Bügeleisen, der Fensterdampfreiniger … Da kommt einiges auf mich zu, fürchte ich.« Lisa erhob sich und zupfte noch einmal am Verband herum. »Dann werde ich dich jetzt mit deinem Zerstörungstrieb allein lassen«, sagte sie und wandte sich zum Gehen.

»Nein, warte!«, brach es aus ihm heraus. »Bleib da!« Er sprang auf und hielt sie zurück. »Ähm, ich meine, nun, ich … ich hab dir gar nichts angeboten. Möchtest du etwas trinken? Ich sehe nach, was Simone dahat … Einen Tee vielleicht?«

»Nun ja, wenn du mich so nett bittest ... Dagegen hätte ich nichts einzuwenden.«

Selig lächelnd eilte Daniel zur Küche. »Und mach dir keine Sorgen um mich. Ich habe alles unter Kontrolle!«, rief er, bevor er gegen den Türstock prallte.

»Deine Kontrollfunktionen erscheinen mir verbesserungswürdig!«, kicherte Lisa. Dann reichte sie ihm ein Taschentuch, um sein Nasenbluten zu stillen.

*

Ippstein erwachte. Ganz allmählich. Ein modriger Geruch lag in der Luft, ein Ekel erregendes Gemisch aus Feuchtigkeit, Schimmel und Staub, das ihn zwang, durch den Mund zu atmen. Die Kälte war ihm bis in die Eingeweide gekrochen, und sein Schädel dröhnte, als donnerte ein Güterzug über ihn hinweg. Er zitterte am ganzen Leib. Erst jetzt bemerkte er, dass er an einen Stuhl gefesselt war, was zwei essenzielle Fragen aufwarf. Erstens: Was war passiert? Und zweitens: Wo zum Teufel war er?

Er fand keine Antworten. In seinem Gedächtnis klaffte ein riesengroßes Loch. Vollkommenes Schwarz. So makellos wie die Finsternis, die ihn umgab. Und dann war da noch diese unnatürliche Stille, die das Hämmern in seinem Kopf um ein Vielfaches verstärkte.

»Ist da jemand?«, fragte er in die Dunkelheit. »Kann mich jemand hören?«

Die Angst kam Hand in Hand mit der ersten Erinnerung. *Wir kriegen dich, wo immer du dich verkriechst!* Flackernd tanzten die Buchstaben vor seinen Augen, und wie bei einer Filmblende mischte sich ein Hakenkreuz dazu …

Mit einem Schlag war er hellwach. Er war ein Narr gewesen! Leichtsinnig und verantwortungslos. Statt Vorkehrungen für seine Sicherheit zu treffen, hatte er die Bedrohung konsequent ignoriert. Als wäre er unantastbar. Er hatte es seinen Gegnern viel zu leicht gemacht!

Die Wut trieb ihn an. Wie besessen zerrte er an den Fesseln, warf sich hin und her und bäumte sich auf. Minutenlang. Bis an den Rand der Erschöpfung. Dann rebellierte sein Magen. Erbrochenes quoll aus seinem Mund und lief ihm über die Brust. Schwer atmend saß er da, bis der stechende Schmerz in seinem Hinterkopf verebbte.

Er durfte seine Kräfte nicht vergeuden, zwang er sich zur Räson. Mit Gewalt war nichts zu machen. Er musste Geduld aufbringen, analytisch vorgehen und nach Lösungen suchen. Denn eines lag auf der Hand. Irgendwann würden seine Entführer auftauchen, ihre Forderungen auf den Tisch legen, und dann galt es, die richtigen Karten auszuspielen. Zähe Verhandlungen standen an. Verhandlungen, bei denen es um Leben und Tod ging. Und genau darin sah er seine Chance. Verhandeln war seine Stärke. Sein halbes Leben hatte er nichts anderes getan.

*

Der kälteste Tag des Jahres neigte sich seinem Ende zu und machte keine Anstalten, wärmer zu werden. Minus neun Grad maß man auf der Hohen Warte und das war eindeutig zu viel. Oder zu wenig, je nachdem, wie man es sehen wollte.

Dick in ihren Daunenmantel gehüllt, die selbst gestrickte Wollmütze bis zur Nasenwurzel heruntergezogen, saß Lotte Bal im Fünfer und fror vor sich hin. Sie hatte sich extra den Sitz über dem Heizkörper gesichert, ehe ihr jemand zuvorgekommen war, und dann das! Mürrisch fragte sie sich, ob der Radiator tatsächlich defekt war oder ob es die Wiener Linien lediglich darauf anlegten, ihre Fahrgäste zu schikanieren. In der Straßenbahn war es kaum wärmer als draußen. Ein Witz, wenn man bedachte, dass sie oft im Oktober bei noch spätsommerlichen Temperaturen schon wie die Verrückten heizten. Am liebsten hätte sie den Fahrer zur Rede gestellt, doch ein Schild wies darauf hin, dass es verboten sei, ihn während der Fahrt anzusprechen, und solche Vorschriften nahm Lotte sehr genau.

Außerdem beschäftigte sie eine andere Sache noch viel mehr. Es ging um Kurt. Genau genommen um sein befremdendes Benehmen ihr gegenüber. Sie hatte untertags in der Bundespolizeidirektion zu tun gehabt und die Gelegenheit genutzt, mit ihm zu Mittag zu essen. Eigentlich war sie davon ausgegangen, dass er sich über ihren Besuch freuen würde, doch so wie er sich dann in der Kantine verhalten hatte, musste ihm schon mehr im Magen gelegen sein, als der äußerst suspekte Rindfleischeintopf.

Kaum ein Wort sprach er mit ihr, stocherte nur lustlos auf seinem Teller herum und gab hin und wieder giftige Geräusche von sich. Lotte wagte nicht, nach dem Grund zu fragen. Nicht vor den Kollegen. Sie wusste, wie er reagiert hätte. Abweisend und grantig.

Nein, es gäbe keine Probleme, sagte er dann immer und der Ton, in dem er es sagte, ließ auf das Gegenteil schließen. Über seine Befindlichkeiten Auskunft zu geben, zählte nicht gerade zu seinen Stärken. Im Übrigen vertrat er nach wie vor die Meinung, dass niemand in der Polizeidirektion mitzukriegen brauchte, dass sie … nun … ein Verhältnis hätten. Wegen des unvermeidlichen Tratsches, wie er argumentierte.

Lotte verstand nicht, weshalb ständig *sie* zum Handkuss kam, weshalb ausgerechnet *sie* es sein musste, an der er seine miese Laune abreagierte. Und genau das tat er, wenn er brummbärig ins Leere starrte und sie beharrlich ignorierte.

Lag es denn wirklich an ihr? Trug sie die Schuld an seinem Frust? Natürlich bereitete es ihm Probleme, mit ihrer Zurückhaltung umzugehen. Lotte wusste nur zu gut, wie sehr er sich danach sehnte, endlich mit ihr, hm, wie sollte sie es ausdrücken, ähm, zu schlafen. Zwar sprach er das nie offen aus, aber seine Andeutungen waren viel zu plump, als dass ein feinsinniger Mensch sie überhören könnte. Ein Mann hatte schließlich gewisse Bedürfnisse, und die war sie nicht bereit zu befriedigen. Noch nicht. Sie brauchte Zeit. Sie war keine, die sorglos mit einem Kerl ins Bett sprang. Das hatte sie noch nie getan. Überhaupt hatte sie das noch nie getan … Bedauerlicherweise. Aber so war sie eben. Das lag an ihrer Erziehung. Pure Fleischeslust sei ungehörig, hatte ihr die Mutter eingetrichtert, kaum war sie von ihrer Menarche heimgesucht worden. Sexualität bedeute mehr als schnelle Befriedigung. Sie setze tiefe Gefühle voraus, bedingungslose Zuneigung. *Liebe*! Sympathie allein reiche nicht, was Lotte wie so oft zur Frage aller Fragen führte. Was empfand sie für Kurt? Die Antwort war immer dieselbe. Sie wusste es nicht.

Irgendwann würde sie sich erklären müssen, und mit ihrer katholischen Erziehung brauchte sie ihm gar nicht zu kommen. Die Geschichte würde er ihr nicht abkaufen und die Wahrheit wollte sie selbst nicht hören. Dass sie Angst hatte. Angst davor, etwas falsch zu machen, sich ungeschickt anzustellen. Im Bett nämlich. Ein ungelenker Handgriff und schon brach das Gezeter los. Männer konnten ja so schrecklich wehleidig sein! Oder auch ein Handgriff zu wenig, nur dazuliegen wie eine Gummipuppe …

Wie nichts anderes auf der Welt fürchtete sie den Moment, in dem sich Kurt keuchend zwischen ihre Beine drängte und bemerkte, dass sie noch Jungfrau war. Eine 33-jährige Jungfrau wohlgemerkt. Nein, sie legte absolut keinen Wert darauf, ausgelacht und abgewiesen zu werden. Nicht von Kurt, und nicht von den wenigen Männern vor ihm. Diese Blamage galt es tunlichst zu vermeiden. Was sie auch standhaft tat. Und das seit mittlerweile 15 Jahren. Lotte war zweifellos die ungeschlagene Weltmeisterin im Vermeiden.

Fast hätte sie vergessen, rechtzeitig auszusteigen. Sie standen bereits in der Station Burggasse, als sie hektisch aufsprang und aus der Straßenbahn hüpfte. Das Lokal, in dem sie sich verabredet hatten, lag oben am Gürtel. Während sie hinaufspazierte, blieben ihr also noch zwei, drei Minuten um nachzudenken. Eine letzte Galgenfrist, in der sie entscheiden musste, wie sie Kurt ihr kleines Problem beibringen wollte.

*

Am liebsten hätte Bezirksinspektor Doppler diesen Tag um 16 Uhr ersatzlos aus seinem Gedächtnis gestrichen. Es grenzte an ein Wunder, dass er angesichts eines besserwisserischen Mitarbeiters und der lästigen Verdauungsstörung seine Beherrschung nicht verloren hatte. Alles, woran er dachte, war schleunigst heimzukommen, um sich zur Beruhigung das ein oder andere Horrorvideo reinzuziehen. Doch ein Anruf, kurz vor Dienstschluss, hatte ihm wie so oft einen dicken Strich durch die Rechnung gemacht. Es war Lotte gewesen, die ihn genötigt hatte, mit ihr essen zu gehen, in ein angeblich ganz, ganz tolles Lokal, das sie ihm unbedingt zeigen wollte. Außerdem müsse sie dies und jenes mit ihm besprechen, hatte sie kryptisch anklingen lassen. *Dies und jenes*. So, wie sie das gesagt hatte, durfte er nicht hoffen, dass es um etwas Erfreuliches ging. Um den längst fälligen Geschlechtsverkehr zum Beispiel.

Wie naiv war er gewesen, anzunehmen, Lotte hätte ein gemütliches Wirtshaus ausgewählt, die *Vorstadt* zum Beispiel, mit bodenständiger Hausmannskost, deftig und ausgiebig, so wie er es gerne mochte. Denkste! Aus dem Cordon Bleu, mit dem er geliebäugelt hatte, war nichts geworden, denn er saß in einem Fernost-Lokal namens *Fun-t-Asia* und aß gefüllte Sepien, ohne zu wissen, was genau da auf seinem Teller lag. Konkreter gesagt, versuchte er sie zu essen, denn auf Lottes eindringlichen Wunsch hin, der an eine rüde Zurechtweisung grenzte, hatte er Messer und Gabel beiseite gelegt und zu den Holzstäbchen gegriffen, die offenbar dazu bestimmt waren, aus der Mahlzeit eine langwierige Tortur zu machen.

»Schau dich um, Kurt! Kein Mensch isst hier mit Besteck«, hatte sie vorwurfsvoll gemeint. »Das sieht dumm aus!«

Doppler bezweifelte, mit den unberechenbaren Stäbchen in seiner Hand bedeutend intelligenter zu wirken. Ihre korrekte Handhabung blieb ihm auch nach dem zehnten Bissen noch ein Rätsel. Aber wenigstens hatten die Dinger den Vorteil, dass von dem undefinierbaren Sepienzeug mehr am Boden landete, als in seinem Magen. Der Appetit war ihm nämlich schon vergangen, als die Kellnerin Lottes Muscheln serviert hatte. Die schleimigen Klumpen sahen einfach widerlich aus! Wie man so etwas runterbrachte, war ihm schleierhaft.

»Ich glaube, ich habe genug«, verkündete er und lockerte seine Krawatte.

»Schon? Ist der Tintenfisch nicht gut?«

Doppler sah sie verdutzt an. »Der … wer?«, röchelte er erblassend. Von Tintenfisch war nie die Rede gewesen, als sie den Mist für ihn bestellt hatte.

»Wenn die Sepien nicht in Ordnung sind, lass dir etwas anderes bringen.«

»Nein, nein«, wehrte er entschieden ab. »Ich habe keinen Hunger mehr.«

»Möchtest du vielleicht eine Muschel kosten?«, bot sie ihm an. »Sie sind ausgezeichnet!«

»Das glaube ich gerne, aber, hm, nein danke.«

»Einfach ausgezeichnet!«, wiederholte sie und betupfte ihre Lippen mit der Serviette.

»Was wolltest du eigentlich mit mir besprechen?«, fragte er unverblümt, um sie auf ein anderes Thema zu bringen. Er fand, dass es an der Zeit war, endlich zur Sache zu kommen, bevor sie noch eine Stunde hier herumsaßen und er gezwungen war, eine der exotischen Nachspeisen runterzuwürgen.

Lotte nahm sich Zeit. Bedächtig faltete sie die Serviette zusammen, legte sie neben ihren Teller und strich sie mit der Handfläche glatt. Dann atmete sie tief durch. »Ich denke, wir müssen, hm, reden. Über uns. Also … ich meine, wie es weitergehen soll und so. Du weißt schon. Ganz allgemein, nichts Konkretes. Ich hatte schon seit Längerem vor …«

Doppler grinste sie breit an. Endlich war es so weit! Gleich würde sie ihm gestehen, dass sie mit ihm ins Bett wollte.

»Bis jetzt gab es keinen günstigen Moment …«, fuhr sie fort.

»Also ich bin jedenfalls bereit«, erklärte er fröhlich und zwinkerte ihr zu.

»Nein, bitte lass mich ausreden, Kurt! Es ist ohnehin schwer genug für mich. Ich …«

»Na, wenn das nicht der Herr Bezirksinspektor ist!«, rief Lisa Ippstein mit schriller Stimme und eilte quer durch das Restaurant auf ihn zu. »So ein Zufall! Dürfen wir uns zu Ihnen setzen? Hier ist es ja gerammelt voll!«

Lotte sah sich irritiert um. »Kurt, wer bitte ist das?«

»Äh …«

»Lisa Ippstein«, sprang sie ein.

»Hm, ja. Wir haben uns bei Simones Hochzeit kennengelernt«, bestätigte er, und das war nur ein Bruchteil dessen, was ihm zu ihr einfiel.

Seine Assoziation in voller Länge hätte etwa so ausgesehen. Sie war der Hammer! Absolut scharf und voll geil. Genau sein Typ, mit ihrer zarten, fast knabenhaften Statur, den dunklen schulterlangen Haaren, ihren riesigen Mangaaugen und dem strahlenden Lächeln.

Lisa war Mitte Dreißig, sah aber deutlich jünger aus, was bei ihm gewisse Fantasien weckte. Fantasien von einem unschuldigen, blutjungen Ding nämlich, einer unberührten Jungfrau, die ihm – vorzugsweise in Ketten gelegt – willenlos ausgeliefert war. Eine wie sie stellte er sich gerne vor, wenn er mangels Lottes sexuellen Appetits seinen eigenen Hunger im Alleingang stillte.

»Und das ist Daniel Reichenbach«, fügte er mit etwas weniger Euphorie hinzu. Auf den Verrückten in Lisas Schlepptau hätte er gerne verzichtet. »Der Bruder meiner Kollegin, Simone Reichenbach … Du weißt ja.«

»Angenehm«, sagte Lotte kühl, bevor sie sich pikiert abwandte. Ausgerechnet jetzt mussten die beiden auftauchen! Gerade, als sie den Stier bei den Hörnern packen wollte. Die Aussprache mit Kurt konnte sie sich abschminken.

»Was ist mit Ihrem Kopf passiert?«, fragte der Bezirksinspektor neugierig und deutete auf Daniels Verband.

»Ach, nichts.«

»Eine Schlägerei? Ha, ha!«

»Nein.«

»Was dann?«

»*Nichts.*«

»Sie haben bereits gegessen?«, erkundigte sich Lisa, während sie neben Lotte Platz nahm. »Tut mir leid, dass wir uns aufdrängen. Ich hoffe, wir stören nicht.«

»Nein, nein«, hüstelte Doppler. »Keineswegs.«

»Ich bin übrigens Lotte Bal«, verkündete Lotte Bal, ehe sie Gefahr lief, von keinem mehr beachtet zu werden.

In diesem Moment war Doppler klar geworden, dass aus dem erhofften gemütlichen Beisammensein mit anschließendem Sex nichts mehr werden würde. Lottes versteinerte Miene, ihren strafenden Blick, die dünnen, zusammengepressten Lippen hatte sogar er richtig gedeutet.

Er lag daheim in seinem Bett, natürlich alleine, und starrte hinauf zur Decke. Etwas wollte ihm nicht aus dem Kopf und hielt ihn seit Stunden wach. Doch es war nicht Lottes miese Laune, die ihn beschäftigte. Es war etwas Unvorhergesehenes passiert. Etwas, das er in seinen kühnsten Träumen nicht erwartet hatte.

Zuerst dachte er an einen Zufall, an eine unabsichtliche Berührung, als unter dem Tisch ein Fuß gegen seinen stieß. Doch der Fuß wurde nicht zurückgezogen. Er blieb, er schmiegte sich an, rieb sich an seinem Knöchel und schob sich langsam an seiner

Wade hinauf. Und dann fing Doppler Lisas betörendes Lächeln ein. Ein kurzer Wimpernschlag, ein keckes Lippenlecken – und eine mächtige Hitzewelle wälzte sich durch seinen Körper. Er konnte es nicht glauben! Träumte er? Dieses schamlose kleine Luder machte sich tatsachlich an ihn heran! Völlig hemmungslos, in aller Öffentlichkeit! Ein paar Sekunden saß er wie in Trance da, unfähig sich zu bewegen, dann wanderte sein Blick vorsichtig durch die Runde. Niemand schien etwas zu bemerken. Lotte hatte sich abgewandt und starrte zum Fenster hinaus, während der Verrückte seit geraumer Zeit mit einem Zahnstocher ein kompliziertes Muster in seine Handfläche piekte.

Ein prickelnder Schauer lief Doppler über den Rücken, als der Fuß noch ein Stückchen höher rückte und sich behutsam zwischen seine Oberschenkel zwängte. Und wer weiß, in welche Regionen er noch vorgedrungen wäre, hätte sein Körper nicht in diesem Moment die Verstopfung für beendet erklärt und ihn zur Toilette getrieben.

3

Nicht einmal die gleißende Wintersonne, die durchs Wohnzimmerfenster strahlte, brachte Daniel Erleuchtung. Sie blendete ihn nur. Das Word-Dokument, das geduldig auf seine Eingaben wartete, zeigte sich nach wie vor jungfräulich. So rein und weiß, wie er es vor einer Stunde geöffnet hatte. Zornig fixierte er die Tastatur, als hoffte er, so die ungeordneten Buchstaben zu Wörtern und diese wiederum zu sinnvollen Sätzen zusammenfügen zu können. Die Hoffnung verringerte sich von Minute zu Minute.

Daniel war auf den Boden der Realität zurückgeholt worden, was bei ihm an und für sich etwas Positives bedeuten sollte. Doch das tat es nicht. Eine große, schwere Unzufriedenheit lastete auf ihm, wie ein schwarzer Schatten. Zum Narren hatte er sich gemacht, zur Witzfigur! Wie so oft.

»Ich … tja, also …. ich würde dich gerne, ähm, einladen, hm, zum Abendessen … Äh, als Dank gewissermaßen … für deine Hilfe …«, hatte er wie der letzte Bauerntölpel gestammelt und dabei betreten auf seine Schuhe geglotzt.

Hatte er ernsthaft angenommen, Lisa würde etwas für ihn empfinden? Ausgerechnet für ihn? Er hatte sich einer Illusion hingegeben, nichts weiter, und seinen Trugschluss erst bemerkt, als sie, kaum waren sie im *Fun-t-Asia* gelandet, nur mehr Augen für diesen Kriminalpolizisten gehabt hatte. Und seine Reaktion auf diese kalte Dusche war wieder einmal bar jeder Würde gewesen. Eine typisch Danielsche Reaktion eben. Statt dem ungeplanten Aufeinandertreffen mit Gelassenheit und geistreicher Konversation zu begegnen, hatte er sich schmollend in sein Schneckenhaus zurückgezogen. Wie ein trotziges Kleinkind, dem man sein Spielzeug wegnahm. In hundert Jahren würde er es nicht hinkriegen, sich wie ein normaler Mensch zu benehmen, dem Rahmen angemessen.

Resignierend schloss er das Word-Dokument und fuhr den Laptop hinunter. So aufgewühlt, wie er war, würde das heute nichts mehr werden. Erst musste er sich beruhigen, klare Gedanken finden, dann zu Lisa hinaufgehen, um sich zu entschuldigen. Sie war ein positiver Mensch, besaß, im Gegensatz zu ihm, Humor. So wie er sie einschätzte, hatte sie die Sache längst vergessen.

Oder auch nicht, revidierte er seine Annahme, als sie sich ihm völlig aufgelöst an den Hals warf. Sie bebte am ganzen Leib.

»Ist … ist etwas passiert?«, fragte er überflüssigerweise.

»Etwas Furchtbares!«, schluchzte sie.

Vergebens versuchte er, sich aus ihrem Klammergriff zu befreien. Ihre Nähe war ihm auf einmal gar nicht mehr willkommen. »Hm, wenn es um mein gestriges Benehmen geht …«

»Mein Papa«, begann sie. »Er …« Ihre Stimme brach.

Daniel fühlte sich entsetzlich unwohl. Sein ausgeprägter Mangel an Einfühlungsvermögen machte sich bemerkbar und ihm ein schlechtes Gewissen. Emotionale Ausbrüche anderer Menschen verunsicherten ihn. Mit ihnen konnte er nicht umgehen. Er schaffte es ja kaum, mit seinen eigenen fertig zu werden.

»Ist er tot?«, half er ihr plump weiter.

»Nein!«, presste sie unter Tränen hervor. »Das heißt, ich weiß es nicht.«

Fragend blickte er sie an. »Ein Unfall?«

Lisa schüttelte den Kopf. Schließlich ließ sie von ihm ab. »Da«, sagte sie und hielt ihm ein Blatt Papier hin.

»*Wir haben Ihren Vater entführt*«, las er. »*Wenn Sie ihn lebend wiedersehen wollen, bereiten Sie drei Millionen Euro vor und warten Sie auf weitere Anweisungen. Und keine Polizei, sonst ist er tot! Mit freundlichen Grüßen, etc.*«

»Einfach schrecklich!«, heulte sie.

»Schrecklich einfallslos«, stimmte er ihr zu. Die Ausdrucksweise des Absenders war nicht nur erschütternd banal, sondern auch über alle Maßen klischeehaft. Auch beim Basteln hatte er sich wenig Mühe gegeben. Die Buchstaben waren unförmig aus einer Zeitschrift ausgeschnitten und schlampig auf das Blatt geklebt worden.

»Vielleicht handelt es sich um einen dummen Scherz«, versuchte er, Lisa zu beruhigen. Irgendwie glaubte er aber selbst nicht daran.

»Mh-mh.« Sie schüttelte den Kopf und wischte sich die Tränen von den Wangen. »Ich habe Agnes angerufen. Sie wollte gerade in der Firma nachfragen, weil er offenbar seit gestern Morgen nicht mehr daheim gewesen ist, ohne dass er Bescheid gegeben hätte.«

»Wer ist Agnes?«

»Papas Haushälterin«, jammerte Lisa. »Was soll ich denn jetzt tun?«

Daniels Antwort kam rasch und ehrlich. »Ich habe keine Ahnung.«

»Ich werde die Polizei verständigen müssen.«

»Aber die Entführer schreiben doch …«

»Wie stellst du dir das vor?«, schrie sie ihn an. »Ich habe keine drei Millionen! Dazu benötige ich die Unterschriften von Papas

Vorstandsdirektoren, und die werden darauf bestehen, dass Anzeige erstattet wird.«

»Und wenn die Entführer das mitkriegen?«, gab Daniel mit überraschend viel Weitblick zu bedenken.

Resignierend zuckte sie mit den Schultern. »Ich weiß es nicht … Es darf eben nichts an die Öffentlichkeit dringen. Ich kann nur hoffen, dass die Polizei diskret vorgeht … Wir müssen uns an jemanden wenden, dem wir vertrauen können.«

»*Wir*?« Daniel wich einen Schritt zurück.

Schluchzend griff sie nach seiner Hand. »Bitte, tu mir den Gefallen! Hilf mir! Ruf diesen Doppler an.«

»Doppler? Ausgerechnet ihn?« Die personifizierte Diskretion sah für Daniel anders aus. »Wir wissen nicht einmal, ob er für diese Dinge zuständig ist und überhaupt …« Und überhaupt hatte er kein Interesse, diesem Einfaltspinsel, der ihm am Vorabend die Show gestohlen hatte, jemals wieder zu begegnen.

»Bitte!«, flehte sie. »Alleine schaffe ich das nicht. Ich … ich möchte nicht schuld daran sein, wenn Papa …« Sie schluckte.

»Stirbt?«, bot er an.

Sofort heulte sie wieder los.

*

»Setzen Sie sich hin und beschäftigen Sie sich stillschweigend! Ich will kein Wort mehr hören!«, fauchte Doppler, und das entnervte Vibrieren in seiner Stimme ließ Mag. Kleist befürchten, dass ein zerebraler Anfall unmittelbar bevorstand.

Wütend warf der Bezirksinspektor die Tür hinter sich zu und begab sich grübelnd an seinen Platz. »Kein Wort will ich hören!«, zischte er noch mindestens dreimal.

Er war stinksauer. Es musste doch eine Möglichkeit geben, den kleinen Bastard in die Schranken zu weisen. Das Übungsschießen, von dem sie eben zurückgekehrt waren, hatte diesen Zweck jedenfalls nicht erfüllt. Offen gesagt war es über alle Maßen beschämend gewesen. Doppler war in ein beispielloses Desaster geschlittert. Von zwanzig Schüssen, die er abgegeben hatte, waren lediglich vier im schwarzen Kreis auf der Brust des Pappkameraden gelandet, während Mag. Kleist mit neunzehn Treffern ungleich erfolgreicher gewesen war. Was für eine Schande! Spätestens zu Mittag würde das ganze Haus über ihn lachen. Am besten wäre es, die Kantine heute zu meiden.

Zähneknirschend schloss er das Kapitel ab und zwang sich, an etwas Erfreulicheres zu denken. An Lisa Ippstein. Sie war zu einem Lichtblick in seinem Leben geworden, neben dem die üblichen Pleiten rasch verblassten. Der erste Eindruck bei der Hochzeitsfeier hatte ihn nicht getäuscht. Die Frau war perfekt, stellte die Erfüllung seiner geheimsten Wünsche und Sehnsüchte dar, oder würde es zumindest bald tun. Seit ihrer unverblümten Annäherung bestand daran kein Zweifel mehr. Endlich, nach einer langen, langen Durststrecke, ging es nun auch in seinem Privatleben aufwärts.

Das alles musste er jetzt nur noch Lotte beichten. Irgendwie, möglichst schonend. Eine SMS sollte reichen, oder eine Nachricht auf dem Anrufbeantworter. Kurz und schmerzlos wollte er es hinter sich bringen, die Fakten auf den Tisch knallen und seinen Hut nehmen. Mehr konnte er für sie nicht tun. Mit ihrem Kummer musste sie alleine zurechtkommen, war sie doch schließlich selbst schuld an ihrem Dilemma. Denn ihre Zurückhaltung hatte ihn ja erst in Lisas Arme getrieben. Mitleid war da fehl am Platz, und verliebt war er sowieso nie in sie gewesen. Gut, er mochte sie, hätte sich unter den richtigen Voraussetzungen sogar auf eine längerfristige Beziehung mit ihr eingelassen, und das ungeachtet ihres breiten Beckens und der knorrigen Waden, die er ziemlich unattraktiv fand. Aber ehrlich gesagt war sie seit jeher unter dem Motto »besser als keine« gelaufen, denn mit Keiner war er lange genug zusammen gewesen.

»Die unbekannte Tote, die man im Schönbrunner Eisbärengehege fand, hat sich für uns erledigt«, riss ihn Mag. Kleist aus seinen Gedanken. »Laut Bericht der Kriminaltechnik haben wir es mit einem Suizid zu tun. Die Akte können wir schließen. Wobei darf ich Ihnen nun behilflich sein?«

»Danke, auf Ihre Hilfe kann ich verzichten!«, knurrte Doppler. »Verhalten Sie sich ruhig und behindern Sie mich nicht bei der Arbeit!«

»Offen gesagt erachte ich es als unproduktiv, tatenlos in die Luft zu starren und das Dienstende abzuwarten. Im Übrigen wollte ich Sie keineswegs von Ihrer Arbeit abhalten. Sie saßen nur so untätig da …«

»Ich denke!«, brüllte der Bezirksinspektor und fuhr hoch. Dass ihm ausgerechnet sein Untertan vorhielt, faul beim Fenster hinauszuglotzen, hatte ihm gerade noch gefehlt!

»Verzeihung. Ich wusste nicht, dass Sie denken«, verkündete Mag. Kleist mit der Unschuldsmiene eines neugeborenen Lämmchens.

Doppler lief dunkelrot an. »Was soll das heißen? Wollen Sie mir etwa unterstellen, also, das ist ja, eine Ungeheuerlichkeit ist das! Was fällt Ihnen …«

»Einen kleinen Moment bitte, das Telefon«, unterbrach ihn Kleist und hob ab. »Für Sie. Ein gewisser Herr Reichenbach …«

Doppler verzog sein Gesicht zu einer hässlichen Fratze und wedelte abwehrend mit den Händen. »Nein! Sagen Sie ihm, ich bin nicht da!«, zischte er. Mit dem Geisteskranken Erinnerungen an das gemeinsame Abendessen aufzufrischen, war so ziemlich das Letzte, wozu er im Augenblick Lust hatte.

»Der Herr Bezirksinspektor behauptet, er wäre nicht zugegen«, erfüllte Mag. Kleist die ihm aufgetragene Anweisung. Dann wandte er sich wieder an Doppler. »Herr Reichenbach meint, es sei dringend. Es gehe um eine Lisa Ippstein.«

Lisa? Doppler spitzte die Ohren. Das war selbstverständlich etwas anderes. Aber weshalb rief sie nicht selbst an? Hatte sie ein schlechtes Gewissen, weil sie dachte, unter dem Tisch zu weit gegangen zu sein? Nach seinem Geschmack hätte sie ruhig noch ein Stückchen weitergehen können. So knappe 25 Zentimeter.

»Geben Sie schon her!«, schnauzte er Kleist an. »Bezirksinspektor Kurt Doppler hier«, meldete er sich mit aller gebotener Strenge. »Der verantwortliche Leiter des Referats 1.«

»Ich dachte, das wäre meine Schwester«, entgegnete Daniel verwundert.

Doppler hatte es allmählich satt, immer wieder auf seine Autorität hinweisen zu müssen. Jetzt kam sogar dieser Irre daher und stellte seine Kompetenz in Frage. »Falsch gedacht!«, bellte er. »Zur Zeit bin ich es! Was wollen Sie? Was kann ich für Frau Ippstein tun?«

Was er dann zu hören bekam, entsprach zwar keineswegs seinen Erwartungen, lieferte ihm aber dennoch einen weiteren Beweis für Lisas Gunst. Ihr Vater war entführt worden und in dieser prekären Situation war er es, dem sie ihr uneingeschränktes Vertrauen schenkte.

»Unternehmen Sie nichts!«, wies er Daniel an und seine Stimme war die eines Mannes, der wusste, was zu tun war. »Ich bin in zwanzig Minuten bei Ihnen!«

»Gibt es Arbeit für uns?«, erkundigte sich Kleist hoffnungsvoll.

»Allerdings. Der Brauereiunternehmer Jonas Ippstein wurde entführt. Sie fahren sofort in die Wilhelminenstraße zu seiner Villa. Sehen Sie sich dort um, sprechen Sie mit der Haushälterin und den Nachbarn! Ich erwarte einen lückenlosen Bericht, am besten mit den Namen der Täter! Und das noch heute, wenn ich bitten darf! Na los, worauf warten Sie? Setzen Sie sich in Bewegung!« Doppler begann zu verstehen, weshalb Simone ständig auf ihm herumhackte. Es machte ungeheuren Spaß, Untergebenen in den Arsch zu treten.

Kleist sah ihn fragend an. »*Der* Ippstein? Meinen Sie nicht, dass wir in diesem Fall unverzüglich Dr. Feuersturm informieren sollten?«

»Schwafeln Sie kein dummes Zeug. Sie tun, was ich sage!« Doppler schlüpfte in seine Jacke und stürzte zur Tür. Dann drehte er sich nochmals um. »Und kein Wort zu niemandem!«, fügte er hinzu. »Die Sache ist streng vertraulich. Ippsteins Sicherheit steht auf dem Spiel. Ist das klar?«

»Aber …«

»Auch kein Aber! Dr. Feuersturm werde ich persönlich in Kenntnis setzen.«

Ja, das würde er, dachte Doppler. Irgendwann, später, zu gegebener Zeit. Nachdem er den Fall abgeschlossen hatte und daranging, die Lorbeeren zu ernten.

*

Daniel war in seine Wohnung zurückgekehrt und durchsuchte die Schallplattensammlung nach etwas Beruhigendem. Der Ulan-Bator-Schafhirtenchor erschien ihm genau richtig. Mongolische Volkslieder, in einzigartiger Vielstimmigkeit grandios interpretiert.

Die Musik würde ihn ablenken, und das hatte er bitter nötig, nachdem er gänzlich unvorbereitet mit Lisas Tragödie konfrontiert worden war. Das Gefühl, langsam aber sicher in eine Sache zu schlittern, die ihn einerseits überhaupt nichts anging und die andererseits schon jetzt sein Seelenheil zunehmend belastete, hatte ihn schleunigst das Weite suchen lassen.

Es kam nicht oft vor, dass er seine Schwester beneidete. Nun aber wäre er gerne an ihrer Stelle gewesen. Also nicht wirklich an ihrer Stelle. Auf Luxushotels, touristische Infrastruktur und den ganzen Wohlstandsschrott konnte er verzichten. Einfach tausende Kilometer entfernt an einem weißen Strand zu liegen, umgeben von unberührter Natur, und sich die Sonne auf den Bauch scheinen zu lassen, das war seine Vision. Der alte Inseltraum eben, mit den obligaten drei Dingen, die man einpacken durfte. Wenn er es recht bedachte, käme er locker auch mit weniger aus. Sein Laptop reichte ihm völlig. Und eine Menge Akkus … Einen Internetanschluss benötigte er ebenfalls für seine Recherchen und Lebensmittel natürlich, denn als Jäger und Sammler taugte er zugegebenermaßen wenig. Eine Unterkunft müsste vorhanden sein. Nichts Aufwendiges, nur ein bescheidenes Apartment, nach Möglichkeit voll eingerichtet, mit eigenem Arbeitszimmer und Klimaanlage … Seine Medikamente durfte er nicht vergessen, Sonnenschutz und leichte Sommerbekleidung. Im Baströckchen würde er nämlich keinesfalls durch die Wildnis streifen. Ein Mindestmaß an Stil war selbst im Paradies gefragt.

Hämmerndes Klopfen an der Tür ließ seine Insel augenblicklich im Meer versinken. Schäumende Luftblasen waren alles, was zurückblieb, und eine riesige Haifischflosse, die direkt auf ihn zuhielt.

»Was, ähm, was … tust du hier?«, stammelte er mit weit aufgerissenen Augen. »Bist du denen in der Psychiatrie davongelaufen?«

»Fuck, Dan, Alter!«, krähte Albert höchst erfreut. Der Schirm seiner Baseballmütze zeigte nach hinten, was auf einen entspannten Gemütszustand hindeutete. »Ich bin entlassen worden! Voll geheilt. Ich hab's dir doch gesagt! Kannst du dich nicht erinnern?«

Daniel schüttelte den Kopf. »Und was, hm, willst du hier?« Böses ahnend schielte er auf die beiden Koffer, die Albert neben sich abgestellt hatte.

»Na, was wohl, shit! Hier wohnen, wenn's recht ist.«

»Wie bitte?«

»Keine Aufregung, nicht für lange, Alter! Ein paar Tage nur, bis ich etwas Eigenes gefunden habe!«

Daniel schüttelte entschieden den Kopf. Was zu weit ging, ging zu weit. »Nein, also, hm, ich fürchte, das wird nicht möglich sein … Ich …«

»Netter Hut, he!« Albert warf einen anerkennenden Blick auf Daniels voluminösen Kopfverband. »Echt cool!«

»Was? Ach so, das ist nur …«

»Und klar geht das. Ich werd' dir schon keine Schwierigkeiten machen! Du wirst mich gar nicht bemerken, motherfucker!«

»Nein, Albert, ich glaube nicht …« Daniel war festen Willens den ungebetenen Gast keinen Fuß über die Schwelle setzen zu lassen. Doch so fest sein Wille war, so schwach war sein Fleisch, und unfähig, im richtigen Moment zu reagieren, musste er zur Kenntnis nehmen, dass Albert bereits den zweiten Fuß über die Schwelle gesetzt hatte und den Schirm seiner Kappe seitlich ausrichtete. Der Arbeitseifer packte ihn.

»Hör zu«, nahm Daniel einen neuen, verzweifelten Anlauf. »Die Wohnung gehört nicht mir, und meine Schwester erlaubt keine Untermieter. Du musst wissen, sie ist *Polizistin*!«

Eine Drohung, die Albert wenig beeindruckte. »Fuck, he, Dan … Meine Frau hat mich rausgeschmissen«, jammerte er, während er sich umgehend daranmachte, im Kleiderschrank Platz für seine Sachen zu schaffen. »Sie sagt, sie hält mich nicht aus, shit! Kannst du dir das vorstellen? *Hält … mich … nicht … aus*! Wahrscheinlich hat sie einen anderen. Bitch!«

Bitch war einmal etwas Neues, stellte Daniel fest. »Du bist also geheilt, ja?« Seine Frage klang gleichermaßen skeptisch wie resignierend.

»Hundert Pro, Alter!« Albert strahlte ihn glücklich an. »Frag Dr. Robora, wenn du mir nicht glaubst, shit! Außerdem kannst du meine Hilfe echt gebrauchen!«

»Deine Hilfe? … Wobei denn, bitte schön?«

»Sieh dir das an! Ticktickticktick.« Albert fuhr mit dem Finger über die Kommode und hielt ihn Daniel vorwurfsvoll unter die Nase. »Voll viel Staub, he! Aber das bringe ich in Ordnung, keine Sorge. Wir werden jede Menge Spaß haben! … Coole Musik übrigens, fuck! Der Ulan-Bator-Schafhirtenchor, oder was?«

*

Mit Bezirksinspektor Doppler meinte es die Vorsehung weitaus besser. Einen Stock höher fand er sich in jener Rolle wieder, die ihm seiner Ansicht nach auf den Leib geschrieben war. In der Rolle des starken Beschützers, des Superhelden, der einer hilflosen, verzweifelten Frau in Zeiten der Not mit Rat und Tat zur Seite stand. Dass es sich um eine Frau handelte, die er begehrte, machte die Sache umso erfreulicher. Es überraschte ihn selbst, wie leicht es ihm plötzlich fiel, Mitgefühl zu zeigen. Er, der hartgesottene Kerl, den sonst nichts zu rühren vermochte.

Immer wieder zogen Lisas große, verweinte Rehaugen seine Aufmerksamkeit auf sich. Gerne hätte er sie in seine starken Arme genommen und getröstet, doch die Integrität eines amtshandelnden Polizisten verbot ihm jegliche Vertraulichkeit. Fürs Erste jedenfalls … Seine Profilierung als Referatsleiter ging vor. Sie auf ihren Annäherungsversuch im *Fun-t-Asia* anzusprechen hatte Zeit. Später, wenn er den Fall einmal abgeschlossen hatte, würde er gerne für ihre Dankesbekundungen zur Verfügung stehen.

»Wir wollten uns gestern treffen«, erzählte sie, während sie die Teekanne abstellte und sich aufs Sofa fallen ließ. »Um ein Haus anzusehen. Ich plane nämlich, hier auszuziehen, wissen Sie … Und dann ist er nicht gekommen. Ich konnte ja nicht ahnen … Ich dachte, er wäre aus beruflichen Gründen aufgehalten worden oder so. Hätte ich nur nachgefragt!«

»Sie brauchen sich keine Vorwürfe zu machen, Frau Ippstein«, brummte Doppler und schritt bedächtig vor ihr auf und ab, wobei er sich immer wieder hinter dem Ohr kratzte. Eine ausgezeichnete Möglichkeit, logisches Denkvermögen, gepaart mit kompromissloser Durchschlagskraft zu demonstrieren. Eine Mischung aus Peter Falk und Bruce Willis. Und die standen am Ende immer als Sieger da. »Ihr Vater wird bald frei sein. Neun von zehn Entführungen enden glimpflich. Wir kriegen die Schweine, das garantiere ich Ihnen!«

Lisa schniefte und wischte sich die Tränen aus den Augen. »Wie wollen Sie das anstellen? Wir wissen ja nicht einmal, wer dahintersteckt.«

»Noch nicht, aber glauben Sie mir, früher oder später macht jeder Täter einen Fehler und dann ... *Zack*!« Seine Hände klatschten zusammen, wie eine Bärenfalle. »Außerdem war er dumm genug, uns einen Hinweis zu geben.«

»Hinweis?« Sie sah ihn fragend an.

Mit einem siegessicheren Lächeln schob er ihr den Erpresserbrief zu, der mittlerweile in einer Plastikfolie steckte. Seinem geübten Auge entging selbst der winzigste Anhaltspunkt nicht. »Da, sehen Sie«, sagte er und deutete auf das Schreiben. »*Mit freundlichen Grüßen, etc*. Der Kerl dürfte sich ziemlich sicher fühlen, wenn er mit seinen Initialen unterschreibt.«

»Aber ...«

Doppler ließ sie nicht zu Wort kommen. »Edgar Theodor Cech, könnte das zum Beispiel heißen oder Engelbert Trinker-Comix. Wir müssen nur das Telefonbuch zur Hand nehmen und nachsehen, ob es die gibt.« Und schon kam ihm der nächste geniale Einfall. »Natürlich wäre es auch denkbar, dass es sich um eine kriminelle Organisation handelt. Hm, was halten Sie von *Extreme Terroristische Chaoten*? Ein Blick in unseren Computer und wir wissen mehr. Sie verstehen, was ich meine. Oder es bedeutet ...«

»Et cetera?«, schlug Lisa vor.

Doppler räusperte sich. »Tja, das könnte durchaus der Fall sein.«

»Das heißt, wir befinden uns im Stadium nebuloser Mutmaßungen«, brachte sie den Stand der bisherigen Ermittlungen auf den Punkt.

»Gut Ding braucht eben Weile, Frau Ippstein. Sobald unsere Spezialisten den Brief untersucht haben, wissen wir mehr. Fingerabdrücke, Staubpartikelchen, Haare, Hautschuppen als Basis für DNA-Analysen … Uns bleibt nichts verborgen! Die finden sogar heraus, aus welchen Zeitschriften die Buchstaben ausgeschnitten wurden, und dann können wir ein detailliertes Täterprofil erstellen.«

»Ich bitte Sie! Was soll das denn bringen? Und wie lange das dauern wird! Und was passiert in der Zwischenzeit mit meinem Papa?«

Der Bezirksinspektor wandte sich zähneknirschend ab. Lisa war ein harter Brocken. Ihre negative Einstellung kratzte an seinem Selbstbewusstsein. Er konnte es nicht leiden, wenn man ihm mit Skepsis begegnete. Misstrauen war eine schlechte Basis für effektive Zusammenarbeit.

»Wir sind keine Dummköpfe, Frau Ippstein! «, erklärte er gereizt. »Jeder halbwegs vernünftige Mensch kann von den Lesegewohnheiten einer Person auf deren Charakter schließen. Nehmen wir ein Beispiel … Ähm, Frauenzeitschriften werden von Frauen gelesen, Erotikmagazine von Männern. Stimmen Sie mir zu? Und schon schränken wir den Kreis der Verdächtigen auf die Hälfte ein! Weiters: Frauenzeitschriften bedeuten niedriges Bildungsniveau, Naivität, Realitätsverlust. Erotikmagazine wiederum Aufgeschlossenheit und einen höheren Bildungsgrad«, dozierte er.

»Das erscheint mir doch ein wenig zu vage«, warf Lisa ein.

»Der Laie mag so manches nicht verstehen. Daran können Sie erkennen, wie kompliziert unsere Arbeit ist. Für Idioten gibt es bei der Kriminalpolizei keinen Platz!« Demonstrativ zog er einen Block hervor und machte sich Notizen. Lisa sollte ruhig sehen, wie flüssig er schreiben konnte.

So leicht war sie allerdings nicht zu überzeugen. »Aber wenn Sie Ihre Spezialisten einschalten, wie kann ich mich darauf verlassen, dass die Angelegenheit vertraulich behandelt wird?«

»Wir sind Profis, Frau Ippstein! Die Sache bleibt unter uns. Kleist, meinen Mitarbeiter habe ich natürlich eingeweiht. Auch der Erkennungsdienst wird sich zwangsläufig damit beschäftigen müssen ... Ach ja, und ich werde einen Techniker vorbeischicken, der Ihr Telefon anzapft. Jedes Gespräch, das von diesem Anschluss aus geführt wird, kann dann ...« Doppler fuhr herum. Ein plötzliches Rascheln hinter seinem Rücken hatte ihn in Alarmzustand versetzt. »Da, eine Ratte!«, brüllte er und riss seine Glock aus dem Halfter.

»Nein, nicht schießen!«, kreischte Lisa. »Das ist Jochen!«

»Wer?« Dopplers Atem ging stoßweise. »Jochen?«

»Ja. Er tut Ihnen nichts, er gehört zu mir.«

Argwöhnisch fixierte er das Tier, das neben einer wurmstichigen Holztruhe Männchen machte und ein Stück Tapete von der Wand fraß. »Die läuft hier einfach so frei herum?«

»Jochen hat Gewichtsprobleme«, klärte sie ihn auf. »Er braucht Bewegung, meint der Arzt.«

»Wenn das so ist ...« Schaudernd wandte er sich ab. Sie hat eine Ratte, dachte er. Doppler mochte keine Ratten. Wenn Lisa es auch weiterhin auf eine Beziehung mit ihm anlegte, müsste sie irgendwann eine Entscheidung treffen. Entweder er oder das Ungeziefer. Für sie beide war kein Platz.

»Und Sie meinen, dass all die Leute im Hintergrund bleiben, dass sie dichthalten, keine Informationen an die Medien weitergeben?«, kehrte Lisa zum eigentlichen Thema zurück und beugte sich vor, um einen Schluck Tee zu nehmen.

»Keine Frage!« Doppler nutzte die Gelegenheit, ihr heimlich ins Dekolleté zu schielen. Es war ein offenherziges Dekolleté, das ihm einen Vorgeschmack auf das bot, womit ihn die junge Ippstein nach Abschluss des Falles belohnen würde. »Stillschweigen hat bei uns oberste Priorität! Ich sage es nochmals: Sie brauchen keine Angst zu haben! Überlassen Sie die Angelegenheit ruhig den Experten! Und noch etwas«, fügte er verschlagen zwinkernd hinzu. »Ich bin immer für Sie da. *Immer*! Sollten Sie Fragen haben, rufen Sie mich an! Ich stehe Ihnen zu jeder Tages- und Nachtzeit zur Verfügung!«

*

»Kaffee?«, rief Ludwig Kuhsteiger. Seit geraumer Zeit schon rumorte er in der Küche. Ham and Eggs prasselten in der Pfanne, und er musste höllisch aufpassen, dass die Eier nicht zu hart wurden. Er mochte sie gerne flüssig. »Ob du einen Kaffee möchtest, Herr Peter?«, wiederholte er.

Tenker stöhnte gequält auf. »Nein«, krächzte er, und seine Stimme hallte dumpf in der Klomuschel wider. »Echt nicht!«

Verwundert betrachtete er das farbenfrohe Erbrochene, das er eben hervorgewürgt hatte. Er konnte sich beim besten Willen nicht daran erinnern, etwas Derartiges gegessen zu haben. Aber er konnte sich überhaupt an sehr wenig erinnern. Schon als er gegen Mittag aufgewacht war, hatte er feststellen müssen, dass sein Gedächtnis immense Lücken aufwies, und er war ziemlich überrascht gewesen, Kuhsteiger neben sich im Bett vorzufinden. Erst die zahllosen leeren Flaschen am Couchtisch waren ein wertvoller Hinweis gewesen, was in den letzten 24 Stunden vorgefallen war.

»Dein Plan war scheiße, Herr Peter! Das muss einmal gesagt werden«, fasste Kuhsteiger zusammen. Er stand jetzt neben ihm, mit einem Teller in der Hand, und schlürfte geräuschvoll das glibberige Eiweiß auf. »Scheiße und, wie du zugeben musst, zum Kotzen. Komm bloß nicht auf die Idee und gib mir die Schuld. Ich habe dich ja gewarnt!«

Tenker richtete sich mühsam auf. Dass alles schiefgelaufen war, brauchte man ihm nicht unter die Nase zu reiben. Das wusste er auch selbst. Auf selbstherrliche Belehrungen konnte er verzichten. »Halt die Schnauze!«, röchelte er und betätigte die Klospülung.

»Ob du es hören willst oder nicht …« Der Ochs stopfte sich ein Riesenstück Schinken in den Mund. »Kritik ist durchaus angebracht. Schließlich habe ich für deine Schnapsidee meinen Arsch hingehalten. Wenn auch nicht im wörtlichen Sinn wie du«, fügte er grinsend hinzu. Alles hatte seine positiven Seiten. Tenkers öffentliche Darmentleerungen würden im trauten Freundeskreis eine nette Anekdote abgeben. »Schuster bleib bei deinem Leisten, sag ich immer! Die Entführung war schlicht und ergreifend eine Nummer zu groß für dich. Jeder sollte seine Grenzen kennen.«

»Blödsinn!« Tenker stieß seinen Partner zur Seite und wankte hinüber ins Bad. Typisch Ochs war das! Das Maul groß aufreißen, aber keinen Finger rühren. »Du tust gerade so, als ob du mit der Sache nichts zu tun hättest«, schnaubte er. »Woher konnte ich denn wissen …«

»Du hättest dich besser informieren sollen«, streute Kuhsteiger Salz in offene Wunden. »Ausgesprochen schlampige Arbeit, mein Lieber! Ausgesprochen schlampig!«

Kaltes Wasser lief über Tenkers Kopf und weckte seinen Kampfgeist. »Leck mich am Arsch, Ochs! Du steckst genauso tief in der Scheiße wie ich! Glaub bloß nicht, dass du dich mit Anschuldigungen aus der Affäre ziehen kannst. Mitgefangen, mitgehangen!«

»Schon gut.« Kuhsteiger sah sich suchend um, dann stellte er seinen Teller am Waschbeckenrand ab. »Sagen wir einfach, es war nichts. Vergessen wir die Pleite.«

»Vergessen?« Tenker dachte nicht im Traum daran. »Du willst doch nicht den Schwanz einziehen, oder? Wir probieren es nochmals!«

Der Ochs lachte hämisch auf. »Spinnst du? Wir können von Glück reden, dass die Geschichte so glimpflich ausgegangen ist. Immerhin wurden wir gesehen, als wir Ippsteins Villa observiert haben. Und dann ist da ein gestohlenes Auto, das du einfach irgendwo in Ottakring abgestellt hast, und nach dem wahrscheinlich längst gefahndet wird. Nein, Herr Peter, ohne mich, ich bin kein Volltrottel! Sei froh, dass dieser Ippstein ausgeblieben ist. Nimm es als Wink des Schicksals.«

»Scheiß auf das Schicksal«, knurrte Tenker, aber es klang wenig überzeugt. Der Versuch, die Enttäuschung mit Unmengen an Slibowitz vergessen zu machen, war nur von vorübergehendem Erfolg gekrönt gewesen. Jetzt, mit sinkendem Alkoholspiegel, kehrte sie zurück und zwar frustrierender denn je.

Kuhsteiger schlug ihm auf die Schulter und schlurfte aus dem Bad. »Ich rate dir, vernünftig zu sein!«, warnte er, als er in seinen

Mantel schlüpfte. »Mach es wie ich. Halt die Augen offen und versuch, in nächster Zeit nicht aufzufallen! ... Und danke für das Frühstück.«

Nicht auffallen ... Der Ochs hatte leicht reden. Deprimiert musterte sich Tenker im Spiegel. Man konnte ihm geradezu ansehen, dass er ein Loser war, dass er nichts auf die Reihe brachte. Der Typ, der ihm da entgegenglotzte, der mit den blutunterlaufenen Augen und der aufgebissenen Unterlippe, war nichts weiter, als ein jämmerlicher Blindgänger. Sein Partner hatte schon Recht, musste er zugeben. Kidnapping fiel nicht in seinen Kompetenzbereich. Und trotzdem, verdammt! Es ließ ihm keine Ruhe. Er hatte sich nichts vorzuwerfen! Woher hätte er denn wissen sollen, dass Ippstein ausgerechnet an diesem Tag nicht aufkreuzen würde? Fast eine Stunde hatten sie vor seinem Anwesen gewartet, ehe sie unverrichteter Dinge abgezogen waren.

*

Dr. Lotte Bal wiegte sich vor dem großen Wandschrankspiegel hin und her, drehte sich um die eigene Achse, zupfte an sich herum, betrachtete sich erfreut, dann skeptisch und schließlich mit wachsender Verzweiflung. An den Kleiderpuppen sah das alles viel besser aus, stellte sie fest. Dabei war die Wäsche nicht billig gewesen. Ein kleines Vermögen hatte sie dafür hingeblättert.

Feinste Qualität habe eben ihren Preis, war sie von der Verkäuferin beim *Palmers* belehrt worden und wegen des Minimums an Stoff brauche sie sich keine Gedanken zu machen. Mit ihrer Spitzenfigur könne sie das ohneweiters tragen. Den Stringtanga, den dazu passenden Spitzen-BH, die Feinstrumpfhose und alles in Knallrot.

Je länger Lotte vor dem Spiegel posierte, desto gewagter erschien ihr das Ensemble. Andererseits, war es nicht ihre Absicht gewesen, endlich einmal ein Wagnis einzugehen, sich etwas unglaublich Aufregendes zu leisten? Einmal im Kaufrausch hatte sie dann sogar noch eins draufgesetzt und ein graues Wollkleid mit endlosem V-Ausschnitt erstanden, so kurz, dass es ihr gerade über den Popo reichte und sie ständig den Saum nach unten ziehen musste, wollte sie nicht gänzlich im Freien stehen.

Hektisch suchte sie den blutroten Lippenstift aus ihrem Schminktäschchen. Dermaßen aufgeregt war sie seit ihrer Erstkommunion nicht mehr gewesen, stellte sie fest. Damals hatte sie den Leib Christi empfangen, heute sollte es der Leib Dopplers werden, was wohl einen Riesenunterschied bedeutete. Und genau dieser Unterschied machte sie nervös. Aber irgendetwas musste geschehen, hatte sie ein paar Stunden zuvor im gerichtsmedizinischen Institut entschieden. Nach dem Motto jetzt oder nie.

Sie war gerade beim Öffnen einer Wasserleiche gewesen, als sie passenderweise die Notwendigkeit für einen Sprung ins kalte Wasser erkannt hatte. Einzig und allein an ihrer krankhaften Zurückhaltung lag es nämlich, dass ihr einige ganz passable Männer durch die Lappen gegangen waren. Bei Kurt durfte ihr das nicht passieren. Es galt, über ihren Schatten zu springen. Gefahr war im Verzug. Das spürte sie instinktiv, denn in den letzten Tagen hatte sie mehr und mehr den Eindruck gewonnen, dass er ihr aus dem Weg ging. Richtig gefühlskalt konnte er manchmal sein. Gefühlskalt und undankbar. Den schönen dunkelblauen Anzug zum Beispiel, ihr Weihnachtsgeschenk, hatte er bisher kein einziges Mal getragen. Nicht einmal im Kabarett. Und dann im *Fun-t-Asia*, als sie mit ihm heimlich unter dem Tisch zu füßeln begonnen hatte, war er nur regungslos dagesessen, ohne ihr Beachtung zu schenken.

Es war an der Zeit, schärfere Geschütze aufzufahren, Opfer zu bringen. Die viel zu engen Pumps waren ein solches. Und die verrückte Aktion mit der gut gewachsenen Salatgurke zuvor in der Badewanne ebenso. Beweise vernichten, hatte sie es genannt und mit ihrer Jungfräulichkeit kurzen Prozess gemacht.

In Windeseile trug sie etwas Rouge auf, dann noch ein bisschen Lidschatten hier und einen kräftigen Lidstrich da … Sehr versiert war sie in diesen Dingen ja nicht, und so nahm ihr Make-up mehr Zeit in Anspruch, als sie dafür veranschlagt hatte. Es war 18 Uhr vorbei, als sie ihre getigerte Kunstfelljacke überwarf und hinunter zur Straßenbahnstation hetzte.

Der Fünfer kam eine Ewigkeit nicht daher, aber er kam wenigstens im Gegensatz zur U-Bahn. Laut Anzeigetafel war mit dem Eintreffen des nächsten Zugs erst in 19 Minuten zu rechnen. So lange wollte Lotte nicht warten. Bevor sie Gefahr lief, sich in ihren viel zu dünnen Strümpfen den Tod zu holen, setzte sie sich in Bewegung und stöckelte zu Fuß den Gürtel entlang, bis hinauf zur Herbststraße.

Der Schneefall war intensiver geworden, ebenso wie die Flüche, die ihr fortwährend über die Lippen huschten, weil sie mit ihren hohen Absätzen bei jedem zweiten Schritt ins Schleudern geriet. Warum tat sie sich das an? Sie musste komplett übergeschnappt sein, erkannte sie und stellte fest, dass so mancher Passant vermutlich ähnlich dachte. Die belustigten Blicke, die sie erntete, zählte sie gar nicht mehr. Sie tat es für Kurt, redete sie sich ein, zum Wohle ihrer Beziehung. Als ob das eine ausreichende Begründung gewesen wäre, sich lächerlich zu machen.

Er war nicht zu Hause. Zur Sicherheit läutete sie nochmals, dann klopfte sie zaghaft an die Tür. Es wäre vernünftiger gewesen, ihren Besuch anzukündigen, ärgerte sie sich. Aber mein Gott, es hätte halt eine Überraschung für ihn werden sollen. Einmal in ihrem Leben wollte sie spontan sein, plötzlich dastehen in ihrer atemberaubenden Aufmachung und ihm keine Chance geben, sie abzuwimmeln … Und jetzt, statt in seinen Armen zu liegen und das zu tun, was sie schon vor Ewigkeiten hätte tun sollen, trat sie wieder bibbernd auf die Straße hinaus und bereute ihren törichten Übermut. In Bewegung bleiben, befahl sie sich, bevor sie hier festfror und zu einer Eisskulptur wurde.

Lotte lief zurück zum Lerchenfelder Gürtel und trippelte dort am Eck auf und ab. Immer wieder kontrollierte sie ihre Uhr. Dass er um diese Zeit noch nicht daheim war, passte ganz und gar nicht zu ihm. Kurt war kein Freund von Überstunden.

Plötzlich stand dieser Typ hinter ihr. »Na, Mädel, wie viel?«

Lotte zuckte zusammen. Sie hatte den Mann überhaupt nicht kommen sehen. »Wie bitte?«, hauchte sie erschrocken.

»Wie viel?«, wiederholte er. Es war ein schmieriger Kerl, ziemlich klein mit fliehendem Kinn und unreiner Haut.

»Was … was meinen Sie?«, stammelte sie und fühlte sich in ihrem Outfit unbehaglicher denn je.

»Mach kein Theater! Bin ich dir vielleicht nicht gut genug?«

»Es tut mir leid, aber ich verstehe nicht …«

»Was nimmst du für Französisch ohne?«

Jetzt begriff sie. Ihre Ohren glühten. Ohne ein weiteres Wort zu verlieren, stolperte sie davon, rutschte über den Randstein und kam beinahe zu Sturz. Sie wollte nur weg, irgendwohin, wo sie in Sicherheit war, wo sie nicht jeder Dahergelaufene anpöbelte und wo sie endlich aufs Klo gehen konnte, denn das stand bereits dringend an.

*

Doppler kam relativ spät nach Hause. Nach Dienstschluss hatte er sich noch eine Käsekrainer genehmigt, mit süßem Senf und einer Semmel, um anschließend in der neuen Peepshow am Hernalser Gürtel, dem Orgasmodrom, etwas Entspannung zu suchen. In beiden Fällen war die erhoffte Befriedigung ausgeblieben. Die Käsekrainer war ebenso geschmacklos gewesen wie die Tänzerin, eine monströse Kuh, die sich vor ihrem Auftritt nicht einmal die Mühe gemacht hatte, ihren Damenbart abzurasieren. Ganz zu schweigen vom schauderhaften Rest ihrer Körperbehaarung.

Vielleicht war er aber auch einfach nicht in der richtigen Stimmung gewesen. Immerzu hatte er an Lisa denken müssen und an ihre Beziehung, die, wie es aussah, eher zäh ins Rollen kam. Und dann war da natürlich noch die Entführung ihres Vaters, um die er sich kümmern sollte. Die anfängliche Euphorie über seine erste große Herausforderung als Referatsleiter war bald der Sorge gewichen, den Erwartungen nicht gewachsen zu sein. Den ganzen Nachmittag hatte er deshalb mehr oder weniger tatenlos im Büro verstreichen lassen, während Kleist wahrscheinlich immer noch unterwegs war und den Ermittlungskram erledigte. Wer nichts tut, der macht auch keine Fehler, hatte Doppler einmal in einem Wandkalender gelesen. Ein weiser Ratschlag, den man zu gegebener Zeit beherzigen sollte.

Der Entschluss, sich einen gemütlichen Abend vor dem Fernseher zu machen, war rasch gefasst. Es war ein Entschluss, den er mit wenigen Ausnahmen jeden Tag traf, doch heute sollte es etwas Besonderes werden.

Doppler schaltete sein Handy ab und vergewisserte sich, dass alle notwendigen Ingredienzien bereitstanden. Die Chips und eine Flasche Cola am Couchtisch, der Fernseher in perfekt ausgemessenem Abstand zum Sofa und er selbst vor dem Stapel an Videokassetten, gehüllt in seinen mottenzerfressenen Bademantel, der ihm in den unteren Regionen ausreichend Freiheit bot, das bevorstehende Spektakel zu genießen. Kurz überlegte er, ob er etwas Wichtiges übersehen hatte, dann machte er es sich bequem und erweckte den Videorekorder aus dem Standby-Modus.

Ein echter Klassiker stand auf dem Programm, sein absolutes Lieblingsvideo. *Gertrudes Kerker*. Der Film hatte alles, was ein Film haben musste. Er war gefinkelt inszeniert, spannend und erregend zugleich. In erster Linie aber erregend, was hauptsächlich an Gertrude lag und an dem, was sie mit ihren hilflosen Gespielinnen anstellte.

Den Blick starr auf den Bildschirm gerichtet, langte Doppler abwechselnd in die Chips-Packung, zur Colaflasche und schließlich wie automatisiert in seinen Bademantel, wo seine Hand bereits sehnsüchtig erwartet wurde. Obwohl er die Szene schon Hunderte von Malen gesehen hatte, zog sie ihn immer wieder in ihren Bann.

Magda, die bitterarme, perfekt gestylte, mit endlosen Beinen ausgestattete Tochter eines weniger gestylten, lungenkranken Köhlers, verirrte sich im dunklen Wald und landete prompt in Lady Gertrudes Schloss, wo sie sogleich vom buckligen Diener empfangen, entkleidet und vorsorglich in Ketten gelegt wurde. Nach einer kurzen Sequenz mit spitzen Angstschreien und weit aufgerissenen Augen erschien die Gastgeberin höchstpersönlich im düsteren Kerker und machte sich – gehüllt in schwarzen Latex und derbes Leder – umgehend ans Werk.

Unwillkürlich fasste sich Doppler härter an. Gertrude hatte es ihm angetan. Die Frau bewies ein beeindruckendes Maß an

Durchsetzungsvermögen, Führungsqualität und Schlagkraft. Wäre sie ein Mann gewesen, er hätte sich ohne Zweifel in ihr wiedererkannt ... Und sie war kreativ. Was sie mit heißem Wachs, Wäscheklammern und Mozzarella anstellte, hätte sogar MacGyver vor Neid erblassen lassen.

Doppler zwang sich, das Tempo zurückzunehmen. Das Beste sollte erst kommen und er vorzugsweise im selben Moment. Denn nun hatte Gertrudes Dobermann Frank einen der wohl legendärsten Auftritte in der Geschichte der pornografischen Filmkunst. Was er und Magda anstellten, war eine Klasse für sich, perfekte Unterhaltung, ganz großes Kino.

Doppler wand sich vor Lust. Der Höhepunkt stand unmittelbar bevor. Und dann machte ein zaghaftes *Ding-Dong* alles kaputt.

Lotte sprang ihm förmlich an den Hals. »Oh Kurt, mein süßer Brummbär!«, zwitscherte sie aufgekratzt.

»Was ... was tust *du* hier?«, stammelte er. Sie war die Allerletzte, die er in diesem Augenblick um sich haben wollte. Und sie war sternhagelvoll, stellte er bestürzt fest. Abgefüllt, bis obenhin. Nur mit Mühe gelang es ihm, sie abzuschütteln. »Wie du ausschaust! Ich meine ...«

Ihre Aufmachung meinte er. Sie verschlug ihm die Sprache. Lotte war aufgeputzt wie ein obszöner Christbaum. Das nuttige Tigerjäckchen, die roten Strümpfe, die Pumps, ihr grelles, viel zu dick aufgetragenes Make-up ...

»Na, sieh einer an!«, quiekte sie belustigt, als ihr Blick an jener Stelle hängen blieb, wo sich sein Bademantel auf bedeutungsvolle Weise wölbte. »Ich gefalle dir wohl!«

Doppler wich einen Schritt zurück und hob abwehrend seine Hände. »Also eigentlich passt es mir jetzt gar nicht ...« Ihr ungewohnt offensives Verhalten schreckte ihn ab. Er konnte es nicht leiden, wenn Frauen vorpreschten und die Initiative an sich rissen.

»Nimm mich!«, hauchte sie und drängte ihn ins Wohnzimmer, wobei sie ihm tief in die Augen blickte und sich verführerisch über die Lippen leckte. Das hatte sie bei *Sex and the City* gesehen und dort funktionierte dieser Trick immer. »Mach's mir, Kurt, hier und jetzt!« Wollüstig schmiegte sie sich an seine Brust.

»Aua! Du stehst auf meinen Zehen!«, schrie er auf.

»Hoppla, du Ärmster!« Lotte kicherte in höchsten Frequenzen. »Tschuldigung. Ich fürchte, ich bin ein bisschen beschwipst.«

Und wer wollte es ihr verübeln? Nach ihrer Begegnung der professionellen Art hatte sie in einem Restaurant in der Lugner City ein Achtel Rot nach dem anderen hinuntergeschüttet, bis ihre Selbstsicherheit zurückgekehrt war und sie vom Geschäftsführer nach mehrmaligem Ermahnen aufgefordert worden war, das Lokal zu verlassen. Aufgrund ihrer lautstarken Debatte mit dem Wandspiegel, wie sie vermutete. Aber sonst war ja keiner da, dem sie sich anvertrauen hätte können und es kam schließlich nicht jeden Tag vor, dass man ihr Geld für Liebesdienste bot, was sie zwar im höchsten Maße anwiderte, aber andererseits auch ein bisschen stolz machte.

»Ich will dich, Kurt!«, flüsterte sie heiser und versuchte ungeschickt, den Gürtel seines Bademantels zu lösen. »Verdammter Knoten … Wieso geht das Scheißding nicht auf?«

Doppler packte sie bei den Schultern. »Lass das, Lotte! Ich möchte nicht … Äh, es wäre wirklich besser, wenn du gehst … Lotte! Hörst du mir zu?«

Das tat sie nicht. Das abenteuerliche Treiben am Bildschirm hatte ihre Aufmerksamkeit auf sich gezogen. Ihr Mund stand sperrangelweit offen. Etwas Derartiges hatte sie noch nie gesehen. Zugegebenermaßen hatte sie jede Menge noch nie gesehen, aber *das* …!

»Sei mein Hund, Kurt!«, krächzte sie und versetzte ihm mit beiden Händen einen Stoß, dass er rücklings aufs Sofa plumpste. Schwerfällig hopste sie auf ihn drauf und schälte ihre Brüste aus dem Ausschnitt. »Traraaa!«, zeterte sie. »Darf ich vorstellen … Dolly und Buster. Hihi! Na, was sagst du nun?«

»Guten Abend!« Es war Mag. Kleist, der etwas sagte.

Der Schreck fuhr Doppler durch alle Glieder. Mit einem Ruck sprang er auf und schleuderte dabei Lotte zu Boden. »Kleist, Scheiße!«, stieß er hervor. »Was erlauben Sie sich? Sie können doch nicht einfach so hereinplatzen!«

»Verzeihen Sie. Komme ich etwa ungelegen? Das täte mir leid, aber da Ihr Telefon abgeschaltet war und …«

»Was und? Das gibt Ihnen noch lange nicht das Recht …«

Kleist deutete hinter sich. »Tja, die Tür stand offen, und ich darf Sie daran erinnern, dass es *Ihr* Wunsch war, den Bericht noch heute in Händen zu halten.«

»Bericht?« Doppler war zu erhitzt, um klar denken zu können.

»Ich komme mit den ersten Einzelheiten unseres Entführungsfalls«, klärte ihn sein Mitarbeiter auf.

Und er würde mit allen Einzelheiten über das Liebesleben seines Vorgesetzten wieder gehen, dachte der Bezirksinspektor besorgt. »Ähm, das ist sehr lobenswert«, würgte er hervor. Ein Quäntchen mehr Freundlichkeit hielt er angesichts seiner prekären Lage durchaus für angebracht, galt es doch zu vermeiden, dass sich die Affäre bis in die Bundespolizeidirektion herumsprach. »Und, hm, das bleibt hoffentlich unter uns …«

»Was meinen Sie?«

»Was soll ich schon meinen? Das *alles* hier.«

Kleist nickte ihm ermutigend zu. »Selbstverständlich … Ist das ein Hund?«

Doppler griff zur Fernbedienung und schaltete den Videorekorder ab. »Ich, ähm, möchte nämlich nicht, dass die Kollegen …«

»Seien Sie unbesorgt. Ihr Privatleben geht mich nichts an. Es bleibt Ihnen überlassen, sich eine Prostituierte von der Straße zu holen. Jedem das Seine.«

»Prostituierte? Aber nein, sie ist doch keine …«

Lotte quietschte vor Vergnügen. »Vorhin am Gürtel hat das aber jemand ganz anders gesehen!«, plapperte sie ungeniert drauflos. Sie hatte es immer noch nicht geschafft, auf die Beine zu kommen, lag am Teppich, das Kleid bis zum Nabel hochgeschoben und strampelte wie ein Käfer mit den Beinen. »Da war ein Typ, der wollte, dass ich ihm einen … Hihi, du weißt schon. Kannst du dir das vorstellen? Hast du übrigens eine Ahnung, wie viel man dafür verlangen kann? Ich muss gestehen, mir fehlt die Erfahrung und …«

»Ab ins Schlafzimmer!«, befahl Doppler.

»Oh là là, sehr gerne, aber nur, wenn du mitkommst.« Sie rollte bedeutungsvoll mit ihren Augen und stieß ein hysterisches Kichern aus. Dann drehte sie ihren Kopf Mag. Kleist zu. »Oder der da. Willst du uns nicht bekannt machen, Kurt?«

Nachdem er laut und deutlich kundgetan hatte, dass er nichts dergleichen vorhatte, zog sie einen Schmollmund und kroch auf allen Vieren nach nebenan, wobei sie frech mit dem Hintern wackelte.

Doppler rückte seinen Bademantel zurecht und räusperte sich. »Und nun zu Ihnen. Was konnten Sie ausfindig machen?«

»Unter anderem einen Haufen Scheiße«, berichtete Mag. Kleist, ohne eine Miene zu verziehen.

Später, als sein Mitarbeiter gegangen war, nahm sich Doppler Zeit, Bilanz zu ziehen. Der Streber hatte keine schlechte Arbeit geleistet und einige aufschlussreiche Informationen zusammengetragen.

Zuerst gab es da eine Zeugenaussage einer gewissen Frau Strinetz, die in der Wilhelminenstraße gegenüber von Ippstein wohnte. Die alte Dame saß im Rollstuhl und hatte anscheinend den lieben langen Tag nichts anderes zu tun, als vom Fenster aus die Nachbarschaft zu observieren, während sie auf ihre Heimhilfe wartete. Ihr waren am Montag zwei verdächtige Individuen in einem weißen Lieferwagen mit der Aufschrift *Özgül Obst & Gemüse, Bäckerei und elektronische Bauteile* aufgefallen, die zwischen sieben und acht Uhr morgens vor Ippsteins Villa Stellung bezogen hatten. Weiters war ihr nicht entgangen, dass einer der beiden ordinären Kerle auf offener Straße seine Notdurft verrichtet hatte, was man in einer feinen Gegend wie dieser einfach nicht tat. Beschreiben könne sie das Gesindel zwar nicht, gab sie zu Protokoll, aber wie Türken hätten sie nicht ausgesehen. Diesbezüglich kenne sie sich aus. Sie habe nämlich selbst einmal einen gehabt, vor vielen Jahren, der ihr im Garten zur Hand gegangen sei. Allerdings, erzählte sie weiter, und das raubte ihrer Beobachtung die Brisanz, habe Ippstein früher als gewöhnlich das Haus verlassen, ganz genau um halb sieben, also noch lange vor dem Eintreffen dieser dubiosen Figuren. Und, ach ja, beinahe hätte sie es vergessen, an den Tagen davor sei des Öfteren eine dunkelgrüne Klapperkiste vor Beinholtz' Grundstück gestanden. Möglicherweise ein Volvo. Einen ähnlichen habe ihr Gatte, der gute Heribert, Gott sei seiner Seele gnädig, auch einmal gefahren. Im Gegensatz zu besagter Rostlaube sei dieser aber stets tadellos in Schuss gewesen. Der Volvo, nicht Heribert. Leider.

Danach hatte sich Kleist Ippsteins Villa vorgenommen. Die Suche nach etwaigen Hinweisen war jedoch ohne nennenswerte Ergebnisse geblieben. Lediglich im Arbeitszimmer war er auf eine Handvoll Papierschnipsel gestoßen, die – wie die gefrorenen Exkremente von der Straße – erst einer genaueren labortechnischen Untersuchung unterzogen werden mussten.

Anschließend war er in die Firmenzentrale der Ippstein-Brau AG am Opernring gefahren, um den zukünftigen Vorstandsvorsitzenden Dr. Westland zu befragen. Dieser zeigte sich außerordentlich kooperativ und sagte aus, sein Chef habe vorgehabt, einer ihrer Brauereien in Traun einen Besuch abzustatten, was seinen frühen Aufbruch erkläre. Dort sei er allerdings nie eingetroffen. Da man ihn seither nirgendwo erreichen konnte, habe man bereits mit dem Gedanken gespielt, die Polizei zu verständigen. Westland wusste weiters von mehreren Drohanrufen rechtsradikaler Elemente zu berichten, die in Ippsteins Sekretariat eingegangen wären und die man bedauerlicherweise für einen üblen Lausbubenstreich gehalten hätte. Ein unverzeihlicher Fehler, im Nachhinein betrachtet.

Herr Özgül, den Kleist erst vor wenigen Stunden im Restaurant *Kent* am Brunnenmarkt ausfindig machen konnte, hatte seinen Ford Transit schon am Montag als gestohlen gemeldet und beteuerte glaubhaft, mit absolut keiner Angelegenheit jemals etwas zu tun gehabt zu haben. Schließlich sei er nur ein kleiner Gewerbetreibender, im Übrigen längst österreichischer Staatsbürger, braver Steuerzahler und voll integriert.

Doppler war zufrieden. Er kam ausgezeichnet voran. Seine engagierte Arbeit warf erste Früchte ab. Frohen Mutes schubste er die schnarchende Lotte zur Seite, drehte den Make-up verschmierten

Polster um und kroch unter die Decke. Da war nur eine klitzekleine Kleinigkeit, die seinen Optimismus trübte. Die Sache mit den rechtsradikalen Elementen. Sie ließ ihm keine Ruhe. Sollte es sich nämlich bewahrheiten, dass politische Motive hinter der Tat steckten, würde zwangsläufig das Bundesamt für Verfassungsschutz und Terrorismusbekämpfung in die Ermittlungen eingeschaltet werden. Und das galt es, im Interesse seiner Karriere tunlichst zu vermeiden. Die Chancen sich zu profilieren, standen so gut wie noch nie, und Doppler hatte keinesfalls die Absicht, sich von irgendwelchen arroganten Staatspolizeiheinis den Braten vor der Nase wegschnappen zu lassen.

4

Herr Wosczynski nahm noch eine zweite Semmel, schnitt sie auf, bestrich die Innenseiten mit Butter und träufelte etwas Honig darüber. Honig fleißiger heimischer Bienen selbstverständlich, nicht irgend so ein Zeug aus dem Ausland.

Hermann hatte sich nicht lumpen lassen und ein famoses Frühstück aufgetischt. Genauer gesagt: Seine Frau hatte es aufgetischt. Er gab die Anweisungen und sie führte sie aus. Die beiden ergänzten sich fabelhaft.

»Wo bleibt die Gulaschsuppe?«, brüllte er ihr nach, als sie in die Küche huschte, diesmal, um frischen Kaffee aufzustellen. »Du kannst doch unseren Gast nicht verhungern lassen!«

Wosczynski winkte dankbar ab. Neuerdings musste er auf seine Linie achten. Ein Mann in seinem Alter durfte es nicht übertreiben. In den letzten Monaten hatte er einsehen müssen, dass er nicht mehr der junge, vor Kraft strotzende Naturbursch wie vor zehn Jahren war. Der Zahn der Zeit nagte an seiner Gesundheit, insbesondere an seinen Kniegelenken und die Spritzen, die ihm der Arzt verabreichte, halfen, gelinde gesagt, einen Scheißdreck.

»Na, na, was sind denn das für Fisimatenten, Kamerad?«, erteilte ihm Hermann prompt einen Rüffel. »Helgas Gulaschsuppe hast du dir noch nie entgehen lassen.«

Dem konnte Herr Wosczynski nicht widersprechen. Er liebte ihre Gulaschsuppe. Besonders die vom Vortag, wenn sie aufgewärmt auf den Tisch kam, wie die alten Geschichten, in denen er und sein Kumpan gerne schwelgten.

Zufrieden sah er sich um. Wie lange war er nicht mehr hier gewesen? Vielleicht zwei, drei Jahre? Eine Ewigkeit jedenfalls, aber nichts hatte sich verändert. Die vergilbte Tapete mit dem verworrenen grün-braunen Zopfmuster, die wurmstichige Holzvertäfelung an der Decke, der knarrende Parkettboden, die klobigen Eichenholzmöbel … Alles war so wie früher. Sogar der betagte Volksempfänger stand frisch aufpoliert oben am Kamin, gleich unter den Wehrmachtsfotos von Hermanns Vater. Gegenüber in der Vitrine die bemerkenswerte Sammlung eigenhändig zusammengesetzter Modellpanzer und nebenan, im Salon, rechts vom Bücherregal, ein wenig versteckt, das Allerheiligste, die Original-Hakenkreuzfahne aus den Dreißigerjahren.

Bei Hermann hatte die gute alte Zeit ein liebevolles Zuhause gefunden. Hier wurde sie gehätschelt und gepflegt, wie ein geliebtes Kind. Es sollte mehr Menschen von seinem Schlag geben, dachte Herr Wosczynski wehmütig. Für Tradition, Rechtschaffenheit und Treue hatte die Welt da draußen keinen Platz mehr. Oberflächlich war sie geworden, verkommen und verrottet.

Dem musste man entgegenwirken. Er persönlich war nie bereit gewesen, bei der Demontage seiner Heimat zuzusehen, den Untergang des Abendlandes stillschweigend hinzunehmen. Seit jeher verstand er es als seine Aufgabe, nachdrücklich für die Aufrechterhaltung von Recht und Ordnung einzutreten. Als Obmann der Bürgerwehr gegen Drogen, Kriminalität und Kulturschande war es geradezu seine heilige Pflicht, unablässig auf die Bedrohungen durch fremdländische Einflüsse und asoziale Elemente hinzuweisen.

Und Hermann Friedrich, Vorsitzender der Neuen Nationalen Sauberkeitspartei, war über all die Jahre ein verlässlicher Mitstreiter gewesen. Er und Hermann. Hermann und er. Zwei Freunde, die das stählerne Band der Vaterlandstreue zusammenhielt, die Seite an Seite in die erbitterte Schlacht gegen Verrohung, Überfremdung und Sittenverfall zogen.

»Mein Kompliment«, seufzte er und schob den Teller von sich. »Ein wahrlich opulentes Frühstück!«

»War mehr ein Brunch, wie der englische Feind sagt.« Hermann grinste von einem Ohr bis zum anderen. »Ich nenne es ja lieber *Fressen*. Du verstehst, setzt sich aus Frühstück und Mittagessen zusammen! Har, har, har!«

Ein genussvoller Rülpser, der die Bleikristallgläser in der Anrichte erzittern ließ, gab seiner Frau das Startsignal. In Windeseile räumte sie den Tisch ab, schaffte Teller und Tassen in die Küche und begann unverzüglich mit dem Abwasch.

»Eine wahre Perle, deine Helga!«, lächelte Herr Wosczynski anerkennend.

Hermann fletschte seine Zähne. »War nicht immer so. Hat mich eine Menge Arbeit gekostet. Musste sie erst zähmen, ihr die widerspenstigen Seiten austreiben. Du kennst das. Erinnere dich an deinen Rottweiler, den guten *Feldmarschall*. Manchmal hilft nur ein vernünftiges Maß an Züchtigung. Das Weib an sich will es nicht anders!«

Wosczynski nickte. Er hatte seinen Kameraden immer um dessen psychologisches Gespür beneidet. Doch ein Hund war keine Frau, und deshalb hatte er es nie übers Herz gebracht, *Feldi* zu verprügeln.

»Und nun zum eigentlichen Thema, dem Grund, weshalb ich dich hergebeten habe.« Hermann beugte sich über den Tisch und verfiel in ein geheimnisvolles Flüstern. »Es gibt Neuigkeiten, gute Neuigkeiten, Militärisches sozusagen. Aber besser, wir gehen hinüber in den Salon. Feind hört mit!« Verschwörerisch deutete er mit den Daumen hinter sich in die Küche, wo Helga eifrig Töpfe und Pfannen schrubbte. »Alles mir nach!«

Der Salon war sein Refugium. Das sah man sofort. Helga hatte hier nichts zu suchen, was dem Staub die Gelegenheit gab, sich ungestört über die Möbel zu breiten.

»Echte Havannas«, raunte Hermann und beförderte ein erlesenes Holzkistchen aus der Geheimlade seines Schreibtisches. »Sogar der Kommunismus hat seine guten Seiten. Har, har, har! Bedien dich!«

»Danke. Du weißt, ich rauche nicht.«

»Ein Mann mit Prinzipien! Das schätze ich!«

»Man hat seine Ideale«, bestätigte Herr Wosczynski.

Hermann steckte sich schmatzend die Zigarre an und nahm in einem der ledernen Ohrensessel Platz. »Recht so, Kamerad! Die muss man sich bewahren. Wenn es nicht anders geht, mit Gewalt! Und weg mit dem Judenpack!«

Wosczynski blickte ihn verdutzt an. Er kannte seinen Kameraden. Solche Sachen sagte er nicht einfach so daher. Da lag etwas in der Luft.

»Lorelei-Bräu … Hast sicher davon gehört.«

Wosczynski nicke. Das war es also. »Dieser Ippstein?«

»Genau. Eine Riesensauerei, die der abzieht! Stell dir vor, reines deutsches Bier in jüdischer Hand! Es fängt wieder an, sag ich dir. Das muss von vornherein unterbunden werden.«

»Tja, du hast Recht. Da sollte man etwas unternehmen.«

»Schon geschehen.« Der NNSP-Vorsitzende blies zufrieden eine dicke Rauchwolke in die Luft und schlug ein Bein über das andere. »Zu lange haben wir geschwiegen, haben uns für tot erklären lassen, aber nicht mit mir! Du kennst mich. Ab sofort wird zurückgeschossen! Habe unsere Jugend darauf angesetzt. Einfallsreiche Burschen, von mir persönlich rekrutiert!«

»Ist es das, worüber du mit mir sprechen wolltest?« Der Obmann der Bürgerwehr gegen Drogen, Kriminalität und Kulturschande rutschte nervös in seinem Sessel hin und her. So sehr er Hermanns Einfallsreichtum und Engagement schätzte, hatte er doch wenig Lust, Mitwisser einer Exekution oder ähnlich drastischer Maßnahmen zu werden. Nach der Strafaktion gegen seinen Nachbarn im letzten Jahr, die so gründlich in die Hose gegangen war, hatte er die Freude an Gewaltakten fürs Erste verloren.

Hermann winkte ab. »Ruhig Blut, damit beschäftigen sich andere. Nein, ich wollte dich zu einem kleinen Manöver einladen.«

»Manöver?«, entfuhr es Herrn Wosczynski ein wenig zu laut.

»Pst! Streng geheim! Die NNSP hat eine paramilitärische Truppe gegründet. Nennt sich *Treue Heimatfront*. Drahtige junge Burschen, sag ich dir, und gewillt, kräftig anzupacken!«

»Eine paramilitärische Truppe? Ist das denn legal?«

»Machst du Witze?«, Hermann schnaubte verächtlich. »Legal ist es, Drogensüchtige frei herumlaufen zu lassen, stinkenden Ausländern Asyl zu gewähren. Was ich auf die Beine gestellt habe, ist *gerecht*! Unsere Legalität ist die Moral, das gesunde Volksempfinden, die Verteidigung deutschen Blutes!«

»Ich verstehe … Und wie?«

»Samstag früh morgens geht's los. Da werden meine Burschen zeigen, was sie gelernt haben, und zwar mit Bomben und Granaten! Wirst staunen! … Also, Kamerad, bist du dabei, am Feldherrenhügel sozusagen? Müsstest dir das Wochenende freihalten.«

Herr Wosczynski überlegte nicht lange. Für eine Zusammenkunft rechtschaffener, heimatverbundener junger Männer war er immer zu haben. »Selbstverständlich! Du kannst auf mich zählen, Freund. Ehrensache! Wo findet die Übung statt?«

Hermann schenkte ihm ein vielsagendes Lächeln. »Top secret, wie der verkommene Engländer sagt«, zischte er. »Wirst es noch rechtzeitig erfahren. Halte dich bereit!«

*

»Bitte hören Sie, ähm, ich weiß auch nicht …«, stammelte Doppler, der sich mit einer Katastrophe größeren Ausmaßes konfrontiert sah. Schon daheim, beim Frühstücksfernsehen hatte er vor Schreck den Marmorkuchen seiner Mutter fallen lassen, als Ippsteins Foto plötzlich über den Bildschirm geflimmert war. »Ich versichere Ihnen …«

»Was? Was wollen Sie mir denn noch alles versichern?«, hörte er Lisa durch das Telefon zetern. »*Garantiert* haben Sie mir, dass von Papas Entführung nichts an die Öffentlichkeit dringt! Und was ist passiert? Das genaue Gegenteil. Bei mir ist die Hölle los! Ständig rufen Reporter an und wollen Einzelheiten wissen.«

Doppler gab ein gequältes Stöhnen von sich. Nervös spielte er mit den Büroklammern, die er im Laufe des Gesprächs vor sich angehäuft hatte. Zwischendurch fischte er gelegentlich eine Erdnuss aus der Packung und schob sie sich in den Mund. Zunehmend in Panik geratend fragte er sich, ob er nicht zuvor, während Lisas endloser Schuldzuweisungen, bereits irrtümlich eine Büroklammer verschluckt habe. Das Pieksen in seinem Rachen deutete jedenfalls darauf hin.

»Ich kann mich nur wiederholen«, versuchte er sie zu beschwichtigen. »Die Information stammt keinesfalls von einem meiner Kollegen. Dafür lege ich meine Hand ins Feuer!« Was erste Auswirkungen zeigte. Er merkte, wie er unter den Achseln zu schwitzen begann. Ja, es war bestimmt eine Büroklammer gewesen.

Sein Hustenanfall beeindruckte Lisa herzlich wenig. Mit einem Male wurde sie fuchsteufelswild. »Wer soll das noch glauben?«, schrie sie ihn an. »Ich habe früher selbst für eine Wochenzeitschrift gearbeitet. Mir ist bekannt, wie freizügig mancher Beamte mit Informationen umgeht, wenn man ihm ein wenig Kleingeld zusteckt.«

»Sie waren Journalistin?«

»Allerdings ... So etwas Ähnliches.« Genau genommen hatte sie in der Anzeigenabteilung Werbekunden akquiriert und das mit mäßigem Erfolg, bis sie als Tierpflegerin in die Pharmabranche gewechselt war. »Wenn die Entführer ihre Drohung wahr machen und meinem Vater etwas zustößt, möchte ich nicht in Ihrer Haut stecken!«

Das wollte Doppler schon jetzt nicht, auch wenn es ihm endlich gelungen war, den Fremdkörper in seinem Hals mit einem großen Schluck Cola in den Magen zu befördern. »So weit wird es nicht ...«

Lisa schnaubte. »Pah! Sie und Ihre lächerlichen Prophezeiungen! Aber glauben Sie mir, ich werde Sie zur Verantwortung ziehen!«

Verantwortung ... Das war der springende Punkt. Ein zweischneidiges Schwert. Im Grunde hatte Doppler kein Problem damit, Verantwortung zu tragen. Das gehörte dazu, wenn man eine leitende Funktion innehatte. Nur verantwortlich zu *sein* ging ihm gewaltig gegen den Strich. Man sollte zwischen den beiden Zuständen eine klare Trennlinie ziehen, fand er, das würde das Leben wesentlich vereinfachen.

»Vielleicht ist es besser, ich informiere Ihren Vorgesetzten«, setzte sie ihre Attacke fort. »Das ist doch Dr. Feuersturm, oder?«

»Warten Sie!«, schrie er entsetzt auf, in der Hoffnung, das drohende Inferno abzuwenden. »Das ist doch nicht notwendig. *Niemand* von uns ist mit dieser Geschichte an die Medien gegangen! Überlegen Sie doch ... Es könnte ein Mitarbeiter Ihres Vaters gewesen sein, dieser Dr. Westland oder wie der heißt. Vielleicht auch die Haushälterin ... Was weiß ich?«

»Und so kommen wir zum entscheidenden Punkt!«, fauchte sie böse. »Was wissen Sie eigentlich?«

»Tja, also ...« Dazu fiel ihm nichts ein. »Aber wenn ich die undichte Stelle ausfindig mache ...«

»Machen Sie lieber meinen Vater ausfindig! Und das, so lange er noch lebt!« Lisa war in Tränen ausgebrochen, was Dopplers Magenschmerzen bis hinauf in die Brust trieb.

»Solange sich die Entführer nicht melden, hat Ihr Vater nichts zu befürchten«, probierte er es mit einer haarsträubenden Theorie. »Die lassen Sie nur zappeln. Irgendwann wollen sie Geld sehen, und ohne Lebenszeichen ihrer Geisel werden sie keines kriegen.«

»Ihr Wort in Gottes Ohr ... Gibt es wenigstens neue Erkenntnisse? Was ist mit dem Brief?«

»Nun, leider ... Abgesehen von Ihren und Herrn Reichenbachs Fingerabdrücken ist er nahezu steril. Die Kollegen von der Spurensicherung sind gerade dabei, die aufgeklebten Buchstaben zu analysieren. Das, ähm, kann etwas dauern ... Aber wenn es Sie erleichtert, wir verfolgen zwei heiße Spuren.« Nichtssagende Neuigkeiten waren besser als keine, hoffte er. »Wirklich sehr heiß. Mehr kann ich dazu im Moment nicht sagen.«

»Erleichtert, Herr Bezirksinspektor«, zischte Lisa, »erleichtert bin ich erst, wenn mein Vater wohlbehalten zu Hause eingetroffen ist!«

»Wir werden alles Menschenmögliche daransetzen, dass ... Hallo? Frau Ippstein? Hallo?«

Niedergeschlagen ließ er den Hörer sinken. Warum musste ausgerechnet *er* jedes Mal den Mist ausbaden, den er sich eingebrockt hatte? Wofür in aller Welt waren seine Kollegen da, wenn man ihnen die Schuld nicht in die Schuhe schieben konnte?

Doppler glaubte weder an Vorsehung noch an Horoskope und den ganzen Quatsch, und doch schien es eine höhere Macht zu geben, der es ein enormes Vergnügen bereitete, ihn zu verarschen. Die unerfreulichen Situationen häuften sich. Lottes entwürdigender Auftritt war mit Sicherheit nur der vorläufige Höhepunkt einer endlosen Kette an Bloßstellungen gewesen. Wenn auch ein fulminanter.

Lustlos machte er sich wieder an den Papierschnipseln zu schaffen, die Kleist in Ippsteins Arbeitszimmer gefunden hatte. Sie richtig zusammenzufügen war bei weitem komplizierter als zu puzzeln, stellte er fest. Ein Puzzle konnte man notfalls mit Gewalt zusammensetzen, das ein oder andere Teilchen mit der Unterseite nach oben in die Lücke quetschen. Selbst wenn das Ergebnis dann wackelig aussah und keinen Sinn ergab, so war es doch ein Ergebnis.

»Da gibt es Neuigkeiten, die Sie interessieren werden«, rief Mag. Kleist, der gerade ins Zimmer gestürzt kam. »Von Ippsteins Jaguar fehlt zwar nach wie vor jede Spur, aber den weißen Ford Transit haben wir.«

»Was?« Doppler hatte nicht richtig zugehört.

»Sie wissen schon, der gestohlene Lieferwagen … Und wir fanden Fingerabdrücke. Die eines gewissen Peter Tenker.«

Der Bezirksinspektor schüttelte den Kopf. Der Name sagte ihm nichts.

»Zuhälterei, Einbruch, Nötigung … Seit einigen Jahren ist es aber ruhig um ihn geworden. Eine Entführung sei eigentlich nicht seine Kragenweite, meinen die Kollegen vom Referat 5.«

»Und Mord demnach auch nicht?«, fragte Doppler hoffnungsvoll.

»Vermutlich nicht, aber wir wissen alle, wozu Menschen in Ausnahmesituationen fähig sind.«

»Dann stecken wir ganz schön in der Scheiße.«

»Apropos ... Der vor Ippsteins Villa sichergestellte Kot liegt noch in der Kriminaltechnik. Da sein – wie nennen wir ihn? Eigentümer? – soweit uns bisher bekannt ist, in keinem erkennbaren Zusammenhang mit der Entführung steht, zeigt man wenig Interesse, die Exkremente einer DNA-Analyse zu unterziehen. Eine reine Kostenfrage, wie mir mitgeteilt wurde. Außerdem liege Wichtigeres an, meinen die Herrschaften.«

»Und was bitteschön?«

»*Moorhuhn*. Zur Zeit läuft ein hausinternes Turnier ...«

»Tatsächlich?« Doppler sah von den Papierschnipseln auf. Davon hatte ihm keiner etwas gesagt. Dabei war er beim *Schatzjäger 3* eine Klasse für sich. »Na dann«, seufzte er resignierend.

Kleist ließ nicht locker. »An diesem Tenker sollten wir trotzdem dranbleiben. Ich empfehle dringend, eine Fahndung einzuleiten.«

Doppler starrte nachdenklich aus dem Fenster. So ungern er es auch zugab, die Brillenschlange hatte Recht. Außerdem konnte er jetzt jeden noch so kleinen Teilerfolg brauchen, um sein angekratztes Image wieder aufzupolieren. Schlagartig kehrten seine Lebensgeister zurück. »Das hatte ich ohnehin vor!«, schnauzte er seinen Mitarbeiter an. »Glauben Sie, ich weiß nicht, was zu tun ist?«

»Ich bin überzeugt, dass Sie das wissen.«

»Wieso stehen Sie dann noch so untätig da? Setzen Sie sich in Bewegung! Ich will eine Großfahndung mit allem Pipapo!«

*

Niemand kam und das war das Zermürbende. Wie lange er bereits in seinem Verlies festgehalten wurde, konnte Ippstein nicht beurteilen. Die absolute Dunkelheit, die bedrückende Stille hatten die Zeit breitgetreten, bis sie zu einer zähen Masse geworden war. Nach seinem Hunger zu schließen, waren ein paar Tage vergangen, nach seinem Durst zu urteilen, eine Ewigkeit. Zwischendurch war er immer wieder eingenickt, in einen unruhigen Schlaf gefallen, vermutlich nur für Minuten. Mehr ließ die Kälte nicht zu. Sie zehrte ihn aus, holte ihn umgehend ins fiebrige Bewusstsein zurück.

Und dann war sein Kopf voller Fragen. Was zum Teufel hatten sie vor? Wenn sie Geld wollten, was er ursprünglich angenommen hatte, weshalb stellten sie keine Forderungen? Er wäre gesprächsbereit gewesen. Jederzeit. Er hätte ihnen ein Angebot gemacht, und ein durchaus faires, wie er meinte. Immer wieder hatte er im Geist die Verhandlungen durchgespielt, sich jedes Mal zu größerer Kompromissbereitschaft durchgerungen. Doch je länger sie ihn schmoren ließen, desto mehr schwand seine Hoffnung auf ein für beide Seiten befriedigendes Ende, desto mehr kam er zu der Überzeugung, dass seine Entführer überhaupt nicht darauf aus waren, ihn zu erpressen. Sie verfolgten andere Ziele. Viel grausamere. Da waren skrupellose Neonazis am Werk, die ihn beiseiteschaffen wollten.

Sein Gedächtnis war nur bruchstückhaft zurückgekehrt und endete am Montagmorgen. An jenem Tag war er früher als gewöhnlich aufgestanden, um zu einem wichtigen Termin nach Traun zu fahren. Ihm fiel ein, dass er vorgehabt hatte, mit seinem vom Schneematsch völlig verdreckten Jaguar unterwegs in einer Waschanlage Halt zu machen. Aber irgendwie wurde er das Gefühl nicht los, dass da noch etwas anderes gewesen war. Etwas, das seine Pläne durchkreuzt hatte.

Und plötzlich, wie aus dem Nichts, kam die Erleuchtung. Das Telefon! Jemand hatte ihn am Handy angerufen, gerade als er in seinen Wagen gestiegen war. Lisa!, schoss es ihm durch den Kopf. Es war seine Tochter gewesen, die ihn bedrängt hatte, sich mit ihr ein Haus anzusehen und weil es anscheinend so furchtbar dringend gewesen war, hatte er sich breitschlagen lassen, während der Fahrt einen Zwischenstopp einzulegen.

Aber hatte er sie dann tatsächlich getroffen? Und wenn ja, was war aus ihr geworden? Hatten diese Verbrecher sie ebenfalls in ihre Gewalt gebracht? Ippstein stieß einen heiseren Schrei aus. Wie verrückt begann er an seinen Fesseln zu zerren. Die Wut mobilisierte Kräfte, an deren Existenz er längst nicht mehr geglaubt hatte. Keuchend schaukelte er vor und zurück. Immer ungestümer, immer wilder. Jetzt ging es nicht mehr nur um sein Leben. Jetzt ging es um das Leben seines Kindes!

Als der Stuhl nach hinten kippte und Ippstein hart am Boden aufschlug, zersplitterte die Lehne, und plötzlich waren seine Hände frei. Eine Weile lag er da, auf den kalten Steinplatten, völlig außer Atem, und massierte seine klammen Finger, bis er sie wieder spüren konnte. Dann löste er seine Fußfesseln. Die Knoten waren einfach und bereiteten ihm keine Schwierigkeiten. Vorsichtig richtete er sich auf. Den stechenden Schmerz in seinem Rücken nahm er kaum wahr. Der Vorsatz, Lisa zu retten, sie aus den Fängen dieser Bestien zu befreien, hatte sich fest in seinem Gehirn verankert und wirkte wie ein Sedativum.

Schritt für Schritt tastete er sich vorwärts. Seine Arme hielt er wie Fühler ausgestreckt. Eine Wand, ein … Hängeregal … ein wackliger Holztisch und dann wieder eine Wand. Ippstein probierte es in die andere Richtung. Es knirschte, als sein Fuß gegen ein Hindernis stieß. Schwerfällig ging er in die Knie, und schickte seine Hände voran. Kohle war das, stellte er fest, Briketts. Ein ganzer Haufen. Auf allen vieren kroch er um ihn herum und weiter, bis zu einer unverputzten Ziegelmauer. Links davor, Tonschalen oder Schüsseln … nein, Blumentöpfe waren das! Und rechts … *Tock* machte es, als sein Handgelenk gegen einen Widerstand schlug. Ein Holzbrett. Und ein Stück oberhalb, nach hinten versetzt noch eines: eine Treppe! Ippstein suchte nach dem Geländer und zog sich an ihm hoch. Ganz langsam stieg er hinauf. Stufe für Stufe. Er zählte sie leise mit. *Drei … vier … fünf …* Ein Knarren unter seinen Füßen ließ ihn erstarren. Gespannt hielt er den Atem an und lauschte. Nichts passierte. *Sechs … sieben … acht …*

Bei neun war Schluss. Die Tür war aus Metall und eiskalt. Ihre Klinke quietschte erbärmlich, als er sie niederdrückte. Abgeschlossen … Wie vermutet. Doch so schnell gab er nicht auf. Zitternd glitten seine Finger an der Wand entlang. Dann fand er, wonach er suchte. Ippstein holte tief Luft und knipste das Licht an.

*

Peter Tenker nahm sich etwas Kaffee und schaltete das Küchenradio ein. Ein uraltes, batteriebetriebenes Ding aus den Siebzigerjahren, das vorwiegend krachte und rauschte, egal wie man die Antenne auch drehte. Er hatte es vorgezogen, die Nacht außer Haus zu verbringen, und war, angetrieben vom Bedürfnis nach menschlicher Nähe, zu Brigitte gefahren, die immer, wenn es darauf ankam und es ihre berufliche Auslastung zuließ, ein offenes Ohr für ihn hatte. Und nicht nur ein offenes Ohr. Tenker war letztlich klug genug gewesen, dieses zu meiden und sich stattdessen an anderen Körperteilen zu trösten. Von seinem Fehlschlag musste sie nichts wissen.

Nachdenklich betrachtete er sie, wie sie im Bad eine dicke Schicht Enthaarungscreme auf ihre Beine spachtelte. So, wie sie dastand, vorgebeugt, einen Fuß auf dem Rand der Badewanne, ihre glatt rasierten Schamlippen präsentierend, war sie der lebende Beweis für körperlichen Verfall. Ab 40 konnte es rasant bergab gehen, stellte er fest. Brigittes schlaffe Brüste baumelten wie leere Säcke an ihr, die Schwarte an ihrem Bauch hatte sich nach und nach verdreifacht. Sowohl in ihrem Umfang, als auch in ihrer Anzahl. Und bei jeder kleinsten Bewegung erzitterte die gallertartige Kraterlandschaft an ihren Pobacken und Oberschenkeln. Schön sah das wirklich nicht aus, fand er, und ihre Kunden dachten wohl ähnlich. Die Geschäfte waren seit geraumer Zeit rückläufig.

Tenker musste an einen Spruch denken, den er einmal gehört hatte. *Ein Mann ist so alt, wie er sich fühlt, eine Frau ist so alt, wie sie sich anfühlt.* Da war etwas Wahres dran. Letzte Nacht, unter ihrer dicken Tuchent, hatte er den Eindruck gehabt, einen Schwabbelpudding zu ficken. Aber blasen, musste er zugeben, blasen konnte sie immer noch hervorragend. Was das anbelangte, spielte sie die erste Geige … hoppla, Trompete.

Er mochte Brigitte. Nein, er mochte sie sogar sehr gerne. Wenigstens von Zeit zu Zeit, wenn ihm danach war. Sie pflegten eine offene Beziehung, in der er kam und ging, wann immer er wollte. Kein unnötiges Geschwafel, kein Gezänk, keine ewigen Dispute, wer dran wäre, das Geschirr abzuwaschen und weshalb er seine Socken einfach am Boden liegen ließ, statt sie zur Schmutzwäsche zu werfen. Er hatte es gut mit ihr getroffen. Eigentlich perfekt. Sie hatte ihm nie mehr abverlangt, als er bereit gewesen war zu geben. Aufmerksamkeit nämlich. Rücksichtnahme, Feingefühl und dergleichen. Den ganzen Schmus, den andere Frauen von ihren Typen einforderten. Brigitte akzeptierte ihn mit all seinen Eigenheiten, und davon gab es jede Menge. Das wusste er zu schätzen. Deshalb war es ihm nie in den Sinn gekommen, sich eine Jüngere zu nehmen. Gut, die nahm er sich schon, hin und wieder, wenn es die Gelegenheit verlangte. Aber bei denen blieb er nicht, denn die saßen im Orchester weiter hinten und spielten das Fagott.

Der Name Ippstein beförderte ihn jäh in die Gegenwart zurück. Hektisch fuhr er herum und stellte das Radio lauter. Doch es war nur ein Werbespot »*Maria, Josef und ein Dritter stoßen an mit Ippstein-Bitter. Ziemlich durstig sehen zu: Der Ochs, der Esel und die Kuh.*« Die Stimme klang so ähnlich wie die von Barney Geröllheimer, fiel ihm auf. Schmerzhaft schrill und quakend.

Tenker entspannte sich und schenkte seine Aufmerksamkeit wieder Brigitte, die gerade dabei war, sich anzukleiden. Er wollte noch ein Weilchen bleiben, eine Dusche nehmen, dann mit ihr gemeinsam frühstücken, wie ein altes Ehepaar, ohne ein Wort zu sprechen, weil man sich ohnehin in- und auswendig kannte und es nichts zu sagen gab. Und später, wenn er es für angemessen hielt, würde er aufstehen und verschwinden. Einfach so.

»Hast du das gehört?«, fragte sie ihn, als er aus dem Bad kam.

»Gehört? Was?«

»Im Radio. Das von der Entführung.«

Tenker stand da wie versteinert. »Entführung? Welche Entführung?«

»Ach, irgendein Brauereibesitzer. Ich glaube, dieser Ippstein. Du weißt schon. *Selbst der Auerhahn in seiner Balz beglückt sich gern mit Ippstein-Malz*«, zitierte sie.

»Ippstein ...« Mit einem Mal wurde ihm speiübel. »Wann, ähm, wann soll das gewesen sein?«, krächzte er.

»Am Montag, denke ich. Warum?«

»Und, hm, haben sie einen Verdacht, wer dahintersteckt?«

Brigitte zuckte mit den Schultern. »Es heißt, die Polizei verfolgt eine heiße Spur.«

Die zweifellos Peter Tenker hieß, vermutete er, so warm, wie ihm geworden war.

»Möchtest du kein Frühstück?«, fragte sie verwundert, als sie ihn hastig in seine Schuhe schlüpfen sah. »Es gibt frische Semmeln. Und ein weiches Ei habe ich extra für dich gekocht.«

Es kam keine Antwort. Sie hörte, wie die Tür hinter ihm ins Schloss fiel und er die Stufen hinuntergaloppierte.

»Na, macht nichts«, sagte sie zu dem weichen Ei und lächelte tapfer. Dann begann sie übergangslos zu weinen, so wie sie in letzter Zeit öfters weinte, wenn sie allein war. Vor allem morgens. Und als das Ei nicht reagierte, fügte sie hinzu: »Du wirst sehen, irgendwann wird er uns brauchen.«

Vorerst brauchte Tenker die Gewissheit, dass niemand hinter ihm her war, wobei er sich keinen übertriebenen Illusionen hingab. Obwohl die Heizung in seinem alten Volvo nicht richtig funktionierte, klebten seine Hände schweißnass am Lenkrad und je näher er seinem Wohnhaus kam, desto mehr begann es sich in seinen Gedärmen wieder zu regen. Jetzt durfte er keinen Fehler begehen, wollte er nicht blindlings in die Falle tappen. Vermutlich warteten sie bereits auf ihn.

Vorsichtshalber hielt er seinen Wagen vor der *Aida* in der Thaliastraße und spähte die Fröbelgasse hinauf. Er hatte sich nicht getäuscht. Der dunkelblaue BMW stand direkt vor dem Haustor und die beiden Gestalten in seinem Inneren sahen nicht aus, als wären sie zu ihrem Vergnügen hier. Kriminalpolizei, jede Wette. Er kannte diese Typen in- und auswendig.

Langsam fuhr er weiter. In Bewegung zu bleiben, erschien ihm vorläufig am sichersten. Und dann? Zu Brigitte zurückzukehren konnte er sich abschminken. Früher oder später würden sie auch dort aufkreuzen, wie überall in seinem Bekanntenkreis. Wenn er es recht bedachte, blieb ihm nur eine Alternative. Die alte Sargfabrik. Sie war der einzige Ort, an dem er nichts zu befürchten hatte. Vorläufig jedenfalls, bis Gras über die Sache gewachsen war und er sich nach anderen Möglichkeiten umsehen konnte. Das ganze Zeug, die Lebensmittel, Taschenlampen, Kleidung und Decken, die er hingeschafft hatte, waren ja noch dort. Ein paar Tage Einsiedelei würden ihn aus der Schusslinie nehmen.

Vorausgesetzt, er würde sein Ziel jemals erreichen, reduzierte er wenig später seinen Optimismus. In der Alszeile hatte sich stadtauswärts eine lange Kolonne gebildet, die alle paar Meter zum Stillstand kam. Der normale Berufsverkehr war das nicht. Nicht um diese Zeit, am späten Vormittag, und eine Baustelle, mitten im Winter … Nein. Tenker konnte förmlich riechen, dass etwas in der Luft lag, und der Polizeihubschrauber, der ebendort seine Runden drehte, erhärtete den Verdacht. Als er das Radio einschaltete, liefen gerade die Elf-Uhr-Nachrichten. Der Sprecher berichtete im Zusammenhang mit der Entführung des Unternehmers Jonas Ippstein von einer Großfahndung, die anscheinend ganz Wien lahmlegte. Polizeisperren waren an allen wichtigen Ausfallstraßen errichtet worden und führten zu endlosen Staus. Er riet den Hörern, nach Möglichkeit auf ihre Autos zu verzichten.

Ohne lange nachzudenken, lenkte Tenker seinen Volvo an den Straßenrand und stieg aus. Mit dem Wagen würde er also nicht weit kommen. Die letzten Kilometer musste er zu Fuß zurücklegen. Am besten, abseits der Hauptstraße, hintenrum, über Schleichwege durch Neuwaldegg bis hinaus zur Kreuzbühelwiese.

*

Dopplers Großfahndung machte Geschichte. Sie führte zu einem Chaos ungeahnten Ausmaßes. Längst war der gesamte Individualverkehr zum Erliegen gekommen. Auch die öffentlichen Verkehrsmittel waren betroffen, sodass es in weiten Teilen Wiens kein Weiterkommen gab. Eine Stadt stand still und das blieb nicht ohne Folgen. Ab einem gewissen Zeitpunkt waren die Einsatzkräfte mehr damit beschäftigt, den aufkeimenden Volkszorn unter Kontrolle zu halten, als sich um die Suche nach Peter Tenker zu kümmern. Vorrangig galt es, Schlägereien unter wütenden Autofahrern zu schlichten, notfalls indem man mit dem Gummiknüppel kräftig mitmischte, oder renitente Passanten, die glaubten, alles besser zu wissen, in Handschellen abzuführen.

Neben diesen durchaus notwendigen Maßnahmen zur Aufrechterhaltung der öffentlichen Sicherheit, kam es da und dort auch zu kleineren Pannen. So wurde eine Gruppe von Schulkindern mittels Wasserwerfer und Gummigeschossen auseinandergetrieben, da man sie irrtümlich für Teilnehmer einer unangemeldeten Demonstration hielt, und die Putzfrau eines Nachtclubs in der Zirkusgasse wurde bei einer Razzia von der hereinstürmenden Sondereinheit dermaßen erschreckt, dass sie einen Herzinfarkt erlitt und noch während des Transports ins Krankenhaus verstarb.

Im allgemeinen Trubel rückten Fernsehteams aus, um das Spektakel landesweit zu übertragen und in einseitiger Berichterstattung, wie später der Polizeipräsident kritisieren sollte, die Übergriffe einiger weniger schwarzer Schafe unter den Exekutivorganen maßlos übertrieben und in keiner Weise der Realität entsprechend hervorzukehren.

Trotz der bedauerlichen Missgeschicke war Bezirksinspektor Doppler ob seiner famos inszenierten Großfahndung guter Dinge. Er hatte Posten am Checkpoint Flötzersteig bezogen und folgte mit wachsender Genugtuung dem rigorosen Vorgehen seiner Truppe. Zur Steigerung der Mitarbeitermotivation schreckte er nicht davor zurück, nötigenfalls selbst Hand anzulegen, sobald es die Situation gebot und es darum ging, widerspenstigen Bürgern das Recht vor Augen und ein Sturmgewehr 77 an den Rücken zu halten.

»Herr Bezirksinspektor!«, rief ein jüngerer Kollege aufgeregt und winkte ihn zum Einsatzwagen. »Die Zentrale möchte Sie sprechen. Und zwar dringend!«

Murrend ließ Doppler von einer Studentin mit verdächtiger Baskenmütze ab, die er eben einer ausführlichen Leibesvisitation unterzogen hatte, und griff zum Funkgerät. »Bezirksinspektor Doppler«, schnaubte er unwirsch. Er hatte gar nicht vor, seinen Ärger zu verbergen. »Ich habe jetzt keine Zeit! Sie stören mich bei einer Amtshandlung!«

Letztlich nahm er sich doch Zeit. 45 Minuten später saß er in Dr. Feuersturms Büro, und all die schöne Euphorie war verflogen.

»Nein!«, fauchte der Chef der Kriminaldirektion 1 ins Telefon. »Ich kann und will dazu keine Stellungnahme abgeben und damit basta!« Verärgert knallte er den Hörer auf den Apparat und wandte sich mit einem bedrohlichen Knurren seinem Mitarbeiter zu. Einmal mehr lag es an ihm, die Wogen zu glätten, bevor sich die Bevölkerung mit Heugabeln und Fackeln vor der Bundespolizeidirektion zusammenrottete.

»Doppler!«, stieß er hervor. »Seit drei Stunden habe ich die Presse am Hals. Die wollen Erklärungen für das, was Sie da draußen auf den Straßen angerichtet haben. Und ich ebenso! Es ist Mittwochnachmittag, genau …«, er blickte auf die Uhr, »halb drei. Eigentlich sollte ich beim Tennis mit dem Innenminister sein, doch die Umstände, für die *Sie* verantwortlich sind, haben *mich* gezwungen, das Durcheinander, das *Sie* angerichtet haben, in überschaubare Bahnen zu lenken!«

Da war es wieder, dachte Doppler. Er trug nicht die Verantwortung, sondern er war verantwortlich …

»Ich hätte nie gedacht, dass ich das einmal sagen würde, aber ich bedaure zutiefst, dass Dr. Reichenbach nicht hier ist. Was haben Sie sich nur dabei gedacht? Ganz Wien befindet sich in einem bürgerkriegsähnlichen Zustand. Beiruter Zustände sind das! Ich brauche wohl nicht extra darauf hinzuweisen, dass der Innenminister stinksauer ist. Unsere wöchentliche Tennispartie liegt ihm sehr am Herzen. Die lässt er nur ungern ausfallen.«

»Ja, nun, ähm …«, murmelte der Bezirksinspektor verlegen und sank in sich zusammen. Sein Vorgesetzter hatte ihn verwirrt. Was meinte er mit Beiruter Zuständen? War das nicht diese harmlose Kleinstadt in Deutschland mit den Wagner-Festspielen? »Ich verstehe nicht …«, versuchte er, sich Klarheit zu verschaffen.

»Sie schweigen jetzt!«, fiel ihm Dr. Feuersturm ins Wort. »Betrachten Sie sämtliche Fragen, die ich an Sie richte, als rein rhetorisch! Ich nehme ohnedies nicht an, dass Sie vernünftige Antworten parat haben.« Kurz unterbrach er seine Anklage, um tief Luft zu holen. Dann legte er erneut los. »Sind Sie denn von allen guten Geistern verlassen? Stellen Sie sich vor, was passiert, wenn das Desaster ungeschönt an die Öffentlichkeit dringt! Eine Katastrophe ergäbe das! Da ermittelt ein kleiner Bezirksinspektor eigenmächtig im Entführungsfall einer bekannten Persönlichkeit und sieht keine Notwendigkeit, seinen Vorgesetzten zu unterrichten! Und damit nicht genug, tritt besagter Bezirksinspektor ungerechtfertigter Weise auch noch den größten Polizeieinsatz los, den diese Republik je zu Gesicht bekommen hat und in dessen Verlauf unschuldige Bürger schikaniert, ja misshandelt werden und der gesamte Verkehr zum Erliegen kommt! Der wirtschaftliche Schaden geht in die Millionen. Was, Herr Kollege, würden Sie an meiner Stelle mit diesem Bezirksinspektor anstellen?«

Doppler schwieg, wie es ihm sein Vorgesetzter aufgetragen hatte. Irgendwie konnte er sich des Eindrucks nicht erwehren, dass *er* mit dem *kleinen Bezirksinspektor* gemeint war.

»Die logische Konsequenz wäre Ihre sofortige Suspendierung, und glauben Sie mir, ich war nahe daran, die dafür notwendigen Schritte in die Wege zu leiten. Doch die derzeitige Unterbesetzung des Referats lässt eine derart drastische Maßnahme leider nicht zu. Und die unausweichlichen Fragen seitens der Medien, die eine solche mit sich ziehen würde, ebenfalls nicht. Weshalb ein Beamter im Rang eines Bezirksinspektors überhaupt mit der Leitung eines Referats betraut wird und warum sämtliche Kontrollinstrumente versagt haben, et cetera, et cetera? Die Angelegenheit ist leidig genug. Besser, wir wirbeln so wenig Staub wie möglich auf und beginnen umgehend mit den Aufräumungsarbeiten.« Dr. Feuersturm bedachte seinen Mitarbeiter mit einem Blick, den dieser bislang nur von Simone gekannt hatte. »Eines sei Ihnen gesagt, Herr Kollege, ab sofort, und das ist eine dienstliche Anweisung, will ich über jeden Ihrer Schritte unverzüglich informiert werden! Keine Alleingänge mehr! Haben Sie mich verstanden? Sonst ziehen Sie durch die Volksschulen und halten Verkehrsunterricht.«

Doppler zupfte nervös an seiner Krawatte. Sein Hemd war schweißnass. Es sah nicht gut für ihn aus, erkannte er, auch wenn er das mit dem Verkehrsunterricht nur für eine leere Drohung hielt. Schon damals, als er ein junger Streifenpolizist gewesen war, hatte man nach seinem brillanten Diavortrag im Blindenheim rasch erkannt, dass er für weitaus höhere Aufgaben geschaffen war und ihn mit solch banalen Tätigkeiten nicht weiter belästigt.

»Ob Sie mich verstanden haben?«

»Ähm, also …«, würgte Doppler umständlich hervor. Da er aber nicht sicher war, ob er wieder etwas sagen durfte, beließ er es bei einem Nicken.

»Das will ich hoffen.« Dr. Feuersturm lehnte sich erschöpft zurück. »Im Übrigen bekommen Sie ab sofort Unterstützung«, ließ er seinen Mitarbeiter wissen. »Der Drohbrief aus Ippsteins Villa, vielmehr die Fragmente, wurden zwischenzeitlich von den Kollegen der Kriminaltechnik entschlüsselt und weisen eindeutig auf eine rechtsextreme Organisation hin. Es wird Sie freuen zu hören, dass Dr. Scherz das Amt für Verfassungsschutz und Terrorismusbekämpfung eingeschaltet hat.«

5

Das fahle Mondlicht, das durch die zerbrochenen Scheiben in die Lagerhalle der Sargfabrik leuchtete, verlieh den herumstehenden Särgen und Kruzifixen ein gespenstisches Aussehen, zu dem eine in Decken gehüllte Gestalt, die sich ächzend aus einem pompösen Sarg erhob, nicht unwesentlich beitrug. Peter Tenker streckte seine schmerzenden Glieder. Das Modell Teak De Luxe, das vermutlich so viel wie ein Kleinwagen kostete, hatte mehr versprochen als gehalten. Aber es war ja auch für Tote gedacht, die sich um verschobene Wirbel und verspannte Rückenmuskulatur keine Gedanken zu machen brauchten.

Die halbe Nacht hatte er kein Auge zugetan. Nun freute er sich auf eine Bohnensuppe. Auf eine brennend heiße Bohnensuppe, um genau zu sein. In dem alten Gemäuer war es um keinen Deut wärmer als draußen, und die grobe Wolldecke bot nur unzureichend Schutz vor der Kälte. Dort wo sein Atem sie gestreift hatte, war sie steif gefroren und scheuerte an seinem Hals. Zähneklappernd nahm Tenker den Gaskocher in Betrieb, den er für Ippsteins Aufenthalt bereitgestellt hatte, und kramte eine Konservendose aus dem Rucksack. Insgeheim fragte er sich, ob er es mit einer gut beheizten Zelle in der Justizanstalt Josefstadt nicht besser getroffen hätte. Letztendlich konnte man ihm außer einem Autodiebstahl nichts vorwerfen … Na ja, wenn er es sich recht überlegte, vielleicht doch. Zu viele Indizien gaben Anlass zur Vermutung, dass er bei der Entführung seine Finger im Spiel hatte, und mit an Sicherheit grenzender Wahrscheinlichkeit würde er vor einen Richter gekarrt werden, der für seine Erklärungen nur ein müdes Lächeln übrig hätte. Abgesehen von zehn bis fünfzehn Jahren in Stein, sofern die wahren Täter entkommen sollten. Realistisch betrachtet, waren seine Zukunftsaussichten also alles andere als rosig.

Was zum Teufel war da passiert?, fragte er sich. Eine Frage, die ihn, seit er Brigitte verlassen hatte, nicht mehr losließ. Solche Zufälle gab es doch nicht! Da organisierte er in mühevoller Kleinstarbeit einen genialen Coup und dann kam ihm ein anderer zuvor, schnappte ihm den Happen quasi vor der Nase weg, und er kriegte das nicht einmal mit! Tagelang war er hinter Ippstein her gewesen, um jedes Detail in dessen Leben auszukundschaften. Verflucht, da hätte ihm doch auffallen müssen, dass es einen Konkurrenten gab!

Die Suppe wollte sich ebenso wenig erwärmen, wie er. Tenker drehte die Flamme des Gaskochers größer und entschloss sich zu einem Rundgang durch die angrenzende Werkstatt. Fast überkam ihn so etwas wie Wehmut, als er sich die zurückgebliebenen Sägen und Fräsen besah. Über viele Jahre hatten sie ihren Dienst getan, nun waren sie nur noch verstaubte Relikte aus längst vergangenen Tagen, stillgelegt, verdammt zu ewiger Ruhe, für die sie einstmals im Zweischichtbetrieb gekreischt und gequietscht hatten. Der Tod holte auch diejenigen, die für ihn arbeiteten. So gut konnte man sich gar nicht mit ihm stellen.

Tenker trat ans Fenster und linste hinüber zum Verwaltungstrakt, der langsam aus dem Dämmerlicht wuchs. Es war ruhig.

Viel zu ruhig, wie er meinte. Man konnte regelrecht fühlen, dass sich etwas zusammenbraute, abgesehen von der Bohnensuppe nebenan. Apropos, dachte er und ging zurück, um nach ihr zu sehen. Er hätte Kuhsteiger einer Gastroskopie unterziehen müssen.

»Was … was tust du hier?«, stieß er erschrocken hervor.

»Frühstücken. Danke für die Einladung.« Der Ochs rülpste zufrieden und stellte die Konservendose beiseite. »Ein Stück Brot dazu wäre nicht schlecht gewesen.«

»Ich meine, wieso … Ich dachte, du wolltest untertauchen.«

»Was glaubst du, was ich hier mache? Scheiße, Herr Peter, die ganze Stadt sucht nach einem Hauptverdächtigen, und aus gewöhnlich gut informierten Kreisen weiß ich, dass du das bist. Es wird also nicht lange dauern, bis sie auch mir auf den Fersen sind. Da darf ich doch hoffentlich auf deine Gastfreundschaft zählen, nach allem, was du mir eingebrockt hast?«

»Ich *dir*? Aber …« Tenker rang nach Worten, probierte es dann aber andersrum. »Ich glaube kaum, dass die Vorräte für uns beide reichen.«

»Kein Problem. Mein Wagen steht vorne am Parkplatz. Du kannst ihn dir jederzeit ausborgen und einkaufen fahren, wenn dir danach ist.«

»Bist du jetzt völlig übergeschnappt? Du lässt deine Karre einfach so, ich meine, überall gibt es Polizeikontrollen, und …«

Kuhsteiger winkte gelangweilt ab. »Bleib ruhig, alles easy! Die Aktion wurde abgebrochen. Was denkst du, wie ich unbehelligt herkommen konnte?«

»Und was jetzt? Wie soll es weitergehen? Wie lange willst du bleiben?«

»Bis wir wissen, wer die Entführer sind.«

Tenker glotzte ihn verständnislos an. »Wozu? Ich werde sicher nicht zur Polizei gehen und sie verpfeifen.«

»Du kapierst wohl gar nichts. Von verpfeifen hat kein Mensch etwas gesagt. Wir werden uns das Geld holen. Eigentlich gehört es ja uns, oder? Es ist zwar nicht so viel, wie wir verlangt hätten, aber immerhin. Was ist?«, setzte der Ochs nach. »Du warst doch so scharf auf die Kohle. Jetzt machen eben andere die Dreckarbeit, und wir kassieren ab. Wo liegt das Problem? Außerdem passt Erpressung weitaus besser zu dir, als Entführung.«

»Das ist doch verrückt! Und überhaupt, wie willst du rauskriegen, wer dahintersteckt?«

»Ich? Nein, ich spreche nicht von mir.« Der Ochs deutete erwartungsvoll auf den Rucksack. »Ob du noch eine Bohnensuppe erübrigen könntest?«

»Wer dann?« Tenker hätte sich die Frage sparen können.

»Du, Herr Peter, hast uns in die Scheiße geritten, du ziehst uns auch wieder heraus.« Kuhsteiger griff nach einer Dose und warf sie seinem Kollegen zu. »Besser du stärkst dich, bevor es losgeht!«

»Gar nichts wird losgehen!«, kreischte Tenker. »Ich denke nicht im Traum daran …«

»Ich habe mir das folgendermaßen vorgestellt. Du nimmst meinen Wagen und beschattest Ippsteins Töchterchen. Irgendwann werden die Kidnapper bei ihr vorsprechen.«

»Bist du wahnsinnig? In ihrem Umkreis wimmelt es nur so von Bullen!«

Kuhsteiger blieb ungerührt. »Tja, du musst eben auf der Hut sein. Im Handschuhfach findest du meinen Fotoapparat, mit dem du die wichtigsten Szenen festhalten kannst. Aber sei vorsichtig, die Kamera liegt mir sehr am Herzen. Ich habe sie vom Flohmarkt. Eine alte Minolta Spiegelreflex, nicht so ein neumodischer digitaler Mist.« Er stand auf und schlenderte zwischen den Särgen umher, wobei er sich andächtig im Schritt kratzte. »Natürlich wird sie sich alle Mühe geben, die Bullen auszutricksen, um ihren Alten nicht zu gefährden«, fuhr er fort. »Du musst nur schlauer sein, darfst dich nicht von ihr abhängen lassen!«

»Keine Sorge, ich werde mich nicht abhängen lassen.« Tenker lachte lustlos auf. »Weil ich mich nämlich gar nicht an sie dranhängen werde! Das kannst du vergessen, da spiele ich nicht mit!«

»Ich denke schon.« Mit einem geschickten Handgriff beförderte der Ochs seine Beretta aus dem Mantel und unterzog sie einer gründlichen Inspektion.

*

»Er macht mich noch wahnsinnig!« Daniel saß auf Lisas grellgrünem Sofa, von dem er vermutete, dass es im Dunkeln fluoreszierte, und raufte sich die Haare.

Bei ihr warf er alle Hemmungen über Bord. Vielleicht, weil es hier so bunt war. Genauso bunt wie sie selbst. Da fiel sein Gebaren weniger auf, dachte er, da konnte er sich so richtig schön gehen lassen. »Einfach wahn-sin-nig!«, wiederholte er für den Fall, dass sie nicht verstanden hatte. »Der Typ macht mich krank!«

Lisa nickte nur. Sie kannte das Lied in- und auswendig. Schon gestern war er da gewesen, um sich auszuweinen. Ihr Wohnzimmer, hatte er ihr gestanden, sei zu seinem Exil geworden, wenn er es in seiner Wohnung nicht länger aushalte, weil Herr »Voll Geheilt« in seinem Putzwahn alles auf den Kopf stellte, um bis in die kleinsten Ritzen vordringen zu können.

Sie holte den Melissentee aus der Küche, der sie beide beruhigen sollte, und setzte sich neben ihn. »Dieser Albert, hm?«, fragte sie, während sie ihm den Verband abnahm und das lädierte Ohr inspizierte. Es sah ganz passabel aus. Die Entzündung war deutlich zurückgegangen. »Ich glaube, auf den Turban können wir ab jetzt verzichten.«

Ihr Patient schien ihr nicht zuzuhören. »Permanent wuselt er mit Besen und Staubwedel bewaffnet von einem Zimmer ins andere und putzt hinter mir her«, beschwerte er sich. »Keine Sekunde hat man seine Ruhe. Und seine neueste Schnapsidee, stell dir das einmal vor, morgen will er eine Geburtstagsfeier veranstalten! Ausgerechnet bei mir!«

»So?«

»Aber ja!« Daniel regte sich mächtig auf. »Nicht, dass er irgendwelche Gäste einladen würde. Nein, nur für mich und ihn, sagt er. Was ihn allerdings nicht davon abhält, schon jetzt die ganze Wohnung zu dekorieren mit Girlanden, Papierschlangen, Lampions und dergleichen. Wie bei einem Kindergeburtstag sieht es aus. Und wozu das alles, frag ich mich? Fünf Minuten später saugt er die Konfetti wieder weg, weil ihm die farbliche Anordnung nicht gefällt, und beginnt von Neuem! Seit gestern trägt er seine Kappe mit dem Schirm nach vorne. Weißt du, was das bedeutet?«

»Äh … nein?«

»Na, ist ja auch egal. Jedenfalls kann ich mich so unmöglich konzentrieren! Wenn alles drunter- und drübergeht, wie soll ich da etwas zustande bringen? Punkto Literatur meine ich. Und gerade jetzt merke ich, dass die Kraft da wäre, dass sich meine Blockade löst.«

»Weshalb unternimmst du nichts dagegen?«, hakte sie nach.

»Ja, was denn? Er hört mir ja nicht zu! Er denkt, ich mache nur Spaß, wenn ich ihn darauf hinweise, wie sehr er nervt, dass ich bei der Hektik, die er verbreitet, unmöglich arbeiten kann. Oder er fragt mich, ob ich wie eine Fuck-Sau im Dreck leben will.«

»Schmeiß ihn doch raus«, schlug sie vor.

»Rausschmeißen?« Die Verzweiflung stand Daniel ins Gesicht geschrieben. Trotzig verschränkte er seine Arme. »Nein … Natürlich ist mir der Gedanke auch schon gekommen, aber das schaffe ich nicht. Dazu fehlt mir das Durchsetzungsvermögen.«

»Ja dann. Ich fürchte, ich kann dir auch nicht helfen.«

»Ähm …« Betreten blickte er zu Boden. »Also, vielleicht doch, hm … Ich habe mir überlegt, ob *du* nicht vielleicht …«

»Oh nein!« Lisa wich entrüstet zurück. »Ich war zwar einmal Kindergärtnerin, aber das ist vorbei. Das musst du schon selbst erledigen«, wehrte sie kategorisch ab. »Ich habe wirklich meine eigenen Probleme! Schon vergessen?«

»Wie? Ach ja, dein Vater!« Sie hatte ja Recht. Er durfte sie nicht mit seinen Befindlichkeiten belästigen. Der Zeitpunkt war ungünstig. Die Ärmste hatte genug am Hals. »Hast du etwas von ihm gehört? Oder von den Entführern?«

»Nein, leider, ich …«

»Trotzdem, du könntest wenigstens mit ihm reden«, unterbrach er sie. »Ich meine, du hast meiner Schwester versprochen ...«

»Was? Reden mit wem?«

»Mit Albert, meine ich.«

»Daniel, was zu weit geht, geht zu weit!« Lisa funkelte ihn böse an. »Du bist ein erwachsener Mann! Nimm das gefälligst selbst in die Hand!«

Eine Zeitlang saß er da, nippte an seinem Tee und starrte Löcher in die Luft. Ein schwerer Brocken lag ihm im Magen. Er hatte so auf sie gezählt! Er selbst würde das nicht hinkriegen. Einer Konfrontation mit Albert war er nicht gewachsen. Umständlich fischte er eine Nil aus der Packung und steckte sie sich an. Rauchen durfte er unten auch nicht mehr. Was war dieser Albert nur für ein Arsch!

»Hör zu«, startete er schließlich einen neuen Versuch, Plan B quasi, den er sich für den Notfall aufgehoben hatte. »Ich habe mir überlegt, hinaus nach Dornbach ins Haus zu fahren. Nur untertags zum Schreiben. Da hätte ich wenigstens meine Ruhe.«

Lisa klappte der Mund auf. »Das kommt überhaupt nicht in Frage!«, platzte es nach einer Schrecksekunde aus ihr heraus. »Deine Schwester würde mich umbringen! Sie hat ausdrücklich angeordnet, dass du keinesfalls in dieses Haus zurückdarfst. Denk daran, was dort passiert ist! Oder denk besser nicht daran!«, korrigierte sie sich. »Willst du allen Ernstes die furchtbaren Ereignisse wachrufen?«

»Darüber bin ich hinweg«, versicherte er ihr. Er hatte gewusst, dass sie seine Idee nicht kaltlassen würde. »Das ist Schnee von gestern. Ich krieg das hin, ehrlich. Es wäre ja auch nur zum Arbeiten. Da komme ich gar nicht dazu, in Erinnerungen zu schwelgen. Und Simone muss nichts davon erfahren.«

»Was heißt, sie muss nichts davon erfahren? Denkst du, es fällt ihr nicht auf, wenn sie von den Bahamas zurückkehrt, und du steckst wieder einmal in einer geschlossenen Anstalt? Daniel, ich verstehe dich nicht! Wie kannst du bereit sein, deine Gesundheit aufs Spiel zu setzen? Sprich wenigstens mit deinem Arzt darüber!«

»Nein«, stellte er sich stur. »Es ist für mich die einzige Möglichkeit voranzukommen. Die lasse ich mir nicht nehmen!«

Besorgt packte sie ihn bei den Schulten. »Bitte tu das nicht! Du begehst einen Riesenfehler!« Als er nicht reagierte, schüttelte sie ihn kräftig durch. »Schlaf noch eine Nacht darüber, mir zuliebe, und ich verspreche dir, dass ich im Gegenzug ein ernstes Wort mit deinem Albert reden werde.«

Daniel entspannte sich. »Wirklich? Das würdest du tun?«
»Ehrenwort!« Lisa streckte ihm theatralisch die Hand entgegen.
»Aber wenn er nicht verschwindet, dann …«
»Meinetwegen.«
Daniel schlug ein.

*

Auch Bezirksinspektor Doppler machte Lisa an diesem Tag noch seine Aufwartung. Fein herausgeputzt, im neuen dunkelblauen Anzug, den Lotte ihm zu Weihnachten geschenkt hatte, stand er am Nachmittag unangemeldet da.

»Ich störe Sie doch nicht, oder?« Ohne ihre Antwort abzuwarten, ließ er sich aufs Sofa fallen, in dem er tiefer einsank, als ihm lieb war. Da war sie wieder, diese Ratte, stellte er fest. Ungeniert saß sie am Couchtisch und musterte ihn feindselig, als wäre er in ihr Revier eingedrungen.

»Was wollen Sie?«, fragte Lisa und es klang nicht gerade herzlich.

»Ich war gerade in der Gegend und dachte, ich schau auf einen Sprung vorbei.« Sein Versuch eines charmanten Lächelns ging an ihr vorüber. Ungerührt schmierte sie Hüttenkäse auf ein Knäckebrot und schnitt sich einen Paradeiser auf.

»Fassen Sie sich kurz«, forderte sie ihn auf. »Ich bin gerade beim Essen.«

»Mahlzeit! Lassen Sie es sich schmecken. Tja, ich wollte Sie nur über die Ermittlungen informieren. Ich finde, Sie sollten Bescheid wissen.«

Nur flüchtig sah sie ihn an. »Was könnten Sie mir schon berichten, das nicht ohnehin in allen Zeitungen breitgetreten wird? Dank Ihrer kompromisslosen Geheimhaltung.«

»Genau das ist der Punkt«, griff er das Thema auf. »Die Information stammt definitiv nicht von uns. Es gab einen anonymen Anruf bei der APA, die die Mitteilung nach Rücksprache mit der Haushälterin Ihres Vaters, Frau Machalek, an die Presse weitergeleitet hat.«

»So?« Lisa biss ins Knäckebrot. Brösel landeten am Tisch und kurz darauf in Jochens Magen. »Dann sollte ich mich wohl besser bei Ihnen entschuldigen?«, erkundigte sie sich sarkastisch.

»Nun …« Der Bezirksinspektor lächelte bescheiden.

»Das werde ich mit Sicherheit nicht tun!«, zerstörte sie kurzerhand seine Illusionen. Kritisch glitt ihr Blick an ihm hinab, bis er an seinen Füßen hängen blieb.

Doppler richtete sich auf und sah zu Boden, wo der Schnee, der an seinen Stiefeletten klebte, allmählich schmolz und sich in einen nassen Fleck am blitzblauen Teppich verwandelte. »Die andere Sache«, begann er eifrig, um Lisas Aufmerksamkeit auf das eigentliche Thema zurückzuführen. »Da gibt es einen Drohbrief …«

Doch davon wollte sie nichts wissen. »Wie wäre es, wenn Sie Ihre Stiefel ordentlich abputzen würden!«, wies sie ihn barsch zurecht. »Sehen Sie sich diese Sauerei an!«

Doppler lief knallrot an. Unbeholfen klopfte er die letzten Schneereste von seinen Schuhen, was ihre Laune nicht unbedingt besserte. Gereizt schlug sie auf den Tisch. »Aber nicht *hier*! Haben Sie keine Erziehung genossen? Draußen, vor der Tür!«

Natürlich, er hätte es wissen müssen. »Ähm, tut mir leid«, stammelte er und schlich gebückt aus der Wohnung, wo er demonstrativ lautstark am Fußabstreifer scharrte. Ein bisschen pingelig war sie schon, die gute Lisa, dachte er und entschied – um einer weiteren Rüge vorzubeugen – seine Stiefeletten besser im Vorzimmer stehen zu lassen.

Und so schlecht konnte seine Erziehung nicht gewesen sein. Zumindest hatte seine Mutter nie ein Theater gemacht, wenn er ein bisschen Schmutz ins Haus getragen hatte. Ohne ein Wort darüber zu verlieren, war sie einfach mit dem Staubsauger hinter ihm hergefahren. Das war schließlich ihre Aufgabe gewesen. Der Haushalt und so. Damals hatte es den Quatsch von der Arbeitsteilung zwischen Mann und Frau nicht gegeben, und das mit gutem Recht. Begriffen die Weiber denn nicht, dass sie sich mit ihrem Gleichberechtigungsgefasel nur selbst eins auswischten, dass sie sich damit über kurz oder lang ins Abseits beförderten? Warum sollte ein Mann, der selbst mit Waschmaschine und Bügeleisen umzugehen verstand, dann noch bei einer alternden, immer fetter werdenden Frau bleiben?

»Was waren das für andere Neuigkeiten?«, erinnerte ihn Lisa an den Grund seines Kommens, als er in leicht ergrauten und unangenehm müffelnden Tennissocken zurückkehrte. »Reden Sie schon! Ich habe nämlich zu tun.«

»Keine Angst, ich werde Sie nicht lange aufhalten. Nur eine Kleinigkeit. Wir haben in der Villa Ihres Vaters einen Drohbrief einer rechtsradikalen Organisation gefunden. Allerdings, und das macht mich stutzig, weist dieses Schreiben keinerlei Ähnlichkeiten mit jenem auf, das an Sie geschickt wurde.« Genau genommen hatte es Mag. Kleist stutzig gemacht, aber das tat nichts zur Sache. »Es ist also noch unklar, ob da ein Zusammenhang besteht. Jedenfalls, und das sollten Sie wissen, wurde auch das Bundesamt für Verfassungsschutz und Terrorismusbekämpfung mit den Ermittlungen betraut.«

»Das Bundesamt für Verfassungsschutz und …?« Verdutzt sah sie ihn an.

»Terrorismusbekämpfung. Mein Vorgesetzter meint, wir tun gut daran, unsere Augen in alle Richtungen offen zu halten, obwohl …«

»Obwohl, was?«

»Ich persönlich glaube nicht an politische Hintergründe. Wir verfolgen eine andere Spur, von der ich mir mehr verspreche. Wir fahnden nach einem Polizei bekannten, hm, Individuum, das Ihren Vater vor der Entführung beobachtet haben dürfte. Ein gewisser Peter Tenker. Sagt Ihnen der Name etwas?«

Lisa schüttelte ihren Kopf. Ihr Ärger war verflogen. Plötzlich standen Tränen in ihren Augen. »Und von einem Drohbrief hat mir Papa auch nichts erzählt. Wenn ich das nur gewusst hätte!«

Erleichtert atmete Doppler auf. Das Eis war gebrochen. »Vertrauen Sie auf die Arbeit der Polizei«, gurrte er sanft. Nun war er in seinem Metier. Mit weinenden Frauen konnte er um einiges besser, als mit vorlauten Emanzen, die nichts anderes im Sinn hatten, als ihn zur Schnecke zu machen. Weinende Frauen waren eine gute Basis für ein vernünftiges Gespräch.

»Entschuldigen Sie, wenn ich vorhin unhöflich war«, stammelte Lisa und schnäuzte sich ohrenbetäubend. »Meine Nerven …« Sie stand auf und beförderte Jochen in seinen Käfig.

Der Bezirksinspektor winkte großzügig ab. »Ich bitte Sie, das ist doch verständlich.« Und dann fiel ihm ein weiterer wichtiger Punkt ein. Die Gelegenheit war geradezu ideal, um die zwischenmenschliche Komponente anzusprechen. Sein Gespür für perfektes Timing hatte ihn noch nie getäuscht. »Ich, hm, wollte Ihnen noch etwas anderes sagen.«

»Muss das jetzt sein?«, drängte sie. »Wissen Sie, ich hätte ein paar Besorgungen zu erledigen und bin schon spät dran.«

Doppler ließ sich nicht von seinem Kurs abbringen. »Unlängst, in diesem Lokal, Sie erinnern sich bestimmt, das, äh, hat mir gut gefallen.«

»Das *Fun-t-Asia*? Ja, ja. Die Küche ist ausgezeichnet. Trotzdem, ich muss jetzt wirklich! Wenn Sie so nett wären … « Sie eilte hinaus ins Vorzimmer und zog ihren Mantel über.

»Nein, das meine ich nicht. Ich spreche von der Sache unter dem Tisch.«

»Ach das. Machen Sie sich keine Sorgen wegen des Flecks. Der trocknet wieder.« Sie schnappte ihre Handtasche und öffnete die Wohnungstür. »Wo bleiben Sie denn, Herr Bezirksinspektor?«

Doppler wagte den Sprung ins kalte Wasser. »Können wir uns wiedersehen?«, stieß er hervor und sofort wurde ihm schrecklich heiß.

»Selbstverständlich.« Lisa schob ihn vor sich aus der Wohnung. »Ich bestehe sogar darauf. Schließlich möchte ich auf dem Laufenden gehalten werden.«

»Natürlich«, krächzte er. »Aber …«

Das Aber verhallte ungehört im Stiegenhaus. Betrübt blickte er ihr nach, wie sie die Stufen hinunterflitzte, ohne sich nochmals umzudrehen. Weshalb mussten es einem die Frauen immer so schwer machen?, rätselte er. Ständig spielten sie ihre Spielchen, zierten sich, hielten ihn unnötig hin. Um wie viel einfacher würde diese verfluchte Welt funktionieren, wären Frauen wie Männer? Zielstrebig und immer bei klarem Verstand.

Seufzend trat er hinaus auf die Straße. Er fühlte sich ausgelaugt und leer, als wäre ihm das Herz aus der Brust gerissen worden. Ein dicker Kloß steckte in seiner Kehle und von seinen Füßen her kroch eine unangenehme Kälte seine Beine hinauf. Eine außerordentlich unangenehme Kälte. Seine Stiefeletten!, schoss es ihm durch den Kopf.

*

Ausgerechnet an seinem Arbeitsplatz suchten sie ihn auf, als legten sie es ganz bewusst darauf an, ihn vor seinen Kollegen zu diskreditieren, ihn unter enormen psychischen Druck zu setzen. Das zählte zu ihren bevorzugten Methoden, das war Teil ihrer menschenverachtenden Strategie.

Bisher hatte Herr Wosczynski angenommen, die gelegentliche Anwesenheit der Staatspolizei bei den Vereinsabenden der Bürgerwehr gegen Drogen, Kriminalität und Kulturschande, wäre ausschließlich auf persönliches Interesse zurückzuführen. Als aber plötzlich Frau Fink mit ungewöhnlich sorgenvoller Miene dastand und ihm mitteilte, dass zwei Männer vom Amt für Verfassungsschutz und Terrorismusbekämpfung im Konferenzraum auf ihn warteten, musste er sich eingestehen, dass er einem fatalen Trugschluss aufgesessen war.

Wie FBI-Agenten aus billigen Hollywoodfilmen sahen sie aus. Dunkle Anzüge, Sonnenbrillen und korrekt gekämmte Seitenscheitel. Und sie verhielten sich auch so, redeten nicht lange um den heißen Brei, sondern kamen gleich zur Sache.

Er sei bekannt als Person mit außerordentlich guten Kontakten zur rechtsextremen Szene, sagte der Größere der beiden und aus seinem Mund klang es, als spräche er von einer hoch ansteckenden Krankheit. Ob man die Bürgerwehr als deutsch-national bezeichnen dürfe, hakte er nach und spielte auf die, wie er sie nannte, aufhetzerischen Reden an.

Wosczynski hatte schon damit gerechnet, zeigte sich konsterniert und vermutete ein bedauerliches Missverständnis, eine mögliche Fehlinformation. Mit dergleichen habe er nie zu tun gehabt, wehrte er sich energisch. Solche Unterstellungen seien völlig haltlos. Doch seine Ausflüchte stießen auf taube Ohren. Dass er lediglich für einen ordentlichen Rechtsstaat eintrete, in dem das Wohl aller aufrechten und fleißigen Österreicher Vorrang genoss, nahm man ihm ebenso wenig ab wie seine Beteuerung, dass es bei den Vereinstreffen lediglich um Brauchtumspflege ginge.

In welchem Verhältnis er zur NNSP stehe, wollte der andere wissen, ein kleiner bulliger Typ mit slawischen Gesichtszügen, und ob es stimme, dass er deren Aktivitäten, die sich oft im Graubereich bewegten, finanziell unterstütze.

»Gerede, meine Herren, nichts als Gerede!«, hüstelte Herr Wosczynski, der alle Mühe hatte, seine unruhigen und schwitzenden Hände zu verbergen.

»Sollen wir Ihnen tatsächlich abnehmen, dass Sie keine Ahnung haben, wohin die großzügigen Spenden Ihrer Mitglieder fließen?« Der Große starrte ihn feindselig an und ging plötzlich auf direkten Konfrontationskurs. »Was wissen Sie über die Entführung des Unternehmers Jonas Ippstein?«, zischte er und kam mit seinem Gesicht ganz nahe.

Der Obmann der Bürgerwehr gegen Drogen, Kriminalität und Kulturschande machte aus seiner Empörung gar kein Hehl. »Nichts! Ich bitte Sie, meine Herren, absolut nichts! Ich versichere Ihnen … Woher auch?«

»Aus dem Fernsehen, zum Beispiel.«

»Hm, ja, das selbstverständlich. Nun, leider ist mir dadurch nicht mehr bekannt, als allen anderen auch.«

»Verkaufen Sie uns nicht für dumm!«, fuhr ihn der Slawe an. »Oder glauben Sie im Ernst, dass wir Ihnen Ihre billigen Ausreden abnehmen! Ihr Brüder steckt doch alle unter einer Decke! Wann haben Sie Herrn Friedrich das letzte Mal gesehen?«

»Da muss ich überlegen.«

»Sie müssen überlegen? Sie werden sich doch hoffentlich an gestern Morgen erinnern!«

Herr Wosczynski sah besorgt auf. »Nein, ja, also …«, stammelte er. Verdammt, woher wussten sie davon? Wurde er etwa observiert? Hermann hatte mit Sicherheit nichts ausgeplaudert. Auf ihn konnte man sich verlassen. Hermann würde niemals seine Freunde verraten, selbst wenn man ihn zu Tode folterte. Treue und Loyalität waren für ihn eine Frage der Ehre.

»Worüber haben Sie mit Ihrem alten Kameraden gesprochen?«, bohrte der Große. Er ließ ihm keine Sekunde Zeit um nachzudenken.

»Och, über dies und jenes, eigentlich nichts Bestimmtes. Es war ein reiner Freundschaftsbesuch.«

»Sie geben also zu, dass Sie und Herrn Friedrich eine enge Freundschaft verbindet?«

Herr Wosczynski hätte sich ohrfeigen können. Er war unvorsichtig gewesen und wie ein Tollpatsch in die Falle getappt. »Nun, als eng würde ich sie nicht bezeichnen«, versuchte er zu retten, was zu retten war.

»Ich warne Sie!«, knurrte der Slawe. »Tischen Sie uns keine Märchen auf! Wir können die Unterhaltung auch in unseren Amtsräumen fortführen, wenn Sie es darauf anlegen.«

»Meine Herren, ich betone nochmals: Ich bin Obmann eines Vereins. Nichts weiter. Zu jugendlichen Randalierern, Skinheads und so pflege ich keinerlei Kontakte!«

Der Große richtete sich auf, wobei er noch größer wurde. »Skinheads? Von Skinheads haben wir nichts erwähnt. Die *Treue Heimatfront* ist Ihnen also ein Begriff?«

Herrn Woscynski brach der Schweiß aus allen Poren. Das Hemd klebte an seinem Rücken. »Treue wie?«, spielte er den Ahnungslosen. »Nein, bedaure, noch nie gehört.«

»Was hat Ihnen Friedrich über sie erzählt? Dieser Haufen war es doch, der Ippstein gekidnappt hat, oder? Dafür gibt es Beweise!«

»Diese, hm, Front war nie Gegenstand unseres Gesprächs. Ich glaube, Sie missverstehen mich.«

»Oh nein, Sie missverstehen uns!« Blitzschnell packte ihn der Slawe bei der Krawatte. Abgrundtiefe Verachtung funkelte in seinen Augen. »Denken Sie nicht, dass Sie sich so billig aus der Affäre ziehen können! Mit Typen wie Ihnen machen wir kurzen Prozess!«

Jetzt kamen sie mit wüsten Drohungen, stellte Herr Wosczynski zufrieden fest. Sollten sie nur. Drohungen waren gut. Drohungen bedeuteten, dass sie nichts gegen ihn in der Hand hatten. Augenblicklich kehrte seine Selbstsicherheit zurück.

»Meine Herren, wenn Sie mich einer strafbaren Handlung bezichtigen, legen Sie Ihre Karten auf den Tisch«, forderte er sie mit fester Stimme auf. »Ansonsten schlage ich vor, Sie lassen mich wieder an meine Arbeit gehen. Haltlose Beschuldigungen ziehen bei mir nämlich nicht!« Er wusste, dass sein Aufbegehren mehr als waghalsig war, dass er mit seiner Gesundheit spielte, doch das Risiko nahm er in Kauf. Und er schien zu gewinnen.

Der Slawe ging auf Abstand. Drohend hob er seinen Zeigefinger. »Ihre großkotzigen Sprüche werden Ihnen bald vergehen. Sollte sich herausstellen, dass Sie in dieser Sache mit drinstecken oder auch nur darüber Bescheid wissen, dann Gnade Ihnen Gott! Bei einer Anzeige wegen Wiederbetätigung wird es in diesem Fall nicht bleiben. Ich spreche von Kidnapping, Erpressung und dergleichen. Ist Ihnen klar, was das bedeutet?«

»Absolut.«

»Sie stehen auf unserer Liste ganz oben«, fügte der Große hinzu. »Wir werden Sie im Auge behalten!«

Gut zu wissen, dachte Herr Wosczynski und griff – kaum waren sie gegangen – zu seinem Handy, steckte es aber rasch wieder weg. Er durfte sich zu keiner Panikreaktion hinreißen lassen! Jetzt Hermann anzurufen, um ihn zu warnen, wäre ein unverzeihlicher Fehler gewesen. Mit ziemlicher Sicherheit hatten sie sein Telefon angezapft. Diesen Typen vom Verfassungsschutz traute er das ohneweiters zu. Dass die nicht lange auf eine richterliche Genehmigung warteten, war allgemein bekannt.

Als er sich erhob, erfasste ihn ein starker Drehschwindel. Seine Knie waren weich wie Pudding. Beinahe wäre er zu Sturz gekommen. Eine Weile blieb er so stehen, stützte sich am Tisch ab und zwang sich, ruhig und gleichmäßig zu atmen.

*

Seine Armbanduhr war am Dienstag um acht nach halb elf stehen geblieben. Und zwar am Vormittag, wie er kombinierte, denn wenn man sie aufzog, lief sie ungefähr 29 Stunden, und er zog sie immer morgens, gleich nach dem Frühstück auf.

Das Licht hatte Ippstein wohl eine begrenzte örtliche Orientierung verschafft, zeitlich gesehen tappte er aber nach wie vor im Dunkeln. Das Fieber vernebelte seine Wahrnehmung. Sein Mund war staubtrocken und die stechenden Gelenksschmerzen machten jede Bewegung zur Qual. Er fühlte sich hundeelend. Zusammengekauert lehnte er am Kohlenhaufen und versuchte, sich mit einer Plastikplane zu wärmen, die er unter der Werkbank gefunden hatte.

Drei Türen gab es hier und sie alle waren versperrt. Die eine, am oberen Ende der Treppe, die anderen zu seiner Rechten und links hinter ihm. Dass man ihn in einem Keller gefangen hielt, war nicht schwer zu erraten. Der Kohlenhaufen sagte es ihm, und einige herumliegende Gegenstände. Leere Blumentöpfe, übrig gebliebene Tapetenrollen, Styroporplatten und Reste eines Spannteppichs, mit denen er die Kälte des Steinbodens ein wenig von sich fernhielt.

Dann gab es noch einen Werkzeugschrank, ein Regal und besagte Werkbank. Alles bis aufs Letzte leer geräumt. Alles, was ihm dabei behilflich gewesen wäre, eines der Türschlösser zu knacken, war, wie es schien, vorsorglich entfernt worden. Man hatte damit gerechnet, dass es ihm gelingen würde, seine Fesseln abzustreifen, und es war den Tätern egal gewesen, weil sie wussten, dass er es niemals aus seinem Gefängnis schaffen würde. Und weil sie ohnehin nichts anderes vorhatten, als ihn in diesem Rattenloch verrecken zu lassen. Nur darauf lief es hinaus.

Ippstein hatte sich mit seinem Ende abgefunden. Er machte sich keine Illusionen. Hopfen und Malz waren verloren, wie man so schön sagte. An Wunder glaubte er nicht, er, der Realitätsmensch. Gläubig war er nie gewesen. Da gab es keine höhere Macht, die rettend einsprang, wenn die eigenen Möglichkeiten nicht mehr ausreichten. Niemand würde hier auftauchen und eine Lösegeldforderung stellen. Und schon gar nicht würde jemand kommen, um ihn zu befreien. Das hatte er zwischenzeitlich kapiert. Er war ein toter Mann. Ein paar Stunden noch, dachte er, vielleicht einen Tag, dann wäre alles vorbei. Sein Körper würde die Strapazen nicht länger mitmachen. Hunger und vor allem Durst hatten ihn ausgezehrt.

Immer wieder nickte er ein, fiel in einen kurzen, unruhigen Schlaf. Dann sah er Lisa oder Dr. Westland. Einmal war auch Agnes dagestanden, ohne ein Wort zu sagen, mit traurigem Blick, voller Mitgefühl, doch seine ausgestreckte Hand hatte sie ignoriert.

Ippstein blinzelte. Das Licht der Hundert-Watt-Glühbirne blendete ihn. Hatte er das geträumt? Mit einem Mal war er hellwach. Nein, er hörte es klar und deutlich. Schritte! Direkt über ihm. Mühsam versuchte er sich aufzurichten, doch die Hand, mit der er sich abstützte, rutschte auf den Briketts ab, und er sackte in sich zusammen. Starr vor Angst hörte er, wie sich ein Schlüssel im Schloss umdrehte. Oben, an der Tür. Einmal, zweimal … Dann drückte jemand die Klinke nieder. Es quietschte.

*

Punkt acht Uhr morgens ging es los. Als würde eine Urgewalt über Daniel hereinbrechen. Angesichts der bevorstehenden Geburtstagsfeier hatte Albert offensichtlich allerhand zu erledigen: Die Teppiche pflegen, die Möbel polieren, die Fenster putzen, und keine der anstehenden Arbeiten duldete einen Aufschub.

»He, Dan, kümmere dich einfach nicht um mich«, rief Albert, als er ohne Vorwarnung Daniels Schlafzimmer erstürmte und das Teppich-Shampooniergerät anwarf. »Schlaf ruhig weiter!«

»Himmel!« Daniel zog sich genervt den Polster über den Kopf. »Verflucht, schalt das Ding ab!«, protestierte er.

»Was? Shit, ich kann dich nicht verstehen, bei dem Lärm!«

»Du sollst … Ach, was!« Daniel kapitulierte. Es reichte ihm und zwar endgültig. Die Grenzen des Erträglichen waren längst überschritten. Aufgewühlt sprang er aus dem Bett und raffte ein paar Kleidungsstücke zusammen. Er musste hier weg.

Was er am Vortag nur gesagt hatte, um Lisas Unterstützung zu gewinnen, meinte er heute bitterernst. Albert würde sich nie ändern! Der Spinner dachte nicht im Traum daran, seine Sachen zu packen und sich eine andere Bleibe zu suchen. Bei Daniel fühlte er sich wie die Made im Speck. Genauer gesagt, wie ein Putzerfisch, an einem fetten Barsch. Selbst Lisa würde es nicht schaffen, ihn zu vertreiben.

Wie versprochen, hatte sie gestern noch vorbeigeschaut, um ihm ins Gewissen zu reden. Doch Albert war kurz davor sang- und klanglos verschwunden und den ganzen Abend ausgeblieben.

Die Sache war somit entschieden. Daniel blieb gar nichts anderes übrig, als ins Haus nach Dornbach zurückzukehren. Lisas Gezeter hin oder her. Sie hatte keine Ahnung! *Sie* musste ja nicht mit Albert zusammenleben, seinen Wahnsinn ertragen, tagein, tagaus!

Hastig suchte er die Haus- und Wagenschlüssel aus der Anrichte, stopfte den Laptop in den Rucksack und lief hinunter in die Semperstraße, wo Simone seinen Golf vor der Pizzeria geparkt hatte. Soweit er sich erinnerte, hatte sie das jedenfalls behauptet: Vor der Pizzeria … Oder sollte er sich täuschen? Der Wagen stand jedenfalls nicht da. Unschlüssig sah er sich um. Dann entdeckte er ihn doch. Zwanzig Meter weiter auf der gegenüberliegenden Straßenseite.

Er war angenehm überrascht, als der Motor beim ersten Versuch ansprang. Nicht schlecht, für ein Auto, das seit Monaten nicht in Betrieb genommen worden war. Noch dazu bei den Temperaturen.

Gestern Abend, während Alberts Abwesenheit, hatte er einen umfassenden Plot entworfen, seine Erfahrungen in der Psychiatrie grob skizziert, chronologisch aufgelistet und ein bisschen dramaturgisch aufgemöbelt. Die Basis war das Um und Auf, wusste er. Die Geschichte schrieb sich dann wie von selbst. Bei entsprechenden Arbeitsbedingungen sollte er sie in einem halben Jahr fertig haben. Kein Problem. Wenn die Voraussetzungen stimmten, konnte er sehr fleißig sein. Geradezu verbissen. Als Einleitung würde er einen alten Text verwenden, der ihm unlängst in die Hände gefallen war.

Ich bin zum Beispiel ein Mensch, wertbar, wertlos, wortlos. Vom Geschaffenen angelernt, angelesen, erlesen. Solche Sachen klein-

geschrieben. Profitieren, komprimieren, kompromittieren und wissen, worum es geht. Kapitel mit Überschrift. Monolog. Friede im Osten, Kräfte im Westen. Estland, Lettland, Litauen. Das schlechte Gewissen ad acta. Klappe und aus. Pausenloses Da und Dort. Automatisch vielleicht, aber Nacht im Geist. Geister in der Nacht. All inclusive. Gefangen im Nullformat. Es hat sich längst erübrigt. Entweder später oder gleich: warten vor dem Himmelreich. Bemerkenswertes aus dem Alltagsleben: Sparbuchzinsen, eingefleischt.

Das konnte man so lassen, fand er. Ein mitreißender Beginn war das halbe Buch. Endlich spürte er es wieder. Dieses Gefühl der Erregung, das ihn immer dann durchflutete, wenn er an einer außergewöhnlichen Sache dran war. Das Kribbeln von Euphorie, Tatendrang und purer Lust.

Der Blitz schlug ein wie aus heiterem Himmel. Als er von der Alszeile in die Siedlung bog, zuckte er durch seinen Kopf, und die Umgebung verglühte in gleißendem Licht. Plötzlich waren die Erinnerungen da. Bilder, die er glaubte, längst aus seinem Gedächtnis ausradiert zu haben, platzten vor ihm auf. Wie auf einer überdimensionalen Leinwand. Er sah Maria, die auf ihn herabblickte, er sah den Hass und die Verachtung in ihren Augen. Er sah die verstümmelte Leiche im Bad, den Kater, die abgetrennte Hand … Und alles entsetzlich real. Nein, gestand er sich ein, er hatte die Geschehnisse noch lange nicht verarbeitet! Er hatte sie nur von sich ferngehalten. Aber sie ließen sich nicht abschütteln. Sie folgten ihm, wohin er auch ging. Sie waren stets an seiner Seite.

Die Angst breitete sich wie ein böses Omen über ihn. Drückend und schwer. Es war die Angst vor einem leer stehenden Haus und den unaussprechlichen Dingen, die dort vorgefallen waren.

Der Garten wirkte unnahbar, trostlos und verwildert. Die Thujen, die das Grundstück umsäumten, hatten ausladende Triebe geschlagen, die wirr in alle Richtungen zeigten. Eine frische Schneedecke lag über der Wiese, den Blumenbeeten und dem Biotop. Nur einzelne verdorrte, vom Wind geknickte Schilfhalme ragten hervor.

Daniel öffnete das Gartentor und stapfte zum Haus hinauf. Er verbot sich innezuhalten. Je schneller er es hinter sich brachte, desto besser. Er brauchte sich keine Sorgen zu machen, redete er sich ein. Alles war in Ordnung. Da gab es nichts, das ihm gefährlich werden könnte. Es war nur ein Haus. Ein unbewohntes Haus, leblos und … kalt.

Die Heizung, fiel ihm ein. Ob er sie in Gang bringen würde? Früher hatte sich seine Frau um diese Dinge gekümmert. So, wie sie sich um alles andere auch gekümmert hatte. Vom Anbeginn ihrer Ehe, bis zu ihrem entsetzlichen Ende.

Weshalb da eine Bratpfanne an der Haustür lehnte, konnte er sich beim besten Willen nicht erklären. Doch Bratpfannen stellten üblicherweise keine Bedrohung dar, es sei denn, ein geistesgestörter Serienmörder hielt sie in seinen Händen. Und das war augenscheinlich nicht der Fall. Ohne lange zu fackeln, nahm er sie an sich und sperrte auf. Ein kleiner Schritt für ihn, ein großer für seine Psyche.

Die Unordnung im Vorraum irritierte ihn. Überall lag Werkzeug und Gerümpel. Gerümpel, das eigentlich in den Keller gehörte, wo es, wenn er es recht bedachte, auch einmal gewesen war. Hatte Simone die Sachen bereitgelegt, um sie zu übersiedeln? Wozu? In seiner neuen Wohnung gab es keine Verwendung dafür. Da nahm das Zeug nur Platz weg.

Daniel musste grinsen, als er sich vorstellte, wie Albert wohl reagiert hätte, würde er mit dem verstaubten, öligen Kram antanzen. Ein Lächeln, das ihm im selben Augenblick einfror. Dieses Jagdgewehr, dort neben der Kellertür, hatte es hier früher nicht gegeben. Dessen war er sich absolut sicher.

Mit der Gänsehaut, die über seinen Rücken kroch, kam auch die Panik. Er hatte sich etwas vorgemacht. Gar nichts war ausgestanden! Im Gegenteil, es fing gerade erst an! Das Haus war gegen ihn. Die ganze Zeit über hatte es geduldig auf seine Rückkehr gewartet, um sein Werk der Zerstörung zu vollenden. Daniel zog den Zippverschluss seiner Jacke bis unters Kinn. Er schlotterte am ganzen Leib. Er hätte Lisa besser Glauben schenken und sich von hier fernhalten sollen. Aber irgendwie schien er dem Unheil geradezu nachzulaufen. Mehr noch, es gelang ihm immer irgendwie, es sogar einzuholen.

Eine Weile stand er da. Unentschlossen, wie angewurzelt. Dann hörte er diese Stimme in seinem Kopf, penetrant und laut. Sie forderte ihn zum Rückzug auf, befahl ihm, alles liegen und stehen zu lassen und auf der Stelle umzukehren. Hier habe er nichts verloren, schrie sie ihn an. Es gehe um sein Seelenheil, ob er das noch immer nicht kapiert habe.

Doch, das hatte er. Und er war kurz davor, ihre Anweisungen zu befolgen, als sich eine andere Stimme meldete. Er solle sich nicht verrückt machen lassen, beruhigte sie ihn. Das sei er ohnehin schon. Er solle gefälligst seine lächerlichen Ängste über Bord werfen, sich wie ein Mann benehmen, in den Keller hinuntergehen und die Heizung hochfahren, damit er endlich das tun könne, weswegen er gekommen sei. Einfach aufzugeben, davonzulaufen, würde seine Probleme nicht lösen.

Daniel nickte. Das klang vernünftig, musste er zugeben, und Vernunft konnte er gut gebrauchen. Sachte setzte er sich in Bewegung. Schritt für Schritt, bis er vor der Kellertür stand. Ganz automatisch griff er nach der Flinte. Man konnte ja nie wissen. Vielleicht waren da Ratten. Oder ein Marder. Ein riesiger Marder.

Als er die quietschende Klinke niederdrückte, schlug ihm sofort ein erbärmlicher Gestank entgegen. Daniel würgte. Also doch Ratten, dachte er. Zitternd tasteten sich seine Finger über den rauen Verputz hin zum Lichtschalter. Er hatte Spinnweben erwartet, doch da waren keine. Für den Bruchteil einer Sekunde flackerte die Glühbirne auf. Dann ging sie mit einem leisen *Pling* wieder aus, und tiefstes Schwarz eroberte den Keller zurück. Aber der kurze Moment, in dem der Raum ausgeleuchtet gewesen war, hatte genügt. Die gebückte Gestalt vor dem Kohlehaufen war Daniel nicht entgangen. Und als er sich umdrehen und davonlaufen wollte, ging der Schuss los.

*

In Unkenntnis der aktuellen Geschehnisse hatte man sich in der Bundespolizeidirektion zusammengefunden, um Zwischenbilanz zu ziehen. Es gab interessante Neuigkeiten. Tenkers Volvo war gefunden worden. Ein junger, aufmerksamer Inspektor hatte ihn in der Alszeile entdeckt und sofort identifiziert.

»Die Kriminaltechnik ist gerade dabei, das Fahrzeug in seine Einzelteile zu zerlegen«, berichtete Mag. Kleist. »Soviel ich bisher in Erfahrung bringen konnte, stieß man aber lediglich auf die Fingerabdrücke des Fahrzeughalters.«

»Was ja nicht verwunderlich ist«, fügte Dr. Feuersturm hinzu. Missmutig blätterte er in der Akte Ippstein, die man für ihn bereitgelegt hatte.

Seine Stimmung war als mäßig zu bezeichnen, und das lag nur zum Teil am miserablen Medienecho, mit dem er sich seit Dopplers Großfahndung konfrontiert sah. Aufgrund der brisanten Lage war sein verlängertes Wochenende in Kitzbühel ins Wasser gefallen, zu dem ihn der Bundeskanzler eingeladen hatte. Und dann stand ihm am Abend noch dieses Fernsehinterview in der *Zeit im Bild 2* ins Haus, für das er herzlich wenig vorzuweisen hatte. Er würde Dr. Scherz' Taktik anwenden müssen, was bedeutete, mit endlosem, nichtssagendem Geschwätz sowohl den Moderator als auch die Zuseher einzuschläfern. *Zum gegenwärtigen Stand der Recherchen ist es nicht möglich … verfolgen aber eine vielversprechende Spur … kann bedauerlicherweise unter Rücksichtnahme auf die laufenden Ermittlungen … sind aber bemüht, alles Menschenmögliche …* und so weiter.

»Was hat die Untersuchung des Drohbriefes dieser *Treuen Heimatfront* ergeben?«, forschte er grimmig nach.

»Leider rein gar nichts. Keinerlei Hinweise auf den oder die Absender.« Kleist blätterte in seinen Notizen. »Auch dem Amt für Verfassungsschutz war diese Gruppe bislang nicht bekannt. Einen kleinen Schritt sind wir aber dennoch weitergekommen«, versuchte er ungerechtfertigterweise Optimismus zu versprühen. »Bezüglich des Schreibens, das an Frau Ippstein gesandt wurde, nämlich. Wie die Kollegen von der Kriminaltechnik feststellten, entstammen die aufgeklebten Buchstaben diversen Postwurfsendungen. *Interspar, Hofer, Penny Markt, Möbel Lutz* und dergleichen, was den Kreis der Verdächtigen leider nicht einengt, da das Werbematerial so gut wie jedem zugestellt wird.«

»Also wieder nichts.« Dr. Feuersturm knirschte mit den Zähnen. »Wenn wir schon dabei sind, wie kommen eigentlich Daniel Reichenbachs Fingerabdrücke auf den Brief?«

»Das kann ich erklären«, schaltete sich Doppler ein, der bis dahin keinen Ton von sich gegeben hatte. »Lisa, ich meine Frau Ippstein, hat ihn um Hilfe gebeten und ihm den Brief gezeigt."

»Und Herr Reichenbach hatte nichts Besseres zu tun, als ihn anzufassen?"

»Nun, er ist, wie soll ich sagen, nicht ganz richtig im Kopf. Ein Idiot, völlig bescheuert.«

Dr. Feuersturm hob mahnend seinen Zeigefinger. »Lassen Sie das bloß nicht seine Schwester hören, sonst ist der Teufel los!«

»Bleiben wir noch ein wenig bei Frau Ippstein.« Mag. Kleist stand auf und schritt nachdenklich durch das Zimmer. »Ich finde es äußerst ungewöhnlich, dass sich die Kidnapper nicht mehr bei ihr gemeldet haben. Das könnte einerseits darauf schließen lassen, dass sie ein anderes Ziel als Erpressung verfolgen, oder …«

Dr. Feuersturm winkte ab. »Die Entführung hat eine Menge Staub aufgewirbelt. Die Sache ist ihnen zu heiß geworden.«

»… andererseits«, fuhr Kleist fort, »sollten wir die Möglichkeit in Betracht ziehen, dass uns Frau Ippstein etwas verschweigt.«

Doppler ging sofort dazwischen. Über Lisa wollte er nichts kommen lassen. »Das kann ich mir nicht vorstellen«, protestierte er. »Ich stehe laufend in Kontakt mit ihr. Außerdem überwachen wir ihr Telefon. Wenn sich die Entführer gemeldet hätten, wüssten wir Bescheid. Das Lösegeld liegt jedenfalls bei Ippsteins Hausbank bereit. Sobald Anweisungen bezüglich der Übergabemodalitäten eingehen, wird es seiner Tochter ausgehändigt.«

»Kleist hat Recht«, bremste ihn Dr. Feuersturm ein. »Wir können nicht ausschließen, dass sie ihr eigenes Süppchen kocht. Ich würde es sogar verstehen, wenn es der Sicherheit ihres Vaters dient.«

»Wir sollten sie auf alle Fälle im Auge behalten«, schlug Kleist vor.

Der Leiter der Kriminaldirektion sah ihn erstaunt an, dann wanderte sein Blick zu Doppler. »*Sollten*? Ja, wurde denn bisher keine Überwachung angeordnet?«

»Nun, eigentlich, ähm, nein.« Der Bezirksinspektor zupfte nervös an seiner Krawatte. Erste Flecken hatten sich auf ihr breitgemacht. Nichts Auffälliges. Nur ein paar Fettspritzer. Trotzdem fürchtete er, dass sie bis Simones Rückkehr nicht durchhalten würde. »Ich, ich dachte, das Amt für Verfassungsschutz macht das.«

»So, dachten Sie? Nun, dann wäre es an der Zeit, schnellstens eine Observation in die Wege zu leiten! Finden Sie nicht?«

»Ich werde das übernehmen«, bot sich Kleist spontan an.

»Nein!« Doppler wollte davon nichts wissen. »Ich werde mich darum kümmern. Frau Ippstein … vertraut mir.«

»Eben«, entschied Dr. Feuersturm. »Wir sollten die Dame nicht enttäuschen. Deshalb wird sich Kleist an sie dranhängen. Ende der Diskussion! Sie, Doppler, möchte ich hier im Haus haben, weil, äh …« Den Satz hätte er nicht beginnen sollen, erkannte er.

Der Bezirksinspektor sah ihn fragend an.

»Weil … Ich brauche Sie hier, um die Ermittlungen zu koordinieren und so. Verstehen Sie? Sie sind mein, nun, wichtigster Mann.« Dr. Feuersturm hustete. An den letzten Worten wäre er beinahe erstickt.

Es passierte nicht oft, dass er so unverschämt log. Beschönigen, ja. Verschweigen, auch. Unterschlagen, na gut. Aber lügen, nein, das war nicht sein Stil. Doch manchmal erforderten besondere Umstände besondere taktische Maßnahmen. Man konnte es Sicherheitsdenken nennen, reinen Selbstschutz oder schlicht und einfach Vernunft. Ein weiterer Eklat Dopplers, und die Presse würde ihn in ihren Wochenendausgaben in der Luft zerreißen.

*

Der schwache Lichtkegel der Taschenlampe flammte auf, tastete sich durch den Keller und blieb an der regungslosen Gestalt vor dem Kohlehaufen hängen. Langsam kam Daniel näher. Ein alter Mann, stellte er fest und tippte ihn vorsichtig mit der Fußspitze an. Ein toter, alter Mann. Dem Gestank nach zu urteilen, ein Obdachloser, der über den Winter hier sein Quartier aufgeschlagen hatte, um den eisigen Nächten im Freien zu entgehen.

Der Schuss hatte ihn mitten in die Brust getroffen, als wäre er gezielt abgefeuert worden. Notwehr war das keine gewesen. Der Typ hatte ihm ja nichts getan, hatte ihn weder bedroht noch angegriffen. Die Option, die Polizei zu verständigen, schied somit von vornherein aus. Doch daran hatte Daniel ohnedies nie ernsthaft gedacht.

Mehrere Stunden war er oben in der Küche gesessen, um sich mental auf das Unvermeidliche vorzubereiten. Auf eine Leiche im Keller nämlich. Und es waren zwei weitere Stunden vergangen, ehe er einen Plan geschmiedet hatte. Einen ausgezeichneten Plan, wie er meinte, und wenn man seine Erfahrung in der Entsorgung von Leichen berücksichtigte, standen seine Chancen, ungeschoren davonzukommen, gar nicht schlecht.

Daniel stieg hinauf und schnappte sich die Schneeschaufel. Zuerst musste er die Garagenauffahrt räumen, dann den Golf hineinfahren, den Toten verladen, ein bisschen sauber machen und ab ging die Post. Reine Routine.

40 Minuten später, als er das Garagentor öffnete, blieb ihm fast das Herz stehen. Der Plan war Scheiße, erkannte er, denn bei seiner Ausarbeitung hatte er einen wesentlichen Faktor nicht berücksichtigt, nicht berücksichtigen *können*: Etwas Unvorhersehbares, im konkreten Fall diesen Wagen, der in der Garage stand und ihm den Weg versperrte.

Daniel blinzelte ungläubig. Ein silbergrauer Jaguar! Wie um alles in der Welt war der hierhergekommen? Seine Theorie von dem Obdachlosen geriet arg ins Wanken. Obdachlose fuhren nicht im Jaguar vor. Obdachlose gingen zu Fuß, sie benutzten öffentliche Verkehrsmittel, wo sie die anderen Fahrgäste mit ihren Ausdünstungen belästigten, aber sie kamen mit Sicherheit nicht in einer Limousine. Der Kerl musste stinkreich sein!

Und dann, nach einer Weile, begriff er. Es war Ippsteins Jaguar, nach dem seit Tagen fieberhaft gesucht wurde, und der Mann im Keller folglich niemand Geringerer als … Lisas Vater!

Daniel knallte das Garagentor zu und rannte ins Haus zurück. Allmählich wurde ihm die gesamte Tragweite seiner Tat bewusst.

Da unten, neben dem Kohlehaufen lag kein namenloser Herumtreiber, den niemand vermissen würde. Himmel, er hatte Jonas Ippstein auf dem Gewissen, den bekannten Bierbaron, was das Bedürfnis, die Leiche loszuwerden, umso dringender machte. Aber wie? Sie hinaus zu seinem Auto zu schaffen und dabei womöglich von einem Nachbarn beobachtet zu werden, erschien ihm zu riskant. Und die zweite Variante, hinten im Garten ein Grab auszuheben, konnte er vergessen. Der gefrorene Boden war steinhart. Es hätte eine Ewigkeit gedauert. Aber … Daniel hielt abrupt inne. Genau, das war es! Das Biotop! Er bräuchte nur ein Loch ins Eis zu hacken und den Leichnam darin zu versenken. Weshalb hatte er nicht gleich daran gedacht? So einfach konnte alles sein!

Die Dämmerung kroch bereits über die Hügel, als er die Haustür aufstieß und mit einem Aufschrei, der seine letzten Kräfte mobilisierte, ins Freie wankte. Es war ein schauriges Geheul, das die Schar von Krähen, die sich in den umliegenden Bäumen zur Nachtruhe niedergelassen hatte, krächzend in die Lüfte steigen ließ.

Die Bergung der Leiche war zu einer im wahrsten Sinne des Wortes mörderischen Tortur geworden. Immer wieder hatten sich ihre steifen Gliedmaßen hoffnungslos zwischen den Stufen und im Geländer der Kellertreppe verheddert. Nicht nur einmal war Daniel kurz davor gestanden, alles – also im Wesentlichen Ippstein – hinzuschmeißen und aufzugeben. Irgendwie war es ihm schließlich doch gelungen, den Toten auf seinen Rücken zu wuchten und nach oben zu klettern.

Wie ein bleierner Rucksack hing die makabere Last an ihm. Die kalten, steifen Arme hatten sich eng um seinen Hals geschlungen und drückten ihm die Kehle zu. Bis zum Biotop war es nur ein kleines Stück, machte er sich Mut. Das würde er schaffen. Aber er musste auf der Hut sein. Der Untergrund war rutschig, das Terrain gefährlich steil. Ein einziger unbedachter Schritt und …

Daniel dachte den Gedanken nicht zu Ende. Seine mit Ippstein angereicherte Masse setzte sich in Bewegung. Immer schneller werdend raste er die schneebedeckte Böschung hinab, holperte durch den Alpengarten, pflügte durch das Gemüsebeet und schlitterte schließlich unaufhaltsam auf den gefrorenen Teich hinaus. Etwa in der Mitte verlor er die Balance, in weiterer Folge den Boden unter den Füßen und knallte mit voller Wucht rücklings auf die Eisfläche. Genauer gesagt auf Ippstein, der den Aufprall ein wenig dämpfte, wobei ein scheußliches Knacksen vermuten ließ, dass keine seiner Rippen heil geblieben war.

Die Anstrengungen hatten Daniel bis an den Rand der Erschöpfung getrieben. Jeder einzelne seiner Muskeln brannte wie Feuer. Nur mit Mühe gelang es ihm, nach einem aus dem Eis ragenden Ast zu greifen und sich auf den Bauch zu wälzen. Sein Hauptproblem wurde er damit nicht los. Die Leiche saß nun auf ihm und ließ nicht locker. Ihr eiserner Würgegriff drohte, ihn regelrecht zu erdrosseln. Daniel röchelte. Wulstige Adern traten an seinen Schläfen hervor, sein Gesicht verfärbte sich lila.

Irgendwann hatte er etwas über Totenstarre gelesen, fiel ihm ein. Dass sie einige Stunden andauerte, im schlimmsten Fall sogar Tage. Viel zu lange jedenfalls, um sich in Geduld zu üben. Unter dem Aufgebot seiner letzten Kräfte robbte er ans Ufer zurück. Die Spitzhacke, die er dort bereitgelegt hatte, war seine Rettung. Mit ihr würde es ihm gelingen, sich aus seiner fatalen Lage zu befreien. Wie einen Hebel zwängte er ihren Stiel zwischen seine Brust und Ippsteins Hände und drückte ihn mit aller Gewalt nach vorn. Ein schauderhaftes Krachen ertönte, als sein anhänglicher Begleiter den Widerstand aufgab und wie ein nasser Sack zu Boden plumpste.

Daniel schöpfte einige Male tief Luft, dann richtete er sich auf. Was er sah, drehte ihm beinahe den Magen um. Er schaffte es dennoch nicht, sich abzuwenden. Die Leiche war übel zugerichtet. Mit ihrem eingedrückten Brustkorb und den gebrochenen Armen, die entgegen allen Gesetzen der Anatomie in Zickzacklinien zum Himmel wiesen, hatte sie kaum mehr etwas Menschliches an sich, wurde bloß zu einem weiteren Bestandteil seiner reichhaltigen Sammlung an grauenhaften Anblicken. In diesem Moment erkannte er, dass er sein Vorhaben nicht zu Ende bringen würde. Er fühlte sich leer und ausgebrannt. Total erledigt.

Hölzern wankte er davon, stapfte hinaus aus dem Garten und quer durch die Siedlung, hinunter zur Alszeile. Geografisch gesehen hatte er kein bestimmtes Ziel vor Augen. Psychisch betrachtet steuerte er geradewegs auf das nächste Desaster zu.

6

Die wenigen Autofahrer, die an diesem Morgen Richtung Zentrum unterwegs waren, schenkten dem kleinen Konvoi, der ihnen auf der Dornbacher Straße entgegenkam, keine Beachtung. Es war noch viel zu früh, und die graue Nebeldecke, die zwischen den Häuserfronten hing, trübte die Sicht. So hätte man vermutlich eine Herde Elefanten über die Straße treiben können, ohne dass sie jemandem aufgefallen wäre.

Herr Wosczynski war zeitiges Aufstehen gewöhnt. Das gehörte bei ihm zur täglichen Routine. *Der frühe Vogel fängt den Wurm*, war einer seiner wichtigsten Leitsätze. Oder *Morgenstund' hat Gold im Mund.* Auch *Wer zuerst kommt, mahlt zuerst*. Dennoch fühlte er sich unwohl. Er saß im Fond des an der Spitze fahrenden blauen Audi und spähte zum x-ten Mal aus dem Heckfenster.

»Sind gleich da, Kamerad«, beruhigte ihn sein Freund Hermann Friedrich, der ihn vom Beifahrersitz aus durch den Rückspiegel beobachtete. »Kein Feind weit und breit. Um diese Zeit stecken die Ratten noch in ihren Löchern!«

Herrn Wosczynski schien das nicht zu überzeugen. »Ich muss gestehen, auf den Besuch der Staatspolizei hätte ich gerne verzichtet«, murmelte er nachdenklich.

»Staatspolizei, ha!« Hermann lachte verächtlich auf. »Ich kenne die Kerle. Geben sich bei der NNSP die Klinke in die Hand. Aber nur selten dienstlich.«

»Na, ja, wie Sympathisanten sahen mir die beiden leider nicht aus.«

»Was nicht ist, kann noch werden. Haben mir übrigens auch einen Besuch abgestattet. Wollten wissen, inwieweit ich in der Ippstein-Geschichte mit drinnen stecke.«

»Und?«

»Sagte, stecke selten in anderen Dingen als Weibern. Kein weiteres Wort verloren. Ist doch Ehrensache!« Hermann wandte sich grinsend um. »Die Lahmärsche werden uns nie auf die Schliche kommen, da wette ich meine Eier darauf. Prima Burschen, meine Jungs, die das durchgezogen haben! Sollte mehr von der Sorte geben!«

Seit er die prima Burschen bei der Abfahrt erstmals zu Gesicht bekommen hatte, hegte Herr Wosczynski gewisse Zweifel daran. Kahlrasierte Kerle in Jeans, Schnürstiefeln und Bomberjacken waren das, deren Alkoholkonsum die gleichen Ausmaße annahm, wie ihre geistige Desorientiertheit. Dass nicht jeder einzelne von ihnen mit Führerqualitäten ausgestattet war, hatte er erwartet. In einer funktionierenden Gesellschaft war man letztlich auch auf das gemeine Fußvolk angewiesen. Auf Soldaten, die pflichtbewusst Befehle ausführten, die im Ernstfall hundertprozentig funktionierten. Allerdings fiel es dem Obmann der Bürgerwehr gegen Drogen, Kriminalität und Kulturschande zunehmend schwer zu glauben, dass diese Randalierer da hinten, auf dem alten Mannschaftstransporter des Bundesheers, auch nur ansatzweise begriffen, worum es eigentlich ging. So wie er sie einschätzte, bestand ihr Lebensinhalt einzig und allein darin, in volltrunkenem Zustand auf dem Fußballplatz unschuldige Mitbürger zu terrorisieren.

»Ist Entführung nicht eine Nummer zu groß für deine, ähm, Männer?«, gab er zu bedenken. »Ich fürchte, die Sache stößt bei der Bevölkerung auf wenig Verständnis.«

Hermanns Augenbrauen schnellten erstaunt in die Höhe. Sein Ton wurde augenblicklich schärfer. »Die Bevölkerung steht hinter uns. Das weißt du! Wollen die Judentyrannei ebenso unterbinden wie wir! Heute wie damals. Reichskristallnacht, sag ich nur! Sind froh, wenn jemand etwas gegen das Gesindel unternimmt.«

»Ja, natürlich. Aber …«

»Kein Aber! Ohne Krieg wird es keinen Sieg geben! Und dazu bedarf es kampferprobter Recken. Waschlappen nimmt man zum Arsch abwischen! Stimmt's Stiglitz?« Lachend stieß er seinen Fahrer an.

»Jawoll, Arsch abwischen!«, meldete Stiglitz.

»Na, siehste! Bauch rein, Brust raus!« Hermann salutierte zackig. »Aufgepasst, dort vorne ist die Abzweigung. Jetzt wird's ernst! Auf in die Schlacht und rein ins Getümmel!«

Herr Wosczynski rang sich ein gequältes Lächeln ab. Sein Kamerad hatte ja Recht. In gewissem Sinne. Ohne Kampf würde es keine Veränderung geben. Das hatte die Geschichte immer wieder bewiesen. Trotzdem war es ihm nicht möglich, Hermanns Begeisterung zu teilen. Vielleicht lag es ja an ihm. Er war schlapp geworden, musste er zugeben. Er hatte einiges an Feuer eingebüßt. Statt wie früher bei jeder Gelegenheit seine Stimme zu erheben und der verrottenden Gesellschaft den Marsch zu blasen, zog er sich neuerdings lieber in seine Bibliothek zurück und suchte sein Heil in Büchern wie *Der U-Boot-Krieg, Der Russland-Feldzug* und *Bomben auf London*, mit denen er die gute alte Zeit zumindest im Geiste auferstehen ließ.

Unbemerkt bog der Tross von der Exelbergstraße und kam am Parkplatz neben der Jausenstation zum Stehen.

»Keine Sorge, die Bude ist im Winter geschlossen«, erklärte Hermann, dem Wosczynskis besorgter Gesichtsausdruck nicht entgangen war. Dann stieg er aus und befahl seiner Truppe abzusitzen. »Aufstellung in Zweierreihe!«, schnauzte er sie an, bevor er sich an den Fahrer des klapprigen VW-Busses wandte, der die Nachhut gebildet hatte. »Nach dem Abladen des Kriegsgeräts Zufahrt freischaufeln und Fahrzeuge von der Hauptstraße wegschaffen!«, wies er ihn an. »Wollen kein Aufsehen erregen!«

»Ähm, Kriegsgerät?« Herr Wosczynski räusperte sich. Etwas schien in seinem Hals zu stecken.

»Sturmgewehre, Granaten, Munition und dergleichen«, klärte ihn Hermann auf. »Kann den Nachwuchs doch nicht unbewaffnet ins Gefecht hetzen!«

»Nein, natürlich nicht …« Angesichts der grölenden Rowdys, die sich während der Fahrt offenkundig mit Hochprozentigem gegen die Kälte geschützt hatten und nun darangingen, sich bis an die Zähne zu bewaffnen, lief Herrn Wosczynski ein kalter Schauer über den Rücken. »Fast bedauerlich, dass sie, hm, nur Platzpatronen kriegen …«, stellte er in den Raum und hoffte, Hermann würde seine Annahme unverzüglich bestätigen.

»Keine Bange. Haben selbstverständlich auch scharfe Munition mit! Für den Fall des Falles. Werde dir jetzt meine Elite vorstellen. Tolle Burschen, edle Rasse!«, schwärmte der Kommandant. »Lerch und Haberfeld zu mir!«

Zwei der jugendlichen Gewalttäter lösten sich aus der Gruppe und kamen im Laufschritt angetrabt.

»Das ist Kamerad Wosczynski. Alter Freund, guter Mann. Werdet ihm zeigen, was ihr gelernt habt!« Hermann musterte sie mit festem Blick. »Lerch und Haberfeld haben übrigens alles organisiert«, verkündete er.

»Das Manöver?«

»Die Ippstein-Aktion. Habe ihnen dabei freie Hand gelassen. Als erste Bewährungsprobe sozusagen. Gratuliere, meine Herren! Muss schon sagen, ausgezeichnete Arbeit!«

»Davon bin ich überzeugt«, pflichtete ihm Herr Wosczynski schwach bei. »Und was werden sie mit ihm anstellen?« Seine Frage kam etwas voreilig. Wenn er es recht bedachte, legte er gar keinen Wert darauf, es zu erfahren.

»Streng geheim!«, stieß Haberfeld militärisch hervor. »Bedaure, keine Auskunft geben zu können!«

»Recht so, Kamerad! Sobald wir unseren Unterschlupf erreicht haben, werdet ihr das ganze Gelände sondieren«, ordnete Hermann an. »Werdet sicherstellen, dass uns keiner in die Quere kommt! Und jetzt zurück in Reih und Glied!«

Die beiden machten folgsam kehrt und nahmen Aufstellung.

»Männer!«, brüllte der Kommandant und trat breitbeinig an die versammelte Truppe heran. »Dies ist ein bedeutender Augenblick für unsere Heimat! In den nächsten Tagen werdet ihr ausgebildet, um Recht und Ordnung in diesem Land sicherzustellen!

Ich wünsche, dass jeder Einzelne von euch diszipliniert bei der Sache ist und sein Bestes gibt! Ungehorsam und Müßiggang werden nicht geduldet! Wir sind nicht hier, um Paintball oder Indianer zu spielen, wie manch anderer Kamerad es in seiner Vergangenheit gerne getan hat. Habe ich mich klar und deutlich ausgedrückt?«

»Jawoll!«, kam die Antwort im Chor.

»Dann packen wir den Stier bei den Hörnern! Heil der Treuen Heimatfront!«

»Heil der Treuen Heimatfront!«, brüllte die Truppe begeistert.

»Stier bei den Hörnern«, hinkte eine Stimme nach. Jene von Lerch.

Besorgt beobachtete Herr Wosczynski, wie sich der wilde Haufen in Bewegung setzte. Ohne Krieg wird es keinen Sieg geben, hatte Hermann gemeint. Ihm blieb nur die Hoffnung, dass es vorerst keinen Krieg geben würde. Nicht unter diesen Voraussetzungen und nicht, solange er sich in der Nähe aufhielt.

*

Im ersten Moment glaubte Lisa, in der falschen Wohnung gelandet zu sein. Doch die Wahrscheinlichkeit sich zu irren, war relativ gering, wenn man bloß ein Stockwerk hinunterging und an der Tür mit dem Namensschild *Reichenbach* klingelte. Nein, sie war hier schon richtig. Die Einrichtung erkannte sie wieder, nur deren Zustand hatte sie kurzfristig zweifeln lassen. Und der hagere Typ mit den unruhigen Augen, der ständig um sie herumtanzte. Aber das war vermutlich Albert, dieser Zwangsneurotiker mit dem leichten Ansatz eines Tourette-Syndroms.

»Wo ist Daniel?«, fragte sie ihn nun bereits zum dritten Mal und sah sich mit wachsendem Entsetzen um. »Und wie schaut es hier eigentlich aus?«

Als hätte eine gigantische Orgie stattgefunden, beantwortete sie sich die Frage gleich selbst. Überall lagen leere Flaschen und Pappteller. Vertrocknete Essensreste klebten am Sofa, und der Teppich war übersät mit Zigarettenstummeln. Am schlimmsten aber war der Gestank. Einfach bestialisch. Bahnhofsklo hoch drei.

Würgend kramte sie ein Taschentuch aus ihrer Tasche und presste es sich vor die Nase. »Was, zur Hölle ist hier passiert?«, hauchte sie. »Und wie kommt diese – was ist das, eine Unterhose? – auf den Lampenschirm? Ich will sofort mit Daniel sprechen!«

»Der ist nicht da, shit! Ich hab's dir schon gesagt. Der Arsch ist einfach nicht zu meiner Geburtstagsfeier gekommen, fuck! Kannst du dir das vorstellen?«

Durchaus, dachte sie noch, bevor ihr Blick an einem Fuß hängen blieb, der hinter dem Sofa hervorlugte. »Aber, da liegt er ja!«, schrie sie auf und stürzte auf den regungslosen Körper zu. »Daniel, was …« Sie stockte. Daniel war das nicht, erkannte sie, als ihr eine zahnlose Kreatur entgegengrinste. Lisa ging sofort auf Abstand.

»Das ist Zahn«, stellte Albert die Kreatur vor. »Einer meiner Gäste, bitch.«

»*Einer*? Wie viele sind denn noch hier?«

»Reg dich nicht auf, he! Nur noch Schiffer. Was sollte ich denn machen, fuck, wenn Dan mich im Stich lässt? Ich hab das Zeug unmöglich alleine essen können, Alter! Da hab ich eben Zahn und Schiffer eingeladen. Man hat sie aus dem Bahnhof geschmissen, shit! Wo hätten sie sonst hinsollen, bei der Kälte?«

»Schiffer?« Lisa sah sich argwöhnisch um. Ihre Bahnhofsklo-Vermutung war also nicht unberechtigt gewesen. »Fährt er zur See?«

»Nein, das andere.«

»Ähm, wo ist dieser, hm, Schiffer?«

Albert deutete in Richtung Badezimmer. »In der Wanne. Der motherfucker war nicht mehr Herr seines Verdauungssystems. Lachs, Kaviar, Eiaufstrich, Obstsalat, Schokoladetorte, der Marillenbrand: Er hat sich einfach übernommen, shit! Du hast ja keine Ahnung, wie …«

Lisa brachte ihn mit einer entschlossenen Geste zum Schweigen. Sie zog es vor, sich ihre Ahnungslosigkeit zu bewahren. »Sag, was ist los mit dir?«, herrschte sie ihn an. »Du schleppst diese Obdachlosen hierher und lässt sie Daniels Wohnung auseinandernehmen? Vielmehr die seiner Schwester. Was fällt dir eigentlich ein? Simone wird *mich* dafür verantwortlich machen! Bist du wahnsinnig?«

»Shit, nein, Alter, he! Ich bin voll geheilt, sagt Dr. Robora …«

»Geheilt?« Lisa rollte mit den Augen. Viel Ahnung konnte dieser Doktor nicht haben. Sie war zwar keine Ärztin, obwohl sie ein paar Semester Medizin studiert hatte, doch dass dieser Mensch nicht normal war, erkannte sie auf den ersten Blick.

»Außerdem bring ich das alles in Ordnung, bitch!«, verteidigte sich Albert gekränkt. »Das ist doch in null Komma nichts erledigt. Ticktickticktick.«

Lisa schüttelte den Kopf. Sie wollte nichts mehr hören. »Wenn sich Daniel meldet, sag ihm, er soll sich mit mir in Verbindung setzen, aber rasch! Ich bin Lisa Ippstein.«

»Ah, die Tussi von oben, fuck.« Albert setzte ein breites Grinsen auf. »Klar, das mach ich, aber jetzt hab ich zu tun. Ich muss Schiffer schrubben und so. Danach ist Zahn an der Reihe. Wenn die beiden weg sind, kümmere ich mich um die Wohnung, versprochen! Bis Dan zurückkommt, ist alles picobello.«

»Picobello?« Lisa stieß ein lustloses Lachen aus. »Da bin ich aber neugierig!« Geringschätzig sah sie ihm nach, wie er im Bad verschwand. Ein seltsamer Vogel war das, dieser Albert, dachte sie. Weit über 50 musste er sein, kleidete sich aber wie ein Teenager. Mit bunt bedrucktem T-Shirt, Baseballkappe und Hip-Hop-Jeans, deren Hosenboden irgendwo zwischen den Knien pendelte. Allmählich verstand sie, weshalb es Daniel mit ihm nicht aushielt.

Ob er es tatsächlich getan hatte?, fragte sie sich. Hatte er seine Drohung wahr gemacht und war in sein Haus gefahren?

*

Peter Tenker träumte von seiner Militärzeit. Das passierte öfters. Es war stets der gleiche Traum, der ihn schweißgebadet erwachen ließ. Gemeinsam mit seinen Kameraden marschierte er in Reih und Glied durch den Kasernenhof und fühlte sich ziemlich beschissen, was in Anbetracht der Tatsache, dass er ein rosarotes Tutu trug, wohl kaum verwundern musste.

Es dauerte eine Weile, bis er halbwegs munter war und begriff, dass die schroffen Kommandos nicht aus seinem Traum stammten. Das Geplärre kam von draußen. »Hörst du das?«, raunte er Kuhsteiger zu, der sich eben aus seiner Deckte schälte.

»Ich bin ja nicht taub«, knurrte der Ochs und musterte ihn giftig. »Was machst du eigentlich hier? Solltest du nicht hinter der kleinen Ippstein her sein? Seit wann bist du wieder da?«

»Können wir das bitte ein anderes Mal klären?«, zeterte Tenker. »Da draußen ist jemand!«

Kuhsteiger kroch ans Fenster und spähte in den Innenhof, wo die *Treue Heimatfront* ein fröhliches Soldatenlied anstimmte. »So wie es aussieht, ein Haufen musizierender Rocker«, stellte er grimmig fest. »Hast *du* die mitgebracht?«

»Rocker?« Tenker war bereits neben ihm. »Also, das würde mich sehr wundern.«

»Vielleicht auch Bullen ... Eine Sondereinheit oder so.«

»Welche denn? Die Wiener Polizei-Sängerknaben?«

»Wer auch immer. Los, verschwinden wir, bevor sie uns bemerken.« Der Ochs zog sich zurück und begann, hastig die herumliegenden Konservendosen in den Rucksack zu stopfen. »Schnapp dir die Decken und dann nichts wie weg!«

»Und wohin?«

»Erstmal hinüber in die Werkhalle. Von dort aus in den Keller. Ich hab mir das gestern angesehen.«

»In den Keller?« Tenker hetzte gebückt hinter Kuhsteiger her. »Aber da sitzen wir in der Falle!«, protestierte er.

»Besser als im Häfen, oder?«

»Ich weiß nicht. Bist du sicher, dass ... Ich meine, wer verflucht sind diese Bastarde?« Die Identität der Eindringlinge ließ ihm keine Ruhe.

»Und wer verflucht ist *dieser* Bastard?«, nahm der Ochs die Frage auf und deutete auf eine schmutzige Gestalt, die unter einer Werkbank lag und ihn verdattert anglotzte.

»Ich bin Daniel«, stellte sich Daniel vor. Er war erleichtert, dass es nun vorbei war, dass seine selbstzerstörerische Odyssee ein Ende fand.

Die halbe Nacht war er orientierungslos umhergeirrt, bis ihn der Zufall vor dieses düstere Gebäude geführt hatte. Nach all den Strapazen war ihm ein Dach über dem Kopf gerade recht gekommen. Nur für eine Nacht. Nur um sich ein bisschen auszuruhen.

Daniel war viel zu benommen, um Widerstand zu leisten. Er ließ es einfach geschehen, als ihn eine kräftige Hand am Kragen packte und hochriss. Einen Augenblick später traf ihn ein wuchtiger Haken am Kinn, und er klappte zusammen.

»Der wäre erledigt«, verkündete Kuhsteiger zufrieden. Er griff sich die Beine des Bewusstlosen und zerrte ihn nach nebenan, in den Vorraum zum Keller, der früher der Umkleide- und Pausenbereich der Arbeiter gewesen war. »Los, hilf mir mit dem Schrank!«, forderte er Tenker auf. »Mit dem können wir die Typen aufhalten, zumindest bis uns etwas Besseres einfällt.«

Mit vereinten Kräften schoben sie den schweren Metallspind vor die Tür, dann beförderten sie Daniel über die steile Treppe hinunter in die Dunkelheit des Heizraums.

»Ich denke, hier sind wir sicher«, zeigte sich der Ochs optimistisch. »Jetzt werden wir unserem Gast ein paar Fragen stellen. Vielleicht kann der uns ja sagen, wer diese seltsamen Vögel sind.«

»Ich fürchte, wir werden keine Antwort kriegen.« Tenker leuchtete Daniel mit der Taschenlampe ins Gesicht. »Sieh ihn dir an. Völlig weggetreten.«

»Na gut. Dann zu dir, Herr Peter«, änderte Kuhsteiger seine Vorgehensweise. »Wieso bist du schon wieder da? Solltest du nicht Ippsteins Tochter beschatten?«

»Hab ich ja«, rechtfertigte sich Tenker.

»Und?«

»Nichts und … Fehlanzeige. Die meiste Zeit über war sie zu Hause. Erst am Nachmittag ist sie kurz weggegangen, einkaufen zum *Zielpunkt*. Ein paar Lebensmittel und so. Danach ist sie gleich wieder zurück in ihre Wohnung. Alles ganz harmlos. Niemand hat versucht, mit ihr Kontakt aufzunehmen.«

»Und schon gibst du auf?«

Tenker raufte sich die Haare. »Ja, willst du es denn nicht kapieren? Nach mir wird gefahndet! Mein Foto ist seit gestern in allen

Zeitungen, und dann ist da so ein Typ vor ihrem Haus aufgetaucht. Ein Bulle, jede Wette! Offenbar wird sie von denen überwacht.«

»Mist, verfluchter«, brummte Kuhsteiger verdrießlich.

»Das kannst du laut sagen.«

»Besser nicht.« Der Ochs deutete mit dem Kopf nach oben. Aus der Werkhalle waren Schritte zu hören. »Da sind sie schon. Wir hätten keine Sekunde länger ...« Er verstummte und schlug sich auf die Stirn. »Scheiße! Denen ist sicher mein Mercedes am Parkplatz aufgefallen!«

»Ähm, das glaube ich nicht«, räusperte sich Tenker. Betreten blickte er zu Boden.

Kuhsteiger nahm ihn scharf ins Visier. »Was soll das heißen, du glaubst das nicht?«

»Tja, ich habe den Wagen in der Stadt stehen lassen. Ich dachte, es wäre vernünftiger, zu Fuß, ich meine, hm ... Was, wenn sie auch nach dir fahnden? Dann wäre ich in deinem Schlitten wohl kaum weit gekommen.«

»Und jetzt? Bedeutet das, dass wir mit dem Bus zurückfahren müssen, du Idiot?«

»Zuerst sollten wir uns Gedanken machen, wie wir hier überhaupt rauskommen. Es schaut nicht gerade günstig für uns aus, würde ich meinen.«

Tenker schätzte die Lage durchaus richtig ein. Über ihnen hämmerte jemand lautstark an die verbarrikadierte Tür.

*

»Die geht nicht auf«, stellte Haberfeld fest und kratzte sich unschlüssig die Glatze. Um seine Aussage zu verdeutlichen, rüttelte er nochmals an der Klinke.

»Dann tritt sie ein«, schlug Lerch vor. »Wir sollen das *ganze* Gelände sortieren, hat Friedrich gesagt!«

»Ich hab nur was von *sondieren* gehört«, ätzte Haberfeld. »Kapierst du? *Sondieren* ... das kommt von Sonderauftrag.«

»Klugscheißer! Mach schon, tritt sie ein!«

Haberfeld ließ sich kein drittes Mal bitten. Er nahm einen kurzen Anlauf und sprang in Karatemanier, mit den Stiefeln voran gegen das Hindernis. Es rührte sich keinen Millimeter.

»Lahmarsch!«, grunzte Lerch heiser. »Meine Oma kann das besser.«

»Dann mach's doch selber, du Wichser!«

»Sicher! Schau mir gut zu!« Er wich einige Schritte zurück und schnitt eine Angst einflößende Grimasse. »Besser, du gehst zur Seite«, warnte er seinen Kumpel, »sonst haut dich noch der Luftzug um.« Mit wütendem Gebrüll stürmte er los. Kurz darauf, als er von der Tür abgeprallt und auf den harten Boden gekracht war, brüllte er noch immer, wenn auch vor Schmerzen.

»War's das?« Haberfeld grinste boshaft und präsentierte seine nicht existierenden Schneidezähne, die ihm bei einem Auswärtsspiel von Rapid in Salzburg abhanden gekommen waren.

Lerch griff sich wimmernd an die Schulter. Sie war mindestens gebrochen, wenn nicht sogar geprellt. Auf jeden Fall tat sie höllisch weh.

»Vergessen wir die Sache einfach«, schlug Haberfeld vor. Zeit seines Lebens hatte er es vorgezogen, den einfachsten Weg zu gehen, was bedeutete, Gewalt nur dort anzuwenden, wo keine übermäßige Gegenwehr zu erwarten war. »Außer uns ist eh keine Sau in dieser gottverlassenen Gegend. Sagen wir einfach, wir haben die Tür nicht gesehen. Was soll's?«

»Das nimmt uns Friedrich nie und nimmer ab. Wer übersieht schon eine Tür?«

Haberfeld überlegte einen Augenblick. »Und wenn etwas davorsteht? Dieser Werkzeugschrank zum Beispiel? Wir bräuchten ihn nur einen Meter rüberzuschieben.«

»Das Riesending? Das ist viel zu schwer, Alter.«

»Hol den Hebegurt aus dem VW-Bus. Mit dem schaffen wir es.«

*

Während Pressestimmen meinten, die Polizei würde wie so oft auf der Stelle treten, hielt Doppler das Wort *Stillstand* für weitaus angebrachter. Die Suche nach Peter Tenker war im Sand verlaufen und die Überwachung Lisas hatte bisher zu keinerlei Erkenntnissen geführt. Da war es nur ein schwacher Trost, dass das Amt für Verfassungsschutz ebenso mit leeren Händen dastand, wie er.

Bekümmert blätterte er die *Krone* durch, die die ernüchternden Fahndungsergebnisse wie gewohnt weidlich ausschlachtete. Die ganzseitige Werbeanzeige unmittelbar nach den bissigen Kommentaren betrachtete er als blanken Hohn. Sie zeigte einen Landwirt mit Steirerhut und weißem Rauschebart auf einem Traktor, dem eine üppige Blondine im offenherzigen Dirndl ein Krügel Bier reichte. *Der Bauer Flut und Dürre kann verschmerzen, kredenzt ihm Zenzi Ippstein-Märzen*, stand darunter.

Doppler ließ die Zeitung in den Papierkorb gleiten und tat, was er immer in Situationen tat, die besonderes Engagement erforderten. Er starrte regungslos aus dem Fenster. Seine Tätigkeit an der Spitze des Referats 1 war von Anfang an unter keinem glücklichen Stern gestanden, resümierte er. Irgendwie hatte er sich das alles anders vorgestellt. Viel einfacher, ohne ständig mit zermürbenden Beschwerlichkeiten konfrontiert zu werden. Was machte er bloß falsch? Oder: Was machte Simone besser? Sie brachte den Job ja auch auf die Reihe und sie war eine Frau! Möglicherweise lag es genau daran, überlegte er. Frauen hatten es in dieser Hinsicht leichter. Als Mann war man bekanntlich weitaus höheren Anforderungen ausgesetzt.

Dass er an einem Samstag Dienst schieben musste, kam noch hinzu und wurmte ihn über alle Maßen. Viel lieber wäre er daheimgeblieben, bei seinen Videos und den japanischen Hochglanz-Magazinen, aber Dr. Feuersturm hatte unmissverständlich anklingen lassen, was er von einem leitenden Beamten mit Vorbildfunktion erwartete. Überdurchschnittlichen Einsatz und das, wenn es sein musste, auch am Wochenende. Da war Doppler nichts anderes übrig geblieben, als in den sauren Apfel zu beißen.

Der beruflichen Unannehmlichkeiten nicht genug, bereitete ihm Lotte Magenschmerzen der besonderen Art. Gestern hatte sie sich überraschend bei ihm gemeldet. Das erste Mal seit ihrem peinlichen Auftritt. Er hatte gar nicht mehr damit gerechnet.

Die Sache sei ihr schrecklich unangenehm, gestand sie ihm und gab kleinlaut zu, dass ihr Benehmen schlicht und einfach unverzeihlich gewesen sei und sie nur auf seine Nachsicht hoffen könne. Der Alkohol, die Aufregung, er müsse das bitte verstehen, sie habe sich selbst nicht wiedererkannt.

Doppler zeigte Verständnis. Das könne schon einmal passieren, räumte er großzügig ein, weil er an ihrer Niedergeschlagenheit Gefallen fand. Ihre Verzweiflung baute ihn auf, hievte ihn in die Position des Stärkeren. Eine Position, in der er sich gerne sah, in der er aber manchmal dazu neigte, unaufmerksam zu werden. So wie diesmal.

»Meine Mutter möchte dich gerne kennenlernen«, erwähnte sie wie nebenbei, völlig aus dem Zusammenhang gerissen. »Sie lädt uns zum Essen ein. Würdest du mir die kleine Freude machen?«

»Mhm«, rutschte es ihm über die Lippen, weil er in Gedanken schon wieder ganz woanders war. Bei Lisa nämlich.

Welche Ausmaße seine Achtlosigkeit annehmen sollte, hatte er noch am Freitagabend erfahren. Schon bei der Begrüßung in der noblen Altbauwohnung nahe der Strudlhofstiege war ihm die übertriebene Feierlichkeit aufgefallen, mit der Lotte ihn ihrer Mutter vorstellte. Irgendetwas war da im Busch, ahnte er. Überhaupt erschien ihm alles so unecht, so … inszeniert.

Die alte Bal zählte nämlich zu jener Sorte von Menschen, die er üblicherweise nur aus billigen Fernsehproduktionen mit der Hörbiger oder so kannte und von der er nicht angenommen hatte, dass sie real existierte. Praktische Ärztin, Medizinalrätin, sehr vornehm, gepflegt, exquisit gekleidet und die Nasenspitze immer hoch oben. Nach seinem Geschmack nicht unbedingt die ideale Gesellschaft für ein zwangloses Beisammensein in entspannter Atmosphäre. Als sie dann noch auf seine Gefühle für Lotte zu sprechen kam, wurde es richtig unangenehm.

Wie er sein Verhältnis zu ihrer Tochter definieren würde, wollte sie wissen, ob es ihm ernst mit ihr wäre, mit allen damit im Zusammenhang stehenden Konsequenzen. Welche immer das auch sein mochten – Doppler hatte keine Ahnung. Er nickte nur und lächelte. Lächelte die ganze Zeit über. Und dann der Knalleffekt, als sie mit Nachdruck darauf hinwies, dass ihr angesichts des gesellschaftlichen Status' ihrer Familie eine *eheliche* Gemeinschaft zwischen ihm und Lotte bedeutend lieber sei, als jede andere.

Das war dann doch etwas überraschend gekommen. Übers Heiraten hatte er noch nie nachgedacht, zumal er Lotte als Auslaufmodell betrachtete, was er vernünftigerweise aber nicht erwähnte. Er wollte niemanden in Schwierigkeiten bringen, am allerwenigsten sich selbst, und so wartete er darauf, dass Lotte die Angelegenheit ins rechte Licht rückte und umgehend klarstellte, dass eine Ehe für sie *beide* nicht in Frage käme. Er wartete umsonst.

Doppler wechselte von seinem Büro hinüber in den Waschraum, nur um zu sehen, ob die Zeit dort schneller verging. Nachdenken konnte er auch hier. Die Beziehung totzuschweigen würde nicht mehr funktionieren, erkannte er. Er musste die Farce beenden, ehe sich die Katastrophe ausweitete.

Prüfend betrachtete er sich im Spiegel. So Aug in Aug mit seinem Ebenbild konnte er eine gewisse Mitschuld nicht leugnen. Im Zuge seiner Entwicklung zu einem adretten, auf sein Äußeres bedachten Menschen, hatte er es sich angewöhnt, zweimal pro Woche zu duschen und ebenso oft die Wäsche zu wechseln. In diesem exzessiven Reinlichkeitswahn lag der Hund begraben. Damit hatte er sich fatalerweise zu einem akzeptablen Schwiegersohn gemausert. Das musste sich ab sofort wieder ändern! Am besten wäre es, Lotte gleich anzurufen, das Missverständnis ein für allemal aus der Welt zu schaffen. So sehr er sie damit auch verletzte, es war an der Zeit, ihr reinen Wein einzuschenken.

Doch daraus wurde nichts. Als er in sein Büro zurückkehrte, erwartete ihn überraschender Besuch. Lisa saß neben seinem Schreibtisch, mit einer Reisetasche auf ihrem Schoß.

»Frau Ippstein möchte Sie sprechen«, erklärte Mag. Kleist, der ihr Wohnhaus observiert hatte. »Ich habe sie unverzüglich hergebracht.«

»Grüß Gott, Frau Ippstein. Was kann ich für Sie tun?«, erkundigte sich der Bezirksinspektor eifrig. Wenn sie ihn eigens in der

Bundespolizeidirektion aufsuchte, musste es einen triftigen Grund geben. Einen persönlichen, wie er hoffte.

Lisa hielt sich nicht lange mit Begrüßungsritualen auf. Wortlos beförderte sie seine Stiefeletten aus der Tasche und stellte sie vor ihm ab. »Die haben Sie vergessen«, murmelte sie. »Die Bissspuren tun mir leid. Jochen hat sich über sie hergemacht.«

Doppler schluckte. »Aber deswegen hätten Sie nicht extra herkommen müssen«, hüstelte er verlegen. Er hatte Kleists süffisantes Lächeln genau gesehen.

»Da ist noch ein anderer Grund«, sagte sie tonlos und reichte ihm ein Blatt Papier. »Von den Entführern.«

Der Brief sah aus wie der erste. Bunte Buchstaben, aus Reklamematerial ausgeschnitten und unordentlich aufgeklebt. »*Unser Deal ist geplatzt*«, las er. »*Sie haben entgegen unseren Anordnungen Polizei und Presse verständigt. Ihr Vater ist tot.*« Und dann stand da noch eine Adresse. *1170 Wien, Seemüllergasse 18.* Tief in Dopplers Gehirn begann sich etwas zu regen. Seemüllergasse ... Die kam ihm bekannt vor.

»Sie sind schuld!«, plärrte Lisa plötzlich los. »Sie sind schuld, dass mein Papa sterben musste.«

»Bitte beruhigen Sie sich! Wir wissen doch gar nicht, ob die Entführer Ernst gemacht haben. Vielleicht gehört das zu ihrer Taktik.«

»Ha!« Lisa lachte laut auf, doch in ihren Augen standen Tränen. »Das glauben Sie wohl selbst nicht! Sie und Ihre ewigen Beschwichtigungen! Sie haben es ja gelesen: *Er ist tot!*«

»Wann haben Sie den Brief erhalten?«, griff Mag. Kleist beruhigend ein.

»Haben Sie denn keine Augen im Kopf?«, bellte ihn Doppler an. »Sie hat ihn mir gerade gegeben!«

»Ich spreche mit Frau Ippstein.«

»Heute Vormittag.«

»Aha!« Der Bezirksinspektor machte sich wichtige Notizen. »Wir werden selbstverständlich alle notwendigen Vorkehrungen treffen«, sicherte er ihr zu, ohne zu wissen, wovon er sprach.

»An einem Samstag?« Es war erneut Kleist, der die Sache rational anpackte.

»Selbstverständlich!«, erteilte ihm Doppler eine Rüge. »Wir arbeiten auch am Wochenende. Das sollten Sie eigentlich wissen.«

»Nein, was ich meinte …« Mag. Kleist rollte leidend mit den Augen. »Der Brief wurde *heute*, am *Samstag* zugestellt?«

Lisa schüttelte den Kopf. »Nicht mit der Post. Er wurde durch den Briefschlitz in die Wohnung geworfen.«

»Aber dann …« Doppler sah erstaunt auf. »Das würde ja bedeuten, dass der Entführer bei Ihnen vor der Tür war!«

Kleist sprang auf und stöpselte seine Digitalkamera an den PC. »Das bringt uns weiter!«, verkündete er. »Ich habe alle fotografiert, die das Haus betreten oder verlassen haben. Viele waren es ja nicht. Kommen Sie, Frau Ippstein. Sehen Sie sich die Bilder an!« Er drehte den Monitor in ihre Richtung. »Ist jemand dabei, den Sie nicht kennen?«

Aufmerksam betrachtete Lisa die Fotos, ließ sich manche ein zweites Mal zeigen und überlegte lange. »Das sind alles Hausbewohner«, sagte sie schließlich. »Ich verstehe das nicht …«

»Aber ich!« Doppler schlug auf den Tisch. Ein Licht war ihm aufgegangen. »Der Entführer ist einer der Mieter!«

»Einer der Mieter?« Lisa starrte sorgenvoll auf ihre Hände. »Aber ich kenne die meisten Leute. Ich kann mir nicht vorstellen, dass einer von ihnen …«

»Das finden wir heraus!«

»Und was ist mit meinem Papa? Wie wollen Sie nun vorgehen?«

Doppler kratzte sich unschlüssig am Kopf. »Tja, das ist eine gute Frage, hm. Am besten, wir, also …«

»Ich werde die Kriminaltechnik informieren«, kam ihm Kleist zu Hilfe. »Danach bringe ich Frau Ippstein nach Hause. Ich gehe davon aus, dass Sie die Untersuchungen in der Seemüllergasse persönlich leiten wollen, Herr Bezirksinspektor?«

»So ist es«, stimmte ihm der interimistische Leiter des Referats 1 zu. »Genau das wollte ich eben anordnen.«

*

Doppler hatte sich unterwegs einen Kebab gegönnt, mit reichlich Jogurtsauce, wie man am Kragen seiner Jacke unschwer erkennen konnte, und war spät dran. Als er in der Seemüllergasse ankam, waren die Kollegen von der Spurensicherung bereits eifrigst bei der Arbeit.

Und plötzlich fiel es ihm ein. *Er kannte dieses Haus! Er hatte hier einmal zu tun gehabt! Es gehörte Simones Bruder!* Drei Erkenntnisse in drei Sekunden bedeuteten absoluten persönlichen Rekord.

»He, Sie! Da können Sie nicht parken!«, hörte er jemanden rufen. Ein uniformierter Polizist schlurfte ihm entgegen, ein schmächtiges Bürschchen mit unvorschriftsmäßig langen Haaren. »Sind Sie blind? Der Bereich ist gesperrt. Hier finden polizeiliche Untersuchungen statt.«

Die Unverfrorenheit des jungen Inspektors ließ Dopplers Halsschlagader auf besorgniserregende Art und Weise anschwellen. Lauter als unbedingt notwendig klärte er ihn darüber auf, wen er vor sich hatte: »Bezirksinspektor Doppler, Leiter der Ermittlungen.«

»Na dann, 'tschuldigung«, maulte der Beamte. »Ich dachte Dr. Reichenbach ist …«

»… auf Urlaub«, setzte Doppler fort. »*Ich* führe das Referat!«

»Kann ja keiner wissen!«

»Dann informieren Sie sich gefälligst. Das ist Ihre Pflicht! Und jetzt erstatten Sie Meldung! Ich habe nicht ewig Zeit!«

»Schon gut, nur keine Aufregung! Das Gelände ist abgeriegelt, die Kriminaltechnik am Werken.«

»Was ist mit Ippstein?«, versuchte Doppler das Wesentliche vorweg in Erfahrung zu bringen.

»Keine Ahnung.« Der Polizist zuckte mit den Schultern. »Ich bin nur da, um Schaulustige fernzuhalten. Alles andere interessiert mich nicht.«

Doppler biss die Zähne zusammen. Das Blut pochte in seinen Schläfen. Er stand kurz davor, handgreiflich zu werden. »Und wem gehört dieser Wagen?«, zischte er gefährlich und deutete auf einen alten VW-Golf, der, seiner Schneedecke nach zu urteilen, schon weitaus länger hier stand, als die Fahrzeuge der Spurensicherung. »Wissen Sie wenigstens das?«

»Bin ich ein Hellseher?«

»Dann finden Sie es gefälligst heraus!« Dopplers Gebrüll konnte man noch drei Häuser weiter hören. »Sofort!«, setzte er nach, als der Polizist keine Anstalten machte, den Befehl auszuführen.

»Okay.« Gemächlich nahm der Inspektor seine Hände aus den Taschen. »Immer mit der Ruhe. Ich bin ja schon dabei.«

Ing. Dreier, der stellvertretende Leiter des Referats für Erkennungsdienst und Kriminaltechnik erwartete ihn bereits beim Gartentor. Wie ein Schneemann sah er aus, in seinem weißen Overall.

»Was gibt es Neues?«, erkundigte sich Doppler. »Haben Sie Ippstein gefunden?«

»Scheint so. Aufgrund des Führerscheins, den der Tote bei sich getragen hat, können wir davon ausgehen. Auch der Jaguar in der Garage deutet darauf hin.«

»Und weiter?«

»Soviel ich sagen kann, wurde er erschossen … Nicht der Jaguar, sondern Ippstein«, fügte Ing. Dreier hinzu, weil er Doppler gut genug kannte. »Die vermutliche Tatwaffe, ein Jagdgewehr, haben wir im Haus sichergestellt. Dazu eine Bratpfanne, mit der das Opfer niedergeschlagen worden sein dürfte. Alles Weitere erfahren Sie, wenn wir …«

»Ja, ja, ich weiß. Laborauswertung, Obduktion, blablabla, es ist immer das Gleiche.« Doppler nickte und stapfte hinter Dreier einher. Die Ausbeute an Beweisstücken konnte sich sehen lassen, fand er. Offensichtlich war dem Täter nicht viel daran gelegen, seine Spuren zu verwischen.

»Der Tote befindet sich dort unten, am Rand des Teichs. Vielleicht war der Mörder gerade dabei, ihn zu versenken, als er gestört wurde«, mutmaßte der Mann von der Kriminaltechnik. »Aber ich warne Sie, er sieht nicht gut aus.«

Mordopfer sahen selten gut aus, dachte Doppler grimmig. Das wusste jedes Kind. Wofür hielt ihn dieser Witzbold? Für einen blutigen Anfänger? Er hatte schon des Öfteren Leichen zu Gesicht bekommen. Er verstand damit umzugehen. In seinem Job musste man auf alles gefasst sein.

Dem Bezirksinspektor verschlug es den Atem. »Was …?«, hauchte er entsetzt, als er auf Ippsteins sterbliche Überreste hinabblickte. Das Wort *Überreste* war, wie er feststellte, durchaus gerechtfertigt. Etwas derart Entsetzliches hatte er noch nie gesehen. Die Verletzungen an Brust und Armen fielen gar nicht weiter auf. Es war das … Gesicht. Oder vielmehr das, was davon übrig geblieben war. Eine Ansammlung ekelhafter Fleischfetzen zwischen freiliegenden Kiefer- und Wangenknochen. Und dort, wo man üblicherweise Augen erwartete, gähnten tiefe dunkle Löcher. Doppler hatte alle Mühe, gegen den plötzlich eintretenden Brechreiz anzukämpfen.

»Was zum Teufel«, stammelte er käseweiß. »Wie ist das ...?«

»Ich habe es zuvor angedeutet«, erklärte Ing. Dreier geduldig. »Ich bin kein Arzt, aber …«

»Aber?«

»Nun ja, die Art der Verletzungen lässt die Vermutung zu …«

»Sagen Sie es!«, kreischte der Bezirksinspektor.

»Nebelkrähen.«

»Nebelkrähen?« Doppler glotzte den Mann verdattert an.

»Gewissermaßen. Die Viecher haben einen regen Appetit gezeigt. Aasfresser. Die machen keinen Unterschied zwischen einem Kaninchen und einem Menschen. Sehen Sie dort …« Dreier deutete auf eine ansehnliche Gruppe von Vögeln, die am gegenüberliegenden Ufer des Biotops ungeduldig darauf wartete, ihre tiefgekühlte Mahlzeit fortsetzen zu können. »Die würden ihn bis auf die Knochen abnagen«, fügte er unnötigerweise hinzu.

»Halten Sie den Schnabel!«, presste Doppler gequält hervor, bevor er einsehen musste, dass alles, was er im Moment mit Schnäbeln assoziierte, seinen angeschlagenen Magen nur unnötig belastete. Ruckartig drehte er sich um und übergab sich geräuschvoll vor Dreiers Schuhe. Das Hühnerfleisch sah noch genauso aus wie zuvor, als es vom Spieß geschabt worden war, fiel ihm auf. »Ich habe genug gesehen«, ächzte er und wankte schnurstracks zum

Gartentor zurück. »Sorgen Sie dafür, dass die Nachbarn befragt werden«, rief er seinem Kollegen zu, der alle Hände voll zu tun hatte, den Leichnam gegen die immer aufdringlicher werdenden Krähen zu verteidigen. »Je schneller wir den Mistkerl dingfest machen, der diese Sauerei auf dem Gewissen hat, desto besser!«

Zehn Meter weiter verwandelte sich seine Bestürzung in blanken Hass. »He, aufwachen!«, schrie er, als er den unverschämten Inspektor dösend in seinem Streifenwagen vorfand. Wie von Sinnen hämmerte er gegen die Fensterscheibe. »Was fällt Ihnen ein? Sie sind im Dienst! Ich habe Ihnen einen klaren Auftrag gegeben und will auf der Stelle wissen, wem dieses beschissene Auto gehört!«

Der Polizist blinzelte verschlafen und kurbelte das Fenster herunter. »Ich muss doch sehr bitten! Nicht in diesem Ton, ja?«, setzte er sich zur Wehr.

Doppler packte ihn am Kragen. Seine Geduld war am Ende. »Bitten? *Flehen* werden Sie! Um Ihr Leben! Wie ist Ihr Name?«

»Feuersturm.«

Dem Bezirksinspektor klappte der Mund auf. »Feuersturm?«, quiekte er. Seine Stimme brach.

»Genau.«

»Ähm, also, Sie sind nicht zufällig verwandt mit, hm, Dr. Feuersturm, dem Leiter der …«

»Er ist mein Onkel. Wenn Sie mich jetzt bitte loslassen würden.«

»Selbstverständlich, ja.« Doppler war plötzlich sehr heiß geworden. Seine Knie fühlten sich an, als wären sie aus Butter. »Ausgezeichnete Arbeit, die Sie hier leisten«, hüstelte er. »Wirklich, ausgezeichnet!« Ein starker Schwindel erfasste ihn. Noch so eine Überraschung und er würde wahrscheinlich aus den Latschen kippen.

Der junge Feuersturm lächelte geschmeichelt. »Danke. Ich tue mein Bestes. Der Fahrzeughalter heißt übrigens – ich habe es hier irgendwo aufgeschrieben, Moment …« Er blätterte in seinem Notizblock. »Ach ja, Daniel Reichenbach.«

*

»Draußen ist es still geworden«, bemerkte Peter Tenker.

Kuhsteiger nickte. Der schaurige Singsang, die gebrüllten Kommandos, die tagsüber die alten Mauern erzittern lassen hatten, waren bereits vor geraumer Zeit verstummt.

»Gut möglich, dass sie abgezogen sind.« Es war die Hoffnung, die aus Tenker sprach. Vor allem die vereinzelten Gewehrsalven hatten ihn maßlos beunruhigt. »Ich meine, vielleicht hat hier ein Schützenverein eine Übung abgehalten.«

»Schützenverein?« Der Ochs runzelte skeptisch seine Stirn, was im fahlen Schein der Kerze recht gruselig aussah. »Weiß der Teufel, wer diese Kerle waren, aber ein Schützenverein? Niemals.« Nachdenklich schlürfte er seine Bohnensuppe. Der Speiseplan bot wenig Abwechslung. »Wer auch immer … Der Zeitpunkt ist jedenfalls ideal, um uns zu verabschieden.«

»Du meinst, wir gehen einfach raus und …«

»Hör zu, Herr Peter. Gibt es eine andere Möglichkeit? Fällt dir etwas Besseres ein?« Kuhsteiger stellte die Konservendose ab. »Draußen ist es jetzt dunkel. Das erhöht unsere Chancen, unbemerkt davonzukommen. Wenn du es aber vorziehen solltest, diesem Irren weiterhin Gesellschaft zu leisten, kannst du gerne bleiben.«

Tenker atmete schwer durch. Sein Blick fiel auf Daniel, der wie gelähmt neben einem morschen Holzschrank lag. Aus ihm waren sie bisher nicht schlau geworden. Keinen einzigen Mucks hatte er von sich gegeben und die ganze Zeit über nur apathisch ins Leere gestarrt. Der komische Kerl musste so etwas wie ein Einsiedler sein, vermutete Tenker. Ein hochgradig verwirrter Einsiedler, mit dem er nur ungern alleine geblieben wäre. Die Alternative, kaltblütig erschossen zu werden, erschien ihm allerdings kaum reizvoller.

»Ich werde mich einmal umsehen«, entschied der Ochs. »Wenn wir Glück haben, sind sie verschwunden.«

Tenker folgte ihm mit der Kerze die Treppe hinauf. »Und was machen wir mit dem Spinner?«, wollte er wissen.

»Das klären wir später. Hilf mir, den verdammten Kasten wegzukriegen. Aber sei um Himmels willen leise!«

Vorsichtig hoben sie den Spind an und schleppten ihn ein Stück beiseite.

»Und jetzt blas die Kerze aus«, befahl Kuhsteiger. »Und keinen Mucks!« Dann öffnete er die Tür. Ganz sachte, nur einen schmalen Spalt. »Ich kann nichts erkennen«, wisperte er. »Es ist stockfinster.«

»Wahrscheinlich sind sie weg.« Tenkers Worte klangen wie ein Stoßgebet. Aber da er nicht wusste, ob es erhört worden war, trat er sicherheitshalber einen Schritt zurück. Als nächstes vernahm er ein *Tock* und einen leisen Aufschrei.

»Das gibt's ja nicht!«, entfuhr es Kuhsteiger. »Da steht etwas! Los mach Licht!«

Tenker entfachte die Kerze und leuchtete den Durchgang aus. Einige Sekunden standen sie fassungslos Seite an Seite und betrachteten das Malheur.

»Ein Schrank«, bemerkte der Ochs und stemmte sich mehrmals gegen das Hindernis. »Ein verflucht schwerer Schrank.«

»Schieb ihn weg!«

»*Schieb ihn weg, schieb ihn weg*! Das stellst du dir ein bisschen zu einfach vor. Weiß Gott, was da drinnen ist, und von dieser Seite kommen wir nicht ordentlich an ihn ran, um ihn hochzuheben. Die Tür ist zu schmal.«

Tenker klammerte sich an Kuhsteigers Arm. »Wir sind eingesperrt!«, zischte er. »Die haben uns lebendig eingemauert!«

»So könnte man es nennen.«

»Und wie in aller Welt kommen wir da raus?« Ohne es zu merken, war er immer lauter geworden.

»Halt den Mund!«, fuhr ihn Kuhsteiger an. »Wenigstens wissen wir, was dieses schreckliche Quietschen von heute Morgen zu bedeuten hatte.«

»Und jetzt? Was machen wir jetzt?« Tenker stand kurz davor, in Panik zu geraten. Aufgeregt hetzte er seinem Partner hinterher, der in den Keller hinabstieg und nach allen Seiten Ausschau hielt. »Was ist los? Was suchst du?«

Was er suchte, wusste Kuhsteiger selbst nicht. Dazu musste er es erst finden. Aufmerksam inspizierte er den Holzschrank, in dem ein Mopp, ein Besen und mehrere Flaschen Bodenreiniger zurückgeblieben waren. Dann folgte sein Blick den Heizungsrohren, die an der Decke den Raum durchspannten.

Tenker dauerte das alles zu lange. »Was ist?«, drängte er. »Was?«

Kuhsteiger ignorierte ihn. Der Keller war klein. Vielleicht 20, 25 Quadratmeter. Für seinen Geschmack *zu* klein, in Anbetracht der darüberliegenden Halle. Da stimmte etwas nicht! Schnell griff er zur Taschenlampe und knipste sie an. Der Lichtstrahl wanderte an der Wand entlang, bis er die Nische unter der Treppe ausleuchtete.

»Das habe ich mir gedacht!«, stieß er heiser hervor.

»Was denn?«

»Sieh dir das an! Fällt dir nichts auf?«

Tenker kapierte kein Wort. Wie gebannt starrte er auf den Lichtkreis an der Mauer. Dann sah er es. Einige der Ziegel schienen neuer zu sein als die anderen, waren weniger vermodert.

»Hier ist etwas nachträglich zugemauert worden«, bestätigte Kuhsteiger seinen Verdacht. »Vielleicht ein Nebenraum, vielleicht ein Schacht. Wir brauchen irgendein Werkzeug, dann wissen wir mehr.«

»Das Taschenmesser könnte ich dir anbieten«, schlug Tenker vor. »Oder den Dosenöffner?«

So verheerend sich Mörtel von minderer Qualität oft auf die Substanz eines Gebäudes auswirkte, bei Ausbruchsversuchen war er ein willkommener Verbündeter.

»Dieses war der erste Streich, Herr Peter«, triumphierte der Ochs knapp eineinhalb Stunden später. Mit dem Messer und einem Besenstiel war es ihm in aufwendiger Kleinstarbeit gelungen, einen Ziegel aus der Verankerung zu lösen. »Genau, wie ich vermutet habe!«, verkündete er. »Ein schmaler Gang. Und was haben Gänge so an sich?«

Tenker zuckte mit den Schultern. Ihm war nicht nach Rätselraten zumute.

»Sie führen irgendwo hin. Los, pack deine Sachen zusammen. Wir hauen ab!«

Es dauerte keine weiteren fünfzehn Minuten, ehe das Loch groß genug war, um hindurchzusteigen.

»Und was stellen wir mit ihm an?«, wollte Tenker wissen und deutete auf Daniel. »Willst du ihn mitnehmen?«

»Spinnst du?« Kuhsteiger tippte sich an die Stirn. »Wozu? Der hält uns nur auf!«

»Aber wenn sie ihn finden? Ich meine, er könnte uns verpfeifen.«

»So schnell findet den keiner, vertrau mir! Und selbst wenn. Der Kerl ist völlig hinüber und stumm wie ein Maulwurf obendrein.«

»Blind.«

»Wie?«

»Oder Fisch.«

»Was?«

»Vergiss es!«

*

In der engen Pförtnerloge neben dem Tor, das das Fabrikgelände von der Außenwelt trennte, saßen die Heimatfront-Recken Lerch und Haberfeld und schoben Nachtwache. Zumindest taten sie so, denn in Wahrheit schoben sie einander lediglich die zweite Flasche Apfelkorn zu, und ihre Aufmerksamkeit galt bei weitem mehr ihren Anstrengungen, nicht weniger als der jeweils andere davon abzubekommen, als der Überwachung der Zufahrtsstraße, wie es Kommandant Friedrich angeordnet hatte.

»Hab mir mehr erwartet, als den ganzen Tag auf beschissene Zielscheiben zu ballern«, maulte Haberfeld, wobei ihm seine träge Zunge zunehmend Schwierigkeiten bereitete, seine ohnehin nicht allzu komplizierten Gedankengänge einigermaßen verständlich zu artikulieren. »Ich meine, unter Manöver verstehe ich was anderes, aber echt!«

»Alles zu seiner Zeit, Alter«, lallte Lerch. »War doch super! Hast du gesehen, wie ich dem Blechmenschen die Eier weggeschossen hab?«

»Das war eine Frau mit Kinderwagen.«

»Na und? Wenn's ein Mann gewesen wäre, hätte ich ihm die Eier weggeschossen.« Lerch wollte sich seine Glanztat nicht vermiesen lassen. Unwirsch entriss er seinem Kumpel den Apfelkorn. Es war die letzte Flasche, die sie mithatten, und er war in größter Sorge, dass nichts mehr für ihn übrig bleiben würde. »Und morgen«, fuhr er fort, »morgen üben wir den Kampf im Gelände und terroristische Attentate in der Terrorie, hat Friedrich gesagt.«

»In der *Theorie*, du Trottel!«, verbesserte Haberfeld.

»Wo auch immer, Arschloch! Dann gibt's jedenfalls Action.«

»Wenn wir bis dahin nicht erfroren sind. Außerdem heißt das bei uns nicht Terror, sondern Volksbefreiung. Das ist ein Riesenunterschied.«

»Erzähl keinen Scheiß, Alter! Friedrich hat *Terror* gesagt. Ich hab's selber gehört!«

»Das war was anderes. Da ist es um die Scheißanarchisten gegangen.« Haberfeld hob belehrend seinen Zeigefinger und nützte die Gelegenheit, die Flasche wieder an sich zu nehmen. »*Die* machen nämlich Terror!«, fügte er nach einem röhrenden Rülpser hinzu.

Lerchs glasige Augen starrten ein paar Sekunden hinaus in die Dunkelheit. Es hatte den Anschein, als würde er denken. »Was ist der Unterschied zwischen uns und den Anarchisten?«, stellte er die alles entscheidende Frage.

»Das solltest du eigentlich wissen. Wir, äh, wir sind besser!«

»Genau. Und adelig.«

»*Arisch*.«

»Sag ich ja. Amisch.«

Es entstand eine kurze Pause, die den beiden ein wenig Zeit zum Reflektieren geboten hätte. Sie verstrich ungenutzt.

»Was hältst du von dem Alten? Wos.., Wosch.., irgendwas … insky«, wechselte Haberfeld das Thema. »Hab ihn früher nie gesehen.«

»Sicher einer von den intelelellen Vordenkern, Terroretikern, Studierten, keine Ahnung …«

»Ein Scheiß-Eierkopf«, fasste Haberfeld nickend zusammen. »Es gibt Leute, die denken, und Leute, die handeln.«

»Und wir denken nicht?« Lerchs Frage klang weniger vorwurfs- als hoffnungsvoll.

»Korrekt«, bestätigte Haberfeld. »Und das ist gut so. Weil ... es waren immer die Klugscheißer, die die Welt zu einem Sauhaufen gemacht haben«, philosophierte er. »Darum muss es Männer wie uns geben, die den Dreck wieder wegräumen.« Als wollte er auf der Stelle den Beweis antreten, erhob er sich schwerfällig und wankte zur Tür. »Muss jetzt auch handeln. Melde mich zum Schiffen ab!«

Lerch lehnte sich zurück und warf seine Füße auf den Tisch. Wenn er Haberfeld richtig verstanden hatte, dann musste er wohl ein Mann der Tat sein, denn soweit er sich erinnerte, hatte er noch nie in seinem Leben gedacht, und er war festen Willens, diese Tradition auch in Zukunft beizubehalten.

Aber einen Augenblick später dachte er dann doch. An ein Erdbeben nämlich, als der Boden unter ihm zu schwanken begann, sein Stuhl nach hinten kippte und er mit dem Schädel gegen die Wand krachte, was ihn augenblicklich von jedem weiteren Kopfzerbrechen erlöste.

Von Lerchs Gewicht befreit, begann sich die dünne Teppichmatte im Pförtnerhäuschen zu wölben. Wie von Geisterhand gelenkt, schwebte sie in die Höhe, ehe ein Arm sichtbar wurde, der die Abdeckplatte des Kellereinstiegs beiseiteschob.

Ludwig Kuhsteiger zwängte sich ächzend aus dem Schacht. »Worauf wartest du?«, flüsterte er in das finstere Loch.

Zögernd kam auch Peter Tenker zum Vorschein. »Ist die Luft rein?«

»Wenn man davon absieht, dass es penetrant nach Alkohol stinkt ...« Mit einem Ruck zerrte der Ochs seinen Partner aus der Öffnung, dann verschloss er sie wieder und breitete sorgfältig den Teppich darüber. »Na bitte. Das war doch ein Kinderspiel, oder?«

»Und *der*?«, zischte Tenker. Argwöhnisch fixierte er den besinnungslosen Skinhead.

Kuhsteiger grinste breit. »Keine Bange, der ist außer Betrieb. Jetzt schauen wir einmal, wo wir gelandet sind.«

»Warte!« Tenker packte ihn am Ärmel. Was er hörte, bremste seinen Pioniergeist. »Da kommt einer!«

»He, Lerch, was ist das für ein Wirbel?«, grölte Haberfeld, als er die Tür aufstieß. »Nicht einmal in Ruhe brunzen …« Im selben Moment bemerkte er den Feind und erstarrte.

Unmittelbar bevor ein Stuhl auf seinem Kopf zersplitterte und er das Bewusstsein verlor, musste er erkennen, dass seine These, wonach es zwei Arten von Menschen gab – nämlich jene, die dachte, und jene, die handelte – gewaltig hinkte. Er selbst gehörte einer dritten an, die weder das eine noch das andere tat.

7

»Seit nunmehr über zwei Dekaden versehe ich meinen Dienst im Interesse der öffentlichen Sicherheit, und stets war es mir ein Anliegen, mit allergrößtem Nachdruck für Recht und Ordnung einzutreten, zum Wohle aller fundierte Entscheidungen zu treffen, was sich, wie ich betonen möchte, nicht immer einfach darstellte, angesichts so mancher Neider, die es als ihre eigens auferlegte Aufgabe sahen, mir unermüdlich Knüppel zwischen die Beine zu werfen, respektive an meinem Sessel zu sägen. Selbst in Momenten größter Irritation zeichneten sich meine Bemühungen durch die Bewahrung eines kühlen Kopfes und den Einsatz einer starken Hand aus, doch im vorliegenden Falle muss sogar ich zugeben, dass die Aussichtslosigkeit der Lage, die Bürde der unumstößlichen Fakten … nun zu einer, ähm, Katastrophe, nein einer …« Dr. Scherz rang aufgewühlt nach Worten. Zum ersten Mal in seiner langen Amtszeit gelang es ihm nicht, einen Satz zu Ende zu sprechen.

»Wie gesagt, bisher ist nichts erwiesen«, versuchte Dr. Feuersturm den Polizeipräsidenten wider besseres Wissen zu beschwichtigen. »Wir hoffen alle, dass sich der abscheuliche Verdacht gegen Dr. Reichenbachs Bruder letztlich in Wohlgefallen auflösen wird.« Allein die Tatsache, dass er dieses außerordentliche Meeting spontan an einem Sonntagmorgen anberaumt hatte, zeigte deutlich, dass er selbst nicht damit rechnete.

Auch Bezirksinspektor Doppler begriff allmählich, in welches Desaster die Kriminaldirektion 1 schlitterte. Unentwegt zupfte er nervös an seiner zerknitterten Krawatte herum, bemüht, sie in eine adrette Fasson zu bringen.

»Herr Magister Kleist ist bereits mit den neuesten Informationen unterwegs. Ich halte es für angebracht, die schlimmsten Befürchtungen vorerst zurückzustellen«, fuhr Feuersturm eilig fort, in der Hoffnung, so den Polizeipräsidenten von einem neuen Endlossatz abhalten zu können. Seine Anstrengungen blieben unbelohnt.

»Die Befürchtungen zurückzustellen, mein lieber Freund, bedeutet, und das ist uns beiden doch nur allzu gut bekannt, eine geradezu fahrlässige Verkennung des drohenden Unheils, gleich dem Vogel Strauß, der, im Bewusstsein der herannahenden Gefahr, flugs den Kopf im Sand verbirgt, fälschlicherweise hoffend, mit dem Verlust seines eigenen Sehvermögens auch den Löwen selbst, der hungrig durch die Savanne streift, verschwinden zu lassen …«

»Ah, Kleist! Da sind Sie ja!«, stieß Dr. Feuersturm erleichtert hervor. Der zoologische Ausflug seines Vorgesetzten hatte seine Geduld über Gebühr auf die Probe gestellt. »Wenn man von der Sonne spricht … Dürfte ich Sie bitten, gleich in medias res zu gehen.«

»Soll ich mitgehen?«, bot sich Doppler eifrig an. Aus Dr. Scherz' Geschwätz war er ohnehin nicht schlau geworden. Weshalb also hier untätig herumsitzen? Er erntete nur schwaches Kopfschütteln.

»Zuerst das Wichtigste aus dem Autopsiebericht«, begann Kleist und breitete seine Unterlagen am Konferenztisch aus. »Neben der tödlichen Schussverletzung findet sich an Ippsteins Hinterkopf ein älteres Hämatom, das auf einen Schlag mit der am Tatort entdeckten Bratpfanne zurückzuführen ist.«

»Mit der Bratpfanne?« Dr. Feuersturm lächelte säuerlich. »Ganz klassisch also.«

»Die Untersuchung des Magen-Darm-Trakts ergab, dass Ippstein zuletzt mindestens drei Tage lang keine Nahrung zu sich genommen hat. Des Weiteren befand sich sein Körper zum Zeitpunkt des Todes in einem hochgradig exsikkierten Zustand, was darauf schließen lässt, dass ihm während der Dauer seiner Gefangenschaft auch die Flüssigkeitsaufnahme verweigert wurde. Dies sowie die multiplen Frakturen an Armen und Rippen, die man Ippstein allerdings erst post mortem zugefügt hat, deuten auf eine besonders sadistische Veranlagung des Täters hin oder auf starke Hassgefühle.«

»Bevor wir Mutmaßungen anstellen, bleiben wir kurz bei den Fakten«, warf der Leiter der Kriminaldirektion ein. »Ich nehme an, die Tatwaffe ist das sichergestellte Jagdgewehr.«

»Korrekt. Eine Steyr Mannlicher Classic. Und jetzt wird es spannend.« Kleist blätterte lange in seinen Unterlagen. »Die Waffe ist nämlich auf den Ermordeten registriert und befand sich – davon konnte ich mich persönlich überzeugen – am Tag nach dessen Verschwinden noch in seiner Villa.«

Dr. Feuersturm stutzte. »Aber das würde ja bedeuten, dass der Mörder sie erst *nach* der Entführung entwendet hat.«

»Allerdings. Wie ich eruieren konnte, gab es in Ippsteins Haus tatsächlich einen Einbruch, wobei es dem Täter gelungen sein dürfte, die Alarmanlage zu deaktivieren. Näheres erfahren wir hoffentlich in Kürze, wenn die Kollegen ihre Untersuchungen abgeschlossen haben … Ein interessantes Detail möchte ich nicht unerwähnt lassen: Am Tatort in der Seemüllergasse wurden *zwei* Schüsse abgefeuert. Neben dem Projektil, das den Brauereiunternehmer tötete, fand man in der Wand ein zweites, das sein Ziel trotz geringer Distanz weit verfehlt hat.«

»Und nun zum springenden Punkt. Gibt es Hinweise auf die Identität des Täters?«

»Eine Menge.« Mag. Kleist ordnete sorgfältig das Gewirr an Zetteln, das vor ihm am Tisch lag. »Da haben wir einmal ein Taschentuch mit Blutspuren, die definitiv *nicht* vom Ermordeten sondern vermutlich vom Entführer stammen. Eine genauere Analyse ist aber noch ausständig. Weiters wurden Fingerabdrücke, sowohl an der Tatwaffe, als auch an der Bratpfanne sichergestellt, die, ich muss es leider sagen, eindeutig Herrn Reichenbach zuzuordnen sind. Selbigem gehört auch der Laptop, der im Vorraum zurückgelassen wurde.«

Der Leiter der Kriminaldirektion nickte schwach. Die Fakten sprachen für sich. Sein Versuch, die Dinge schönzureden war tatsächlich nichts anderes als naive Vogel-Strauß-Politik gewesen. »Und die Tatzeit?«, wollte er noch wissen. »Bitte fahren Sie fort.«

Diesmal bot sich Doppler nicht als Begleitung an.

»Laut Obduktionsbefund Donnerstag zwischen 15 und 18 Uhr. Das deckt sich mit der Aussage einer Nachbarin, die kurz nach vier einen Knall hörte. Wenig später hat sie durch ihr Küchenfenster Reichenbachs Golf wegfahren sehen.«

»*Einen* Knall? Sie erwähnten vorhin zwei Schüsse.«

»Tja, der zweite wurde möglicherweise zu einem anderen Zeitpunkt abgegeben. Näheres ist leider nicht bekannt.« Mag. Kleist packte die Unterlagen zurück in die Mappe und nahm seine Brille ab. »Zusammenfassend müssen wir davon ausgehen, dass Daniel Reichenbach Ippstein entführt, niedergeschlagen und schließlich ermordet hat.«

Betretenes Schweigen breitete sich im Konferenzraum aus. Eine bedrückende Stille, die erst vom Glucksen und Zischen des prickelnden Mineralwassers unterbrochen wurde, das Doppler andächtig in sein Glas goss. Jedem der Anwesenden war klar, auf welche Strapazen sie zusteuerten. Und dabei dachte niemand an etwaige Komplikationen bei der Fahndung nach dem Verdächtigen, als vielmehr an Simones unbeherrschte Reaktion, die das ganze Haus in Aufruhr versetzen würde.

Der Polizeipräsident war der erste, der die Fassung wiedererlangte. Theatralisch erhob er seine Stimme. »Meine Herren, trotz der unerfreulichen Wendung, die uns dieser Fall beschert hat, möchte ich Ihnen, Herr Magister, für Ihre ausführlichen Darstellungen, die mich, und ich nehme an, auch Sie, verehrte Kollegen zutiefst erschüttert haben, herzlich danken und glaube nicht zu weit zu gehen, wenn ich betone, dass ich ausnehmend schwierige Zeiten auf uns zukommen sehe, die wir nur mit allergrößtem Geschick und nach reiflich durchdachter Vorgehensweise zu meistern im Stande sein werden. Trotzdem, oder vielleicht genau deswegen und weil wir einen Ruf zu verteidigen haben, der uns zwar oft von den Medien in Abrede gestellt wird, welcher uns aber angesichts steter Bemühungen im Kampf gegen das Verbrechen, gerechterweise zustünde, fordere ich Sie hiermit auf, Ihre Ermittlungen ungeachtet der drohenden Wirren konsequent weiterzuführen und sie ehebaldigst zu einem positiven Abschluss zu bringen. Bevor ich nun die Sitzung schließe und den Fall exklusiv in die vertrauenswürdigen Hände des Referats 1 lege, auf dass sich das Bundesamt für Verfassungsschutz und Terrorismusbekämpfung wieder seiner eigentlichen Aufgabe, der Bespitzelung von Privatpersonen, widmen kann, ersuche ich Sie, Herr Doktor, raschest Kontakt mit unserer werten Kollegin, Frau Dr. Reichenbach aufzunehmen, um sie, die am meisten unter der kompromittierenden Bloßstellung zu leiden hat und die nach wie vor völlig ahnungslos in fremden Gefilden weilt, möglichst schonend über die betrüblichen Vorkommnisse zu unterrichten.«

»Erledigen Sie das!«, raunte Dr. Feuersturm beim Verlassen des Besprechungszimmers Doppler zu. »Gott sei Dank hat Dr. Reichenbach die E-Mail-Adresse ihres Hotels hinterlegt. Schreiben Sie ihr ein paar Zeilen, aber seien Sie um Himmels willen behutsam in der Wortwahl! Ich werde mich inzwischen um den Haftbefehl kümmern.«

Behutsam in der Wortwahl. Doppler schnaubte ärgerlich. Wie stellte sich Dr. Feuersturm das vor? Etwa: *Liebe Simone, komm zurück, dein Bruder ist ein Mörder, aber mach dir keine Gedanken, alles halb so wild. Grüße Doppler.*

Typisch war das! Die unangenehmen Aufgaben blieben immer an ihm hängen. Frustriert klemmte er sich hinter seinen Schreibtisch und nahm einen Bleistift zur Hand. Mit E-Mails kannte er sich nicht so gut aus. Er war schon froh, wenn er mit dem *Word* einigermaßen zurechtkam, ohne dass das Scheiß-Programm gleich Hunderte Male abstürzte. Bevor er etwas falsch machte, wollte er die Nachricht lieber händisch verfassen und sie dann dem diensthabenden Beamten in der Nachrichtenzentrale zum Abtippen geben.

»Betreff: Großfahndung. Ippstein entführt und ermordet«, kritzelte er im Telegrammstil auf ein Blatt Papier und ließ die Worte ein wenig wirken. Ja, das war gut, fand er. Das klang unverfänglich. In der Kürze lag bekanntlich die Würze. »Daniel auf der Flucht. Grüße Doppler«, fügte er hinzu.

Das war's. Mehr gab es im Grunde nicht zu sagen. Simone zu empfehlen, sofort die Heimreise anzutreten, erschien ihm überflüssig. Keine Frage, dass sie auch so das nächstbeste Flugzeug nehmen und viel früher, als ihm lieb war, auf der Matte stehen würde.

*

Im Verwaltungstrakt der Sargfabrik war der Teufel los. Heimatfront-Kommandant Hermann Friedrich schäumte vor Wut. Seit gut zehn Minuten schritt er in den ehemaligen Direktionsräumlichkeiten, die er zur Hauptkommandozentrale umfunktioniert hatte, auf und ab. Seine Gesichtsmuskeln zuckten unkontrolliert, als würde man Luft in sie hineinblasen und gleich wieder absaugen. Bei jeder Kehrtwende warf er Lerch und Haberfeld, die neben der Tür geknickt Aufstellung genommen hatten, zornige Blicke zu. Ihre haarsträubenden Rechtfertigungen hatten das Fass zum Überlaufen gebracht.

»Disziplin ist die Grundlage jedes funktionierenden Gefüges!«, presste er wutentbrannt hervor. »Ohne Disziplin versinkt der Staat im Chaos. Und Chaos ist gleich Anarchie! Gerade dagegen kämpfen wir mit allen uns zur Verfügung stehenden Mitteln an, falls ihr das noch nicht kapiert habt!« Abrupt blieb er stehen, stemmte die Hände in seine Hüften und fixierte Lerch. »Noch einmal also: Welche Voraussetzung muss unsereins im Kampf gegen die Verlotterung mitbringen?«

Der Heimatfrontkämpfer stierte betreten auf seine Stiefel und schwieg. Er hätte sie besser putzen sollen, bevor man ihn zum Rapport beordert hatte. Vielleicht wäre der Anschiss dann nur halb so schlimm ausgefallen.

»Disziplin, meine Herren! Disziplin und bedingungslose Einsatzbereitschaft!«, brüllte Friedrich. »Wie oft muss ich es denn noch sagen? Sind die Monate, in denen ihr unter meiner Obhut ausgebildet wurdet, spurlos an euch vorübergegangen?«

»Nein.« Haberfeld schüttelte den Kopf.

»Nein?« Der Kommandant riss erstaunt die Augen auf. »Wie würdet ihr es dann bezeichnen, wenn zwei zum Wachdienst abkommandierte Soldaten volltrunken und besinnungslos aufgefunden werden?« Friedrich wollte ihre Rechtfertigung gar nicht abwarten. Ihr schwachsinniges Gestammel stand ihm bis obenhin. »Ich werde es euch sagen. Fahrlässige Undiszipliniertheit ist das! Eine ungeheure Verantwortungslosigkeit!« Außer Atem wandte er sich an Herrn Wosczynski. »Tut mir leid, Kamerad, dass du diese Sauerei miterleben musst. War wohl etwas voreilig, diese Kretins als Elite zu bezeichnen. Wundert mich umso mehr, dass die Ippstein-Aktion so klaglos funktioniert hat. Erstaunlich, wirklich!« Wutschnaubend nahm er hinter dem Schreibtisch Platz.

»Vielleicht ist etwas dran, an dem, was sie sagen«, warf Herr Wosczynski ein. »Die Möglichkeit können wir nicht ausschließen.«

»Ha!« Friedrich lachte heiser auf. »Was? Dass sie überfallen wurden? Wer in aller Welt sollte mitten in der Nacht hier aufkreuzen? Der Russe etwa?«

»Ja, mindestens fünf waren es«, verteidigte sich Haberfeld eifrig. Wosczynskis Einwand hatte ihm den Rücken gestärkt. »Und es waren Polen.«

»Lüge!«, schrie der Kommandant und sprang auf, wobei sein Sessel klappernd umkippte. »Wir haben jeden Zentimeter des Geländes abgesucht. Wäre tatsächlich jemand eingedrungen, wir hätten ihn gefunden! Ich sage euch, wie es sich in Wahrheit abgespielt hat. Im Vollrausch habt ihr euch gegenseitig die Schädel eingeschlagen, wie zwei halbstarke Rowdys!«

Aber genau das waren sie, dachte Herr Wosczynski. Skrupellose Schläger, unberechenbare Radaubrüder. Er hatte es von Anfang an gewusst, aber ihn fragte ja niemand. Fröstelnd trat er an den alten Holzofen heran und wärmte seine Hände. Es hätte nichts gebracht, jetzt seine Meinung kundzutun. Er hätte sich nur Hermanns Unmut zugezogen. Vielleicht würde er später mit ihm reden, unter vier Augen.

Friedrichs Stimme wurde bedrohlich leise, als er sich vor Lerch und Haberfeld aufbaute. »Ihr stellt ein Risiko für unsere ganze Truppe dar! Ihr gefährdet die Existenz der Treuen Heimatfront! Ihr gefährdet die Sicherheit der deutschen Nation! Ist euch überhaupt bewusst, was ihr angerichtet habt?«

»Jawohl«, murmelten die beiden im Duett.

»Das will ich auch hoffen!« Der Kommandant atmete durch. »Also gut. Da ihr bisher ganz brauchbare Arbeit geleistet habt, will ich euch eine allerletzte Chance geben. Aber keine Eskapaden mehr! Ab sofort herrscht striktes Alkoholverbot! Ist das klar? Und jetzt meldet euch bei Stiglitz! Er hat einiges für euch zu tun. Ich erwarte, dass ihr seine Anordnungen auf Punkt und Komma ausführt. Sollten mir Beschwerden zu Ohren kommen, ...«

Die Konsequenzen ließ er offen. Seine Männer hatten den Ernst der Lage auch so begriffen. Mit gesenkten Häuptern trotteten sie davon.

Herr Wosczynski wartete, bis ihre Schritte am Gang verhallt waren, dann sah er Hermann besorgt an. »Wäre es nicht klüger, das Unternehmen abzubrechen?«, fragte er zögerlich. »Ich meine, nach dem, was vorgefallen ist. Wenn ich bedenke, dass die mit scharfer Munition herumlaufen ...«

»Nein!« Friedrich reagierte außergewöhnlich energisch. »Dir ist bekannt, welche Aufgabe auf uns zukommt. Mit Platzpatronen lässt sich kein Krieg gewinnen. Seit Wochen trichtere ich den Burschen Moral und Disziplin ein. Wie stünde ich denn da, würde ich jetzt den Schwanz einziehen? Wenn Fehler passieren, muss man sie korrigieren, Maßnahmen treffen, Verbesserungen erzielen, aber deswegen unseren Traum aufgeben? Niemals!« Er stellte den umgestürzten Sessel auf und klopfte Wosczynski versöhnlich auf die Schulter. Sein Tonfall wurde wieder kameradschaftlicher. »Hast schon Recht, wenn du meinst, dass jede erdenkliche Vorsicht geboten ist, doch im Ernstfall zählt nur bedingungsloser Einsatz und in diesem Punkt weiß ich, dass ich mich auf meine Männer verlassen kann. Da kennen sie kein Zaudern! Da sind sie dran! Bis zum Ende für die rechte Sache! Kannst mir vertrauen.«

Der Obmann der Bürgerwehr gegen Drogen, Kriminalität und Kulturschande wagte nicht, ihm in die Augen zu sehen. »Wenn du meinst«, nuschelte er kaum hörbar.

»Na, komm schon, Freund! Bauch rein, Brust raus und auf den Feind mit Gebrüll! Werden uns ein bisschen aufwärmen. Was hältst du davon? Habe einen exzellenten Obstler im Marschgepäck. Selbstgebrannten. Der bringt dich wieder auf Vordermann!«

Einmal mehr musste sich Herr Wosczynski zu einem Lächeln zwingen. Friedrichs flammender Appell vermochte ihn nicht zu überzeugen. Insgeheim bereute er es mehr denn je, sich auf dieses unheilvolle Abenteuer eingelassen zu haben. Sein Gefühl sagte ihm, dass alles schiefgehen, außer Kontrolle geraten und in einer furchtbaren Katastrophe enden würde. Und sein Gefühl täuschte ihn selten. Nur, wie sollte er es Hermann beibringen? Das Letzte, das er wollte, war, als Zauderer dazustehen, als Außenseiter oder gar noch schlimmer, als Feigling.

Zittrig nahm er das Glas, das der Kommandant bis an den Rand gefüllt hatte und leerte es in einem Zug. Der Schnaps würde ihm guttun, hoffte er. Auch körperlich. Sein Magen machte ihm Probleme. Seit gestern schon. Wahrscheinlich lag es an dem ungenießbaren Fraß, den er hier vorgesetzt bekam.

*

Peter Tenker erwachte gegen Mittag. Er hatte zwar nicht lange geschlafen, im Vergleich zu den eisigen Nächten davor aber umso geruhsamer. Deutlich erholt und voller Tatendrang sprang er aus dem Bett. Fürs Erste wollte er sich ein heißes Bad genehmigen. Zu dem war er nämlich nach seiner Flucht aus der Sargfabrik noch nicht gekommen. Im Gegensatz zu Kuhsteiger, der mit dem ihm eigenen Selbstvertrauen schnurstracks nach Hause marschiert war, hatte er größte Vorsicht walten lassen und seine Wohnung großräumig gemieden.

Es war schon spät gewesen, als er heimlich durch den Hintereingang in Charlie Wimbachers *Club Serail* am Wiedner Gürtel geschlüpft war und seinen Förderer und Mentor aus vergangenen

Tagen um Hilfe gebeten hatte. Er war nicht enttäuscht worden. Ohne zu zögern und vor allem ohne lästige Fragen zu stellen, hatte Charlie ihm den Schlüssel zu seiner feudalen Zweitwohnung in der Neubaugasse ausgehändigt und ihm zudem ein bisschen Geld zugesteckt.

Tenker hätte es nicht besser treffen können. Das Penthouse spielte alle Stücke. 140 Quadratmeter, Wasserbett, Whirlpool, Heimkino, Dachterrasse. Hier ließ es sich wahrlich leben. Nach nur fünf Minuten in der blubbernden Wanne fühlte er sich wie neugeboren, was er als ersten Vorgeschmack auf eine glänzende Zukunft deutete. In zwei, realistisch betrachtet vielleicht auch in drei Wochen, würde er ein anderer Mensch sein. Gut, als Mensch bliebe er vermutlich derselbe, aber seine Existenz wäre eine weitaus komfortablere und seine Vergangenheit nur noch, hm, nun, Vergangenheit.

In einem Punkt, und das sah er zwischenzeitlich ein, hatte der Ochs Recht behalten. Er war kein Kidnapper. Er war kein Gewaltverbrecher. Das alles war er nie gewesen. Und um sich dessen bewusst zu werden, hätte es die verpatzte Entführung eigentlich gar nicht gebraucht. Trotzdem, jedes Schlamassel offenbarte früher oder später seine positiven Aspekte und aus denen galt es, Kapital zu schlagen.

Rückblickend betrachtet, gab die verworrene Geschichte einen fantastischen Lesestoff ab. Ein bisschen ausgeschmückt, versehen mit reichlich Action, würde sie ihm der Beinholtz-Verlag geradezu aus den Händen reißen. Dass das Buch mit all seinen brisanten Details zum Bestseller avancierte, stand für ihn außer Zweifel. Doch sein fulminantes Comeback als Autor sollte nur einer von zwei bedeutenden Schritten in ein unbeschwertes Leben sein. Der zweite war der weitaus größere, wenn auch gleichsam riskanter. Tenker war bereit, dieses Risiko auf sich zu nehmen, denn der Schlüssel zu Reichtum und Glanz lag zum Greifen nahe. Genau genommen steckte er in der Innentasche seiner verschmutzten Wildlederjacke, und es war kein Schlüssel, sondern eine Filmrolle. Jener Film aus Kuhsteigers Kamera, die ihm dieser freundlicherweise zur Verfügung gestellt hatte.

Tja, leider war an diesem Tag nichts Außergewöhnliches passiert. Die meiste Zeit über war Lisa Ippstein daheim gewesen. Erst am Nachmittag hatte sie kurz das Haus verlassen, um einkaufen zu gehen, zum *Zielpunkt*. Ein paar Lebensmittel und so. Danach war sie gleich wieder in ihre Wohnung zurückgekehrt. Alles ganz harmlos. Niemand hatte versucht, mit ihr Kontakt aufzunehmen.

Tenker konnte sich ein Grinsen nicht verkneifen. Der Ochs hatte ihm das tatsächlich abgekauft! Einfach so, ohne mit der Wimper zu zucken hatte er das Märchen geschluckt, wie die verdammte Bohnensuppe. Und das Beste daran war: Der Blödmann würde die Wahrheit nie erfahren.

Vergnügt stieg Tenker aus der Wanne und schlüpfte in einen flauschigweichen Bademantel. Im Grunde konnte nichts mehr schiefgehen. Alle Voraussetzungen für eine erfolgreiche Umsetzung seines Plans waren gegeben. Sogar eine voll ausgestattete Dunkelkammer stand ihm zur Verfügung. Als Freund süßer, blutjunger Mädchen und künstlerisch wertvoller Nacktaufnahmen derselben, hatte Wimbacher die Notwendigkeit erkannt, sich ein kleines Fotolabor einzurichten. Verständlich, wenn man bedachte, dass man diese Art von Bildern nur ungern beim *Bipa* entwickeln ließ.

Bevor er an die Arbeit ging, gönnte sich Tenker einen Chivas Regal und schaltete den Fernseher ein. Eine Sendung des aktuellen Dienstes lief gerade und berichtete über die neuesten Entwicklungen in der Causa Ippstein. Es verblüffte ihn einigermaßen zu erfahren, dass aus der Entführung zwischenzeitlich ein Mordfall geworden war. Und es verblüffte ihn noch mehr, als ein neuer Hauptverdächtiger ins Spiel gebracht wurde. Ein gewisser Reichenbach. Der Name sagte ihm nichts, aber das Gesicht, das über den Bildschirm flimmerte, erkannte er sofort.

Tenker war ein hilfsbereiter Mensch. Vor allem dann, wenn er selbst von seiner Hilfe profitierte. Die Bullen waren scharf auf den Kerl? Nun, aus seiner Sicht sprach nichts dagegen, dass sie ihn kriegten. Denn hatten sie sich einmal in jemand anderen verbissen, würde das Interesse an ihm rasch nachlassen.

*

»Sind Sie Daniel Reichenbach?«, fragte Mag. Kleist und hielt Albert seine Dienstmarke unter die Nase.

»Nein, ist er nicht«, nahm Doppler die Antwort vorweg und stieß den Unbekannten beiseite. Hinter ihm ergoss sich ein Schwall Polizisten in die Wohnung, die sich augenblicklich daranmachten, alles, was nicht niet- und nagelfest war, auseinanderzunehmen.

»He, fuck!«, protestierte Albert entsetzt. »Was soll das, Alter? Ich hab hier gerade sauber gemacht, shit! Zieht euch wenigstens die Schuhe aus!«

Seit er vor 24 Stunden Zahn und Schiffer gebürstet, geschniegelt und in Daniels sauberer Kleidung auf die Straße entlassen hatte, war er mit nichts anderem beschäftigt gewesen, als in einem sogar für seine Verhältnisse exzessiven Arbeitsanfall sämtliche Spuren der Geburtstagsfeier zu beseitigen. Durchaus mit Erfolg, wenn man von dem dunklen Fleck an der Vorzimmertapete absah, der, bedingt durch die in ihm enthaltene Magensäure, hartnäckig allen Reinigungsbemühungen widerstanden hatte. Albert musste einsehen, dass seine Mittel vorerst begrenzt waren, doch sobald der Baumarkt am Montag öffnete, würde er einige Kübel Dispersionsfarbe besorgen und die ganze Wohnung neu ausmalen. Ein dezentes Himmelblau war ihm in den Sinn gekommen. Vielleicht auch ein blasses Lila. Daniel würde das sicher gefallen.

»Mein Name ist Kurt Doppler. Ich leite das Referat 1 der Kriminaldirektion 1«, stellte sich der Bezirksinspektor gebieterisch vor. »Und das ist ein Haussuchungsbefehl. Wo ist Herr Reichenbach gegenwärtig aufhältig?« Er liebte dieses Amtsdeutsch. Die Erfahrung hatte ihn gelehrt, dass man damit großen Eindruck schinden konnte.

»Dan? Fuck, keine Ahnung. Bin ich sein Kindermädchen?«

Doppler funkelte seinen Gesprächspartner böse an. Dessen Ton gefiel ihm ganz und gar nicht. »Passen Sie auf, was Sie sagen, ja?«, ermahnte er ihn in aller Strenge. »Wer sind Sie eigentlich?«

»Ich? Albert.«

»Albert? Und wie noch?«

»Nur Albert.«

Albert Nuhr, vermerkte Doppler in seinem Notizblock. »Wann haben Sie Herrn Reichenbach zum letzten Mal gesehen.«

»Puh, Alter, lass mich überlegen … Am Freitag muss das gewesen sein. Shit, ja! Gleich in der Früh ist er weg, motherfucker!«

Motherfucker? Doppler glaubte sich verhört zu haben. »Sei vorsichtig, du kleiner Scheißer«, zischte er und packte den unverschämten Kerl am Kragen. »Das ist Beamtenbeleidigung!«

»Schon gut, he, kein Grund zur Aufregung.«

»Aufregung? Du würdest dir nicht wünschen, mich aufgeregt zu erleben! Los, komm zur Sache. In welchem Verhältnis stehst du zu Daniel Reichenbach und was hast du in seiner Wohnung zu suchen?«

»He, ich darf da wohnen, echt. Dan hat's mir erlaubt, fuck. Ich kenn ihn aus der Psychiatrie.«

»Du bist also einer von diesen Geisteskranken«, diagnostizierte der Bezirksinspektor mit der für ihn typischen Treffsicherheit und ließ von seinem Opfer ab. Man konnte schließlich nie wissen, ob nicht Ansteckungsgefahr bestand.

»Quatsch, ich bin voll geheilt! Tatsache. Dr. Robora hat's selber gesagt.«

»Aber sicher, das glaube ich dir aufs Wort.« Doppler stieß ein verächtliches Schnaufen aus. »Wie sieht es aus?«, wandte er sich an Mag. Kleist, der eben aus der Küche kam. »Habt ihr schon etwas gefunden?«

»Nein, absolut nichts.« Sein Mitarbeiter schüttelte den Kopf. »Die Wohnung ist nahezu keimfrei. Man hat den Eindruck, als wären sämtliche Spuren vorsätzlich beseitigt worden.«

»Vorsätzlich?« Doppler nahm wieder Albert ins Visier. »Dann ist das wohl dein Werk gewesen?«

»Klar, Alter! Der reinste Saustall war das hier! Seit gestern bin ich beim Putzen, fuck! Kannst du dir das vorstellen?«

Das fiel dem Bezirksinspektor zugegebenermaßen schwer. Bei ihm zu Hause sah es anders aus. *Heimeliger*, um es vorsichtig auszudrücken. Sogar seine Mutter, die einmal pro Woche vorbeikam, um gründlich sauber zu machen, vermochte nicht, diesem Albert punkto Reinlichkeit das zu Wasser reichen. Und das sollte etwas heißen. »Du gibst also zu, dass du sämtliche Beweise vernichtet hast.«

»Was für Beweise, he? Wonach suchst du eigentlich, Alter?«

»Klebstoff, Briefpapier, Papierschnitzel, zerschnittenes Werbematerial, du weißt schon, was ich meine. Stell dich nicht dümmer, als du bist.«

»Ah, *das* Zeug!« Albert strahlte. Warum hatte das der Polizist nicht gleich gesagt. »Das war unter Dans Matratze, fuck.«

»*War*? Und wo ist es jetzt, wenn ich fragen darf?«

»Na, wo schon, Alter? Unten im Hof natürlich. In der Mülltonne, wo es hingehört.«

Doppler hätte nicht gedacht, dass es so einfach laufen würde. »Das ist ein Geständnis, Herr Nuhr!«, triumphierte er.

»Ich denke, es handelt sich um pure Naivität«, gab Mag. Kleist zu bedenken.

»Ach, was wissen Sie schon? Los, schicken Sie die Leute hinunter. Ich wünsche, dass jedes Beweisstück …«

»Herr Bezirksinspektor, Herr Bezirksinspektor, sehen Sie, was ich gefunden habe!«, platzte ein Mann von der Spurensicherung erhitzt dazwischen. »Im Schlafzimmer, doppelte Wand im Kleiderschrank«, stammelte er aufgeregt und breitete seine Beute auf der Anrichte aus. Damenunterwäsche aus Latex, Peitschen, Handschellen, Nieten besetzte Hundehalsbänder, eine schwarze Ledermaske. »Dieser Reichenbach ist ein Perverser!«

Doppler winkte gelangweilt ab. »Nein, das gehört Simone«, verkündete er lauthals und schlug sich den Bruchteil einer Sekunde später entsetzt auf den Mund.

»Simone?«, fragte der Polizist neugierig. »Welche Simone?«

»Dr. Simone Reichenbach?«, präzisierte Mag. Kleist die offene Frage, nachdem er die gaffenden Beamten aus der Wohnung gescheucht hatte. »Darf ich erfahren, woher Sie das wissen?«

»Nein, äh, das geht Sie nichts an.« Doppler war knallrot angelaufen. Bis unter den Haaransatz. »Hören Sie, das tut nichts zur Sache«, krächzte er. »Räumen Sie das Zeug wieder weg! Aber schleunigst!«

Beschämt trat er ans Fenster und starrte hinunter in den Hof, wo sich seine Mitarbeiter gerade über die Mülltonnen hermachten.

Der Schreck saß ihm tief in den Knochen. Es war nicht viel Fantasie vonnöten, um sich auszumalen, was ihm blühte, sollte Simone je von seiner kleinen Indiskretion erfahren. Und das würde sie, da brauchte er sich gar keine Hoffnungen zu machen. In der Bundespolizeidirektion verbreiteten sich solche Schwänke wie ein Lauffeuer. Sie würde ihn in Grund und Boden stampfen, ahnte er. Umbringen würde sie ihn, und er könnte froh sein, wenn er davor nicht allzu lange zu leiden hätte.

»Von mir wird niemand etwas erfahren«, riss ihn Mag. Kleist aus seiner Lethargie. »Sollten das Ihre Bedenken sein, meine ich.«

»Welche Bedenken?« Doppler räusperte sich mehrmals. »Glauben Sie, ich fürchte mich vor der Reichenbach? Pah!«

»Selbstverständlich nicht.«

»Ist mir doch egal, wenn sie sauer ist.«

»Ganz bestimmt.«

»Eben. Sehen wir, dass wir das so schnell wie möglich hinter uns bringen. Ich möchte den Fall restlos aufgeklärt haben, bevor sie wieder da ist.« Wenigstens *das*, hoffte der Bezirksinspektor. Ein paar Bonuspunkte bei Dr. Feuersturm konnten nicht schaden, wenn Simone aufkreuzte und Vergeltung forderte. »Und diesen seltsamen Vogel nehmen wir gleich mit. Ich bin sicher, dass er mit dem Verdächtigen unter einer Decke steckt.«

Mag. Kleist war anderer Meinung. »Das kann ich mir ehrlich gesagt nicht vorstellen. Immerhin hat er uns selbst auf die Spur geführt.«

»Welche Spur, fuck?«, mischte sich Albert ein, der inzwischen damit begonnen hatte, die ausgeleerten Schubladen wieder einzuräumen und die verstreut am Boden liegenden Kleidungsstücke fein säuberlich zusammenzulegen. »Was genau wollt ihr eigentlich?«

»Was wir wollen?« Doppler zeigte grimmig seine Zähne. »Den Mord an Jonas Ippstein aufklären, das wollen wir! Und wie es aussieht, ist uns das gerade gelungen.«

Albert nickte anerkennend. »Gratuliere«, sagte er fröhlich.

Der Bezirksinspektor geriet in Rage. »Willst du mich verarschen? Ist dir eigentlich klar, dass du da mit drinnen hängst, dass du bis zum Hals in der Scheiße steckst, dass du … Apropos«, unterbrach er sich und rümpfte die Nase. »Was stinkt hier so bestialisch?«

»Die Kollegen von der Kriminaltechnik«, erklärte Mag. Kleist und deutete zur Tür.

Sogar Doppler, der - was Gerüche anbelangte - nicht gerade empfindlich war, blieb die Luft weg. Voller Abscheu musterte er die zurückkehrenden Beamten. Wie verwesende Zombies, die sich gerade aus einem Misthaufen gegraben hatten, sahen sie aus.

»Ich würde sagen, wir haben, was wir wollten«, stellte Mag. Kleist fest. »Und erfreulicherweise sogar noch mehr.« Demonstrativ hielt er ein Stück blutgetränkten Verbandsstoff in die Höhe, den man gemeinsam mit den anderen Beweisstücken in einer der Mülltonnen entdeckt hatte.

»Ja, ja, ausgezeichnet.« Doppler nickte schwach. Unter normalen Umständen wäre er mit dem Ergebnis der Haussuchung mehr als zufrieden gewesen, doch das verheerende Unwetter, das sich auf den Bahamas zusammenbraute und früher oder später in voller Stärke auch Wien heimsuchen würde, trübte sein kleines Zwischenhoch beträchtlich.

*

Gewitter neigen bisweilen dazu, plötzlich und ohne Vorwarnung aufzuziehen. Auch in einem Paradies wie Nassau. Als sie so dastand und vom Balkon ihres Zimmers im British Colonial Hilton hinaus auf das offene Meer sah, ahnte Dr. Simone Reichenbach noch nicht, was in Kürze auf sie zukommen sollte. Im Gegenteil. Sie genoss die herrliche Aussicht, den Anblick der glitzernden Wellen und bunten Segel, der sie in einen Zustand vollendeter Entspannung versetzte. Eine Entspannung, die weit über jene hinausging, die ihr ein duftendes Aromaschaumbad nach einem aufreibenden Arbeitstag bescherte. Und sogar über jene, die sie im Anschluss an einen ekstatischen Sado-Maso-Umtrieb im Swinger-Club überkam. Ein tranceartiges Gefühl des Schwebens hatte von ihr Besitz ergriffen, ein Gefühl berauschender Harmonie, so intensiv, dass sie fürchtete, jeden Moment vor Dankbarkeit in Tränen auszubrechen. Ihr Glück ließ sich mit Worten nicht beschreiben. Aber das musste es auch nicht, denn ihr wonniges Lächeln vermochte ihre Empfindungen ausreichend darzustellen. Auch wenn so, wie sie insgeheim wusste, die Fältchen um ihren Mund, die langsam aber sicher zu Falten wurden, deutlicher hervortraten. Doch in diesem Moment verlor jeder Makel an Bedeutung. In ihrem transparenten schwarzen Nachthemdchen war sie eine hinreißende Erscheinung.

Seufzend tapste sie ins Zimmer zurück und formte sich am Bett zurecht. Wie hingeworfen wollte sie aussehen. Ästhetisch, wie ein kostbares Seidentuch, dem ein inspirierter Maler Form gegeben, das er quasi komponiert hatte. Da konnten Falten etwas sehr Anmutiges sein. Simone schob einen Arm unter ihren Kopf, den zweiten streckte sie in die Leere des weißen Lakens. Das linke Knie hob sie ein wenig an, wobei sie ihre langen, glatt rasierten Beine verführerisch spreizte. Nicht zu weit, nicht zu obszön. Sie war schließlich keine billige Hure. Rasch noch fächerte sie ihr Haar über das Kissen und schloss die Augen. Alles musste perfekt sein. Perfekt inszeniert. Wenn Rudolf von seiner Golfpartie zurückkam, sollte er die personifizierte Sinnlichkeit vorfinden.

Simone wollte heute ganz Frau für ihn sein. Zärtlich, anschmiegsam, gurrend und gleichzeitig raubkatzenartig gewandt. Sie wollte sich ihm hingeben, sich ausnahmsweise zur Untertanin machen und ihn nicht wie an den Tagen zuvor mit Taucherbrille und Schwimmflossen vor der Klomuschel knien lassen, während sie ihn mit dem Schnorchel beglückte.

Seit einer Woche war sie nun hier, genoss das angenehm milde Klima gleichermaßen wie die unbeschwerte Lebensart und den vorzüglichen Fisch in den romantischen Hafenrestaurants. Stress und Hektik hatte sie ebenso zurückgelassen, wie die unwirtliche Kälte. An ihre Arbeit dachte sie längst nicht mehr. An Doppler und Feuersturm und dessen aberwitzige Entscheidung, den trägen Vollidioten zum interimistischen Leiter ihres Referats zu bestellen. Das alles tangierte sie nicht. Da stand sie weit darüber.

Und trotzdem, ihr Vorgesetzter musste übergeschnappt sein! Doppler mit Macht und Einfluss auszustatten, war, als würde man die Büchse der Pandora öffnen. Nicht auszudenken, was der Tölpel während ihrer Abwesenheit alles anrichten konnte! War das den Herren da oben nicht bewusst gewesen?

Ruckartig fuhr sie hoch. Aber vielleicht ... Vielleicht war es ihnen ja bewusst gewesen! Vielleicht hatten sie mit voller Absicht ... Simone holte erschrocken Luft. Das musste es sein! Darin lag die einzige Erklärung! Es wäre schließlich nicht das erste Mal gewesen, dass sich ihre feinen Kollegen Schulter an Schulter gegen sie formierten. Die hirnverbrannte Aktion war nichts anderes, als eine unverschämte Intrige, als ein Frontalangriff gegen sie und ihre Position! Man wollte sie diskreditieren, sie loswerden, und das um jeden Preis!

Ein teuflischer Plan, aber effektiv, musste sie zugeben. Denn wenn es Doppler erst einmal gelungen war, ihr Referat zugrunde zu richten, spielte es keine Rolle mehr, dass sie von Anfang an Bedenken angemeldet hatte. Dann war auch sie weg vom Fenster!

»Simone?« Rudolf M. Beinholtz ließ seine Golftasche gleich neben der Tür fallen und stürzte auf sie zu. »Um Himmels willen! Fühlst du dich nicht wohl?«

»Nein, ich ...«, presste sie hervor. Sie kauerte nach vorn gebeugt am Bettrand und starrte ins Leere. Ihre Fingernägel hatten sich tief in ihre Oberschenkel gegraben. »Alles ... in Ordnung«, keuchte sie.

»Bist du sicher? Du siehst aus als ob du ...« Beinholtz sprach es lieber nicht aus.

»Wie?«, fuhr sie ihn prompt an. »Wie sehe ich aus?«

Der Verleger ließ es gut sein. Ihre Stimmungsschwankungen waren ihm mittlerweile vertraut wie die Launen seiner Autoren. Er wusste, dass es vernünftiger war, sie in Ruhe zu lassen, wollte man eine Eskalation vermeiden. »Das hier ist für dich gekommen«, sagte er und reichte ihr ein Kuvert. »Eine E-Mail. Man hat sie mir unten an der Rezeption mitgegeben.«

Simone sprang auf und riss ihm den Umschlag aus der Hand. Mit einer einzigen Handbewegung schlitzte sie ihn auf und beförderte den Inhalt zutage. Augenblicklich verhärteten sich ihre Gesichtsmuskeln. Ihr Mund klappte auf. Als ihr das Blatt entglitt und zu Boden segelte, spiegelte sich das blanke Entsetzen in ihren Augen.

»Simone?«

Sie reagierte nicht, stand nur regungslos da und zitterte am ganzen Leib.

Zögernd hob er die Nachricht auf. »Betreff: Großfahndung«, las er. »Ippstein entführt und ermordet Daniel auf der Flucht. Grüße Doppler.«

»Daniel!«, wimmerte sie.

»Aber …«

Und wieder: »Daniel!« Diesmal lauter, klagender.

»Aber was hat das zu bedeuten?«, forschte er nach.

»Was das zu bedeuten hat?«, schrie sie hysterisch. Tränen liefen über ihre Wangen. »Daniel ist tot! Kapierst du es denn nicht? Lisa hat ihn umgebracht! Hier steht es doch, schwarz auf weiß!«

»Mein Gott!« Beinholtz nahm sie tröstend in die Arme. »Ich weiß nicht, was ich sagen soll. Es tut mir schrecklich leid. Wie konnte das passieren?«

Simone stieß ihn grob weg. »Steh nicht untätig herum!«, fauchte sie wütend. »Los, pack die Koffer! Wir nehmen den nächsten Flieger!«

8

Der Vernehmungsraum war klein, und es gab keine Fenster. Die Neonröhren an der Decke sonderten ein unnatürlich grellgelbes Licht ab, das Albert blendete. Seine Augen brannten wie Feuer. Er hatte lediglich drei Stunden geschlafen und fühlte sich wie ein alter Putzfetzen. Ausgelaugt und zerschlissen. Nur ein mattes *Fuck* war ihm über die Lippen gerutscht, als man ihn neuerlich hierher verfrachtet hatte.

Man wollte ihm Böses. Anders konnte er es sich nicht erklären, weshalb man ihm immer wieder dieselben stereotypen Fragen stellte. Ganz zu schweigen von dem hygienischen Desaster! Wenn er an die Toilette in seiner Zelle dachte, wurde ihm speiübel. Dass man ihm verboten hatte, sie zu reinigen, war mit Sicherheit eine ihrer perfiden Strategien, mit denen sie ihn zu zermürben versuchten. Die übelsten Foltermethoden waren das, wie im tiefsten Mittelalter!

Zerknirscht schob er den Schirm seiner Kappe zur Seite und wischte mit dem Ärmel über die zerkratzte Tischplatte. Es war hoffnungslos. Ohne *Cif* würde er sie nie zum Glänzen bringen.

Der Polizist, der neben der Tür stand, starrte ihn unaufhörlich an, sagte aber keinen Ton. Die ganze Zeit über. Weshalb kamen sie nicht zur Sache? Wenn ihnen die Fragen ausgegangen waren, was sprach dagegen, ihn gehen zu lassen? Unruhig wetzte Albert auf dem wackeligen Holzstuhl herum und spielte kurz mit dem Gedanken, einfach aufzustehen und davonzulaufen. Zu Hause gab es mehr als genug für ihn zu tun. Bei dem Chaos, das die Kriminalbeamten angerichtet hatten, würde er gut und gerne zwei Tage mit den Aufräumungsarbeiten beschäftigt sein. Himmel! Er durfte gar nicht daran denken.

Die Tür flog auf und dieser abstoßend schmuddelige Mensch stürmte ins Zimmer.

»Ich bin herrlich ausgeschlafen. Und Sie, Herr Nuhr?«, fragte Bezirksinspektor Doppler vergnügt, während er schwungvoll Platz nahm und sich eine fettige Haarsträhne aus der Stirn strich.

»Nein, fuck!«, murrte Albert. Es war an der Zeit, die skandalösen Zustände offen anzusprechen. »Die lassen mich nicht schlafen, he. Und das Klo stinkt zum Himmel, shit!«

»Tatsächlich?«

»Ja, Alter.«

Doppler setzte eine Anteil nehmende Miene auf. »Das tut mir furchtbar leid, Herr Nuhr. Ich entschuldige mich in aller Form, für die Umstände, die wir Ihnen bereiten.« Er war ein grandioser Schauspieler, der alle Register zog, wenn es darum ging, einem Verdächtigen ein Geständnis zu entlocken. »Am besten, wir kommen gleich zur Sache, dann haben Sie die Unannehmlichkeiten schnell überstanden.« Aufmerksam kontrollierte er seine Fingernägel, kratzte da und dort eine Lage Dreck unter ihnen hervor und prüfte sie ein weiteres Mal. Er machte es spannend. »Also«, begann er nach einer Weile. »Ippstein ist tot, und Daniel Reichenbach hat ihn auf dem Gewissen. Du kennst ihn aus dem Irrenhaus. Das ist doch so, oder?«

»Ippstein?«

»Reichenbach!« Dopplers Lächeln versickerte. »Du warst mit ihm in einem Zimmer, stimmt's? Und dann kreuzt du in seiner Wohnung auf, und Ippstein verschwindet. Wenige Tage danach taucht auch Reichenbach unter, Ippstein stirbt, und du beseitigst vor der Haussuchung das ganze Beweismaterial.«

»Ich?« Für Albert war das ein bisschen viel auf einmal. Er hatte gleich zu Beginn den Faden verloren. Das war schon in der Schule so gewesen. Wenn ein Lehrer ständig auf ihn eingeredet hatte, war er nicht mehr in der Lage gewesen, sich zu konzentrieren. Sein Vater verzieh ihm heute noch nicht, dass er hochkant aus der HTL geflogen war, obwohl die für sein weiteres Leben sowieso bedeutungslos gewesen wäre. Alles, was er brauchte, hatte er später in der Hauswirtschaftsschule gelernt. Dort war er unter all den Mädchen der Geschickteste gewesen.

»Hörst du mir überhaupt zu?«, fauchte Doppler. »Ich rede mit dir! Wenn du die Sache hinauszögern willst, bitte. Ich habe jede Menge Zeit. Fangen wir also ganz von vorne an. Wo hast du Daniel Reichenbach kennengelernt?«

»Hab ich schon gesagt, Alter. Auf der Baumgartner Höhe, fuck!«

»Und weiter! Was habt ihr geplant, für die Zeit nach eurer Entlassung?«

»Nichts, echt.«

»Warum bist du dann bei ihm eingezogen?«

»Wegen meiner Alten, he. Sie wollte mich nicht in der Wohnung haben. Bitch! Dabei bin ich voll geheilt.«

»Ja, ja, das hatten wir bereits. Geheilt oder nicht, das interessiert mich nicht! Mir kannst du nichts vormachen. Ihr habt euren Aufenthalt im Irrenhaus genutzt, um Ippsteins Entführung zu planen. So war es doch, oder?«

Albert zeigte sich verwirrt. »Was? Hat Dan das gesagt?«

»Wir würden ihn ja gerne befragen«, mimte Doppler den Arglosen. »Wo können wir ihn denn erreichen, hm?«

»Keine Ahnung, Alter! Das hat er mir nicht verraten. Er ist einfach verschwunden. Am Freitag war das.«

»Und am Donnerstag? Nachmittags und abends? Hast du ihn da gesehen?«

»Nein. Da war ich nämlich selber nicht daheim, fuck.«

»Ah!« Doppler wurde hellhörig. »Und wo warst du, wenn ich fragen darf?«

»Bei meiner Schwester, he. Ein Mann hat schließlich Bedürfnisse. Hin und wieder braucht man ein bisschen Entspannung, motherfucker! Du verstehst, was ich meine.«

Doppler glotzte ihn groß an. »Mit deiner ... *Schwester*?«, stieß er empört hervor. Er war nahe daran, den Wachebeamten wegzuschicken, um effektivere Verhörmethoden zum Einsatz bringen zu können.

»Sicher. Hast du ein Problem damit?« Albert verstand die Welt nicht mehr. Was war dagegen einzuwenden, Kochrezepte auszutauschen? Das taten sie öfters.

Der Bezirksinspektor funkelte ihn drohend an. »Wir werden das überprüfen. Das ist dir hoffentlich klar! Wie heißt deine Schwester?«

»Ruth.«

»Ruth wie?«

»Einfach nur Ruth.«

Ruth Einfach-Nuhr, notierte sich der Bezirksinspektor. »Sie ist verheiratet?«

»Ja. Na und?«

»Sag bloß, ihr Mann hat nichts dagegen, dass ihr ...« Er unterbrach sich und holte tief Luft. »Egal! Zurück zum eigentlichen Thema. Du kannst also nicht bezeugen, wo sich Reichenbach am Donnerstag aufgehalten hat?«

»Nein, shit. Keinen Schimmer, was er getrieben hat.«

»Nun, das ist leicht zu beantworten. Er hat Ippstein abgeknallt.«

Alberts Aufnahmefähigkeit war restlos erschöpft. »Wen?«

»Jonas Ippstein, der Brauereibesitzer! Spiel nicht den Volltrottel! Er wurde umgebracht.«

»Der Volltrottel?«

»Ippstein!«, brüllte Doppler und verbarg seine nach Gewalt lechzenden Hände hinter seinem Rücken. »Ippstein wurde umgebracht!«

»Von wem, he?«

Bebend wandte sich der Bezirksinspektor an den Beamten, der noch immer regungslos neben der Tür stand. Sein rechter Mundwinkel zuckte besorgniserregend. »Lassen Sie mich mit ihm allein!«, zischte er.

»Bedaure, aber das darf ich nicht«, sagte der Polizist, ohne sich von der Stelle zu rühren.

»Wer sagt das?«

»Anordnung von oben. Ich darf Sie und den Verdächtigen nicht aus den Augen lassen.«

»Ich kann mir beim besten Willen nicht vorstellen, weshalb«, flötete Doppler. Sein Versuch, wie ein neugeborenes Kälbchen mit den Augen zu klimpern, scheiterte.

»Man befürchtet, es könnte zu unkonventionellen Verhörpraktiken und in weiterer Folge zu einem Presseecho kommen, das den Ruf der Exekutive nachhaltig schädigt.«

»Man?« Doppler starrte den Mann an. Seine Wut keimte neuerlich auf. Als Referatsleiter musste er sich solche Frechheiten nicht bieten lassen. »Wissen Sie überhaupt, mit wem Sie sprechen, Sie kleiner, nichtsnutziger Wichtigtuer? Wie ist Ihr Name?«

»Inspektor Scherz.«

»Wie?« Unverzüglich zog der Bezirksinspektor die Notbremse. »Scherz? … Tja, wenn das so ist, ähm, dann, hm, nichts für ungut … Nun, ich denke, wir haben uns eine kleine Pause verdient, was meinen Sie?« Er stand auf und klopfte dem Beamten matt auf die Schulter. »Wir machen später weiter. Und grüßen Sie Ihren Onkel herzlich von mir!«

Als Doppler den Raum verlassen hatte, überlegte Inspektor Scherz, woher dieser Kriminalbeamte seinen Onkel kannte. Und vor allem welchen. Den Bestattungsunternehmer, oder den Baumeister.

*

Etwa zur selben Zeit, in der Neubaugasse im 7. Bezirk, saß Peter Tenker gerade beim Frühstück. Obwohl er die vergangene Nacht durchgearbeitet hatte, fühlte er sich kein bisschen müde. Seine Euphorie hielt ihn wach. Seine innere Anspannung putschte ihn auf, wie erstklassiges Koks. Das Schicksal meinte es neuerdings gut mit ihm und bescherte ihm eine Glückssträhne ungeheuren Ausmaßes.

Glück war eigentlich nicht das richtige Wort, korrigierte er sich. Seinen Aufschwung hatte er in erster Linie seinem Ideenreichtum zu verdanken, seinem Mut und, wenn er ehrlich war, auch Ludwig Kuhsteigers Hartnäckigkeit. Dazu kam, dass sich das Interesse der Polizei auf einen anderen Verdächtigen, diesen Reichenbach, konzentrierte, was ihn weitgehend aus der Schusslinie nahm.

Ein wenig würde er sich noch gedulden müssen, bis er alles unter Dach und Fach gebracht hätte und auf Nimmerwiedersehen in wärmere Gefilde abdampfen konnte. Der einzige Wermutstropfen in einer sonst perfekt ablaufenden Dramaturgie, denn Geduld zählte nicht gerade zu seinen Stärken. Am liebsten hätte er das Rad der Zeit nach vorn gedreht, die große Fast-Forward-Taste des Universums gedrückt und sich flugs in die Zukunft katapultiert, so aufgeregt war er. Doch es gab noch einiges zu tun, und das erledigte sich leider Gottes nicht von selbst.

Zum x-ten Mal breitete Tenker die Fotos vor sich aus und zum x-ten Mal stellte er zufrieden fest, dass er sie ausgesprochen gut hingekriegt hatte. Die letzten waren zwar aufgrund des düsteren Lichts ein bisschen unscharf geworden, die wesentlichen Details aber immer noch deutlich zu erkennen. So deutlich, dass ein gewisser Jemand nicht umhinkommen würde, eine horrende Summe für die Negative hinzublättern.

Wenn sein Plan aufging, und davon war Tenker mittlerweile felsenfest überzeugt, hatte er es im Grunde gar nicht nötig, weiterhin Bücher zu veröffentlichen. Das Geld sollte auch so reichen, das Leben fernab der heimischen Exekutive in vollen Zügen zu genießen. Trotzdem hatte er es sich nicht nehmen lassen, die unglaubliche Entführungsstory für den Beinholtz-Verlag aufs Band zu sprechen. Da und dort mit kleineren Veränderungen selbstverständlich, damit man ihm später aus seinem Insiderwissen keinen Strick drehen konnte.

Bester Laune schob er die Audio-Kassette in einen der beiden vorbereiteten Umschläge, die brisanten Fotos steckte er in den anderen. Doch bevor er die Briefe auf die Post und damit den Stein ins Rollen brachte, wollte er eine weitere Angelegenheit regeln, die ihm außerordentlich am Herzen lag.

Tenker nahm das Telefonbuch zur Hand und schlug eine Nummer nach.

*

»Ah, Herr Bezirksinspektor, gut dass Sie kommen!« Dr. Feuersturm wandte sich von Mag. Kleist ab, mit dem er angeregt getuschelt hatte, und blickte Doppler erwartungsvoll an. »Ist es Ihnen gelungen, aus diesem Albert Nuhr etwas herauszukriegen?«

»Ja, das heißt, eigentlich nein. Der Bastard markiert den Unzurechnungsfähigen.«

»Für mich stellt sich die Frage, ob er nicht tatsächlich unzurechnungsfähig ist«, warf Kleist ein. »Immerhin befand er sich über Wochen in psychiatrischer Behandlung.«

Doppler winkte entschieden ab. »Das war bloß eine Finte, Teil seines Plans. Der Kerl ist schlauer, als er tut. Aber keine Sorge. Lange hält er nicht mehr durch. Es ist nur eine Frage der Zeit, bis er zusammenbricht und ein Geständnis ablegt.« Seine Kollegen sahen ihn zweifelnd an.

»Tut mir leid, aber ich kann Ihre Meinung beim besten Willen nicht teilen«, sagte Mag. Kleist schließlich. »Nach meiner Einvernahme kam ich zu dem Schluss, dass er mit der ganzen Sache nichts zu tun hat. Vergessen Sie eines nicht: *Er* war es, der uns auf die Beweisstücke in den Mülltonnen aufmerksam machte.«

»Ha! Da müssen Sie aber noch viel lernen!« Doppler bedachte ihn mit einem mitleidigen Lächeln. »Das war doch nur ein Trick! Klar, dass er unter Druck seinen Komplizen belastet. Wenn Sie erst einmal so lange dabei sind wie ich, kennen Sie diese Typen in- und auswendig.« Erwartungsvoll spähte er zu Dr. Feuersturm, der grübelnd am Fensterbrett lehnte.

»Ich denke, Kleist hat Recht«, sagte dieser knapp.

»Na bitte.« Der Bezirksinspektor nickte zufrieden und nahm hinter seinem Schreibtisch Platz. Augenblicklich sprang er wieder auf. »Wie? Was? Aberaberaberaber ...«

»Doppler, so überlegen Sie doch! Was können wir ihm vorwerfen? Haben Sie einen Beweis für seine Mittäterschaft? Einen einzigen?«

»Hören Sie, das liegt doch auf der Hand. Mein Instinkt sagt mir ...«

»Auf der Hand liegt, dass wir ihm nichts nachweisen können«, stellte Dr. Feuersturm mit eiserner Miene fest.

»Nein!« Doppler wollte es nicht wahrhaben. »Geben Sie mir eine Stunde alleine mit diesem Nuhr, und ich lege Ihnen ein unterschriebenes Geständnis vor!«

»Keine Widerrede. Ich bin nicht bereit, die Verantwortung zu übernehmen, wenn ein psychisch Kranker in einem physisch desolaten Zustand die Bundespolizeidirektion verlässt. Ich werde seine Freilassung anordnen.«

»Eine *halbe* Stunde«, bettelte der Bezirksinspektor. »Geben Sie mir nur eine halbe Stunde!«

»Nein, Doppler. Keine halbe Minute!« Dr. Feuersturm ließ nicht mit sich verhandeln. »Ab sofort legen wir unser Hauptaugenmerk darauf, Daniel Reichenbach zu verhaften. Und das möglichst schnell, bevor seine Schwester heimkehrt und uns den Laden auseinandernimmt. Ich werde mit dem Innenminister reden. Vielleicht stellt eine großzügige Belohnung genügend Anreiz für die Bevölkerung dar, uns Hinweise zu geben. Und Herr Kollege«, kritisch musterte er seinen Mitarbeiter von oben bis unten, »tun Sie mir den Gefallen und wechseln Sie bei Gelegenheit Ihre Krawatte! Und wenn Sie schon dabei sind, ein frisches Hemd wäre ...« Das Läuten des Telefons hielt ihn davon ab, näher auf Dopplers niedrige Hygienestandards einzugehen.

»Da möchte jemand den Chef der Untersuchungen in der Causa Ippstein sprechen«, verkündete Mag. Kleist, der abgehoben hatte.

»Das bin ich! Das bin ich!«, rief der Bezirksinspektor aufgeregt, nur für den Fall, dass es einer der Anwesenden vergessen hatte. Energisch wies er Kleist an, das Gespräch auf seinen Apparat durchzustellen. »Hier spricht Kurt Doppler, der Leiter des Referats 1, Kriminaldirektion 1«, meldete er sich, wobei ihm Feuersturms Augenrollen nicht entging.

»Sie suchen Daniel Reichenbach?«, schnarrte eine Stimme aus dem Hörer. »Ich kann Ihnen sagen, wo er sich aufhält.«

»Wer spricht denn da?«

»Das tut nichts zur Sache. Wollen Sie den Mann oder nicht?«

»Ja, sicher!« Doppler kramte einen Block aus der Lade und begann, wie wild Notizen zu machen. Die Erregung stand ihm ins Gesicht geschrieben. Die Erregung und ein Anflug von leichtem Wahnsinn. »Und woher haben Sie diese Informationen?«, fragte er zwei abgebrochene Bleistiftspitzen später.

»Ich weiß es eben. Das sollte genügen.«

»Und, hm, Sie wollen Ihren Namen bestimmt nicht nennen?«

Das eintönige Tuten in der Leitung gab eine klare Antwort.

Langsam ließ Doppler den Hörer sinken. Er konnte es kaum fassen. Er hatte soeben den Jackpot geknackt! Er hatte das große Los gezogen! Nun war seine Karriere nicht mehr aufzuhalten! Die Flut an Erkenntnissen begann, sich in seinem Kopf immer schneller zu drehen. Sein Mund stand sperrangelweit offen. Speichel lief über sein Kinn und tropfte auf den Schreibtisch. Als er sich hölzern erhob, verformte sich sein Mund zu einem triumphierenden Grinsen.

»Es sieht so aus, als hätten wir diesen Reichenbach«, schnatterte er schließlich los. »Ich meine, wir könnten ihn bald haben. Also, wir könnten ihn bald haben, wenn das stimmt, was der anonyme Anrufer gesagt hat und, hm … Ich meine, und wenn Reichenbach noch dort ist, wo er sein sollte, laut den Angaben des anonymen Anrufers …« Doppler geriet völlig aus dem Häuschen. Eine Hitzewelle rollte durch seinen Körper und trieb ihm den Schweiß aus den Poren. Mit einer fahrigen Handbewegung wischte er sich sein Kinn ab. »Wenn er also noch dort ist, wenn wir eintreffen, wo der anonyme Anrufer gesagt hat, dass er ist … Nein«, er schüttelte den Kopf und begann von Neuem, da er fürchtete, sich vielleicht nicht ganz verständlich ausgedrückt zu haben. »Der anonyme Anrufer hat gesagt, dass wir dorthin kommen sollen, wo Reichenbach steckt oder war, als er vom anonymen Anrufer gesehen wurde, und hoffentlich noch ist, wenn wir dort hinkommen, wo der anonyme Anrufer gesagt hat.«

»Ja, und wo soll das nun sein?«, ging Dr. Feuersturm ein wenig zu laut dazwischen. Einmal mehr machte er sich ernsthaft Sorgen, ob sein Vorschlag, ausgerechnet Doppler zum interimistischen Leiter des Referats zu bestellen, nicht zu gewagt gewesen war. »Wenn Sie wissen, wo Reichenbach untergetaucht ist, dann nichts wie hin! Worauf warten Sie?«

»Ich erachte es als sinnvoll …«, begann Mag. Kleist.

Feuersturm nickte. »Ja, ja, das sehe ich auch so. Begleiten Sie ihn. Wir sollten kein Risiko eingehen.« Nicht noch eines, dachte er.

*

Das Trainingsprogramm *Kampf im Gelände* hatte Ruhe in der alten Sargfabrik einkehren lassen. Das Geschehen war in den Wald hinter der Kreuzbühelwiese verlegt worden, in dem die Mitglieder der *Treuen Heimatfront* den halben Tag lang Nahkampftechniken mit soviel Ehrgeiz und ohne Rücksicht auf Verluste geübt hatten, dass sich Kommandant Friedrich aus Sorge um den Gesundheitszustand seiner Kämpfer gezwungen sah, den Gefechtsdienst vorzeitig abzubrechen und seine Truppe zurück ins Hauptquartier zu beordern.

Nachdem diverse Prellungen und Platzwunden notdürftig versorgt waren, fand man sich im Bürotrakt zur politischen Bildung zusammen. In seinem mitreißenden Referat »Der korrekte Umgang mit parasitären Ausländern und ihren Institutionen im Interesse der Aufrechterhaltung eines gesunden Erbguts«, das auf den brillantesten soziologischen und medizinischen Dissertationen des Dritten Reichs basierte, bot Friedrich einen repräsentativen Querschnitt aus der Vielfalt wirkungsvoller Sanktionen gegen fremdländische Einrichtungen und Kulturgruppen. Sichtlich gerührt nahm er die überschwängliche Begeisterung seiner Männer zur Kenntnis, als er zum Abschluss Fotos herumgehen ließ, auf denen in Schutt und Asche gelegte Kebabstände und mit deutschnationalen Parolen beschmierte Gebetshäuser zu sehen waren. Der Enthusiasmus seiner Jungs kannte keine Grenzen und erfüllte ihn mit Stolz und tiefster Zuversicht. Das Funkeln in ihren Augen war die Bestätigung dafür, dass er sich auf dem richtigen Weg befand. Seit nunmehr 53 Jahren, und er würde ihn entschlossen bis zum Endsieg fortsetzen.

Daniel Reichenbach stand erst am Anfang seines Wegs. Eines neuen Wegs. Er hatte im Laufe seines Lebens bereits viele eingeschlagen, aber nur in den seltensten Fällen gemeistert.

Als er aus seinem Dämmerzustand erwachte, war alles anders. Der ihm eigene Überlebenstrieb hatte sich aktiviert und das Kommando an sich gerissen. Seine Lethargie, seine Antriebslosigkeit waren verschwunden. Daniel erkannte, dass er nicht länger bleiben konnte. Er musste sein Schicksal in die Hand nehmen, ehe es zu spät war. In diesem Augenblick hätte er alles dafür gegeben, daheim bei Albert zu sein und dem Dröhnen des Staubsaugers zu lauschen oder die stimulierenden Dämpfe der Reinigungsmittel zu inhalieren. Hier aber, in diesem finsteren Kellergewölbe, gab es keine Zukunft für ihn. Früher oder später, wusste er, würde er elendiglich zugrunde gehen, wie eine Ratte in der Falle. Vermutlich früher, präzisierte er seinen Gedanken, denn das bisschen Wasser, das die zwei Fremden zurückgelassen hatten, war längst verbraucht und die eisige Kälte zehrte ihn zunehmend aus.

Daniel setzte sich in Bewegung. Auf allen vieren kroch er auf die gegenüberliegende Mauer zu und zwängte sich durch das Loch. Der Gang dahinter war schmal, vielleicht knappe eineinhalb Meter, und so niedrig, dass er den Kopf einziehen musste. Vorsichtig tastete er sich entlang der rauen Wände voran, etwa 50 Schritte, schätzte er, über den holprigen Erdboden immer geradeaus, dann nach einem scharfen Rechtsknick noch einmal doppelt so weit, bis ihm ein massives Hindernis den Weg versperrte. Eine Ziegelmauer, stellte er fest, direkt vor ihm.

Der Schreck kam mit Verzögerung und betäubte ihn. Für ein paar Sekunden wagte er nicht, sich zu bewegen. Hatte er etwas übersehen? Eine Abzweigung vielleicht, einen Seitenschacht, eine versteckte Tür … Nein, da war nur dieser eine Tunnel gewesen.

Daniel stutzte. Irgendetwas stimmte hier nicht, realisierte er. Es musste einen Ausgang geben! Wenn das eine Sackgasse war, wo bitteschön waren dann die beiden Männer geblieben? Sie konnten sich ja schlecht in Luft aufgelöst haben!

Wie wild begann er, gegen die Mauer zu hämmern. Zentimeter für Zentimeter klopfte er sie ab, von oben nach unten, von links nach rechts. Nichts. Keine Nische, kein verborgener Hohlraum und schon gar kein Hebel, der eine geheime Pforte geöffnet hätte.

Angst flackerte auf und entwickelte sich rasch zu einem Flächenbrand. Seine letzten Hoffnungen gingen lodernd in Flammen auf. Panisch rang er nach Luft. Die beklemmende Enge des Schachts legte sich wie eine Schlinge um seinen Hals und zog sich immer fester zu. Er fühlte, wie die Wände näherkamen, wie sie millimeterweise heranrückten, um ihn langsam aber sicher zu zermalmen. Röchelnd sackte er zusammen. Das war sein Ende. Unwiderruflich. Das hier war sein Grab.

Ein ohrenbetäubender Knall ließ ihn hochfahren. Sein Kopf krachte hart gegen die Decke. Ein zweiter Schuss detonierte. Direkt über ihm. Dann noch einer.

*

Die dritte Kugel durchschlug die Windschutzscheibe und pfiff so nahe an Dopplers linkem Ohr vorbei, dass er den Luftzug spürte.

»Vorsicht!«, schrie er und warf sich zur Seite, wo sein Kopf mit dem von Mag. Kleist kollidierte. »Der Arsch schießt auf uns!«

»Ich hab's bemerkt«, stöhnte Kleist. Auf seiner Stirn wuchs in Windeseile eine Riesenbeule. »Die Situation stellt sich für uns einigermaßen ungünstig dar, so ganz ohne Deckung«, brachte er die prekäre Lage auf den Punkt. Dann versuchte er abzuwägen, welches Übel ihm mehr zu schaffen machte. Unter Beschuss eines Schwerverbrechers zu stehen oder der scharfe Mundgeruch seines Vorgesetzten, der ihm stoßweise in die Nase fuhr.

»Wir müssen etwas unternehmen«, hauchte der Bezirksinspektor einer plötzlichen Eingebung folgend.

»Und zwar?«

»Sie könnten aussteigen und mit dem Typen verhandeln.«

Kleist glotzte ihn entgeistert an. »Das meinen Sie nicht ernst, oder? Ich spiele doch nicht die Zielscheibe für Sie!«

Doppler hatte es nicht ernst gemeint. Trotzdem gefiel ihm die Vorstellung, und es bereitete ihm eine gewisse Befriedigung, den jungen Wichtigtuer endlich aus der Reserve zu locken. »Also, worauf warten Sie?«, hakte er nach.

»Auf die Vorbildfunktion meines Vorgesetzten«, erwiderte Kleist. Er dachte nicht im Traum daran, für den Bezirksinspektor die Kastanien aus dem Feuer zu holen, wobei er Kastanien als Sinnbild verstand, ganz im Gegensatz zum Feuer. »Das alles ist ja wohl nicht meine Schuld, oder?«

»Aha? Und wessen Schuld ist es dann?« Doppler fletschte die Zähne. »Sie wollen doch hoffentlich nicht andeuten …«

»Wenn ich mich recht erinnere, war *ich* es, der auf die außergewöhnlichen Umstände hingewiesen hat.«

»Ach ja?«

»Hätte ich Sie nicht darauf aufmerksam gemacht, Ihnen wäre nicht einmal aufgefallen, dass die Zufahrtsstraße fein säuberlich vom Schnee geräumt wurde. Als wollte man uns geradezu einladen, blindlings ins Verderben zu rennen.«

»Ach ja?«

»*Ich* habe jedenfalls nicht verächtlich gelacht und diese Tatsache einfach ignoriert.«

»Ach ja? Jetzt sage ich Ihnen etwas.« Doppler rümpfte trotzig die Nase. »Wer bei der Polizei arbeitet, muss hin und wieder mit Unannehmlichkeiten rechnen. Wenn Ihnen das nicht behagt, suchen Sie sich besser einen anderen Job. Bei der Post zum Beispiel. Dort ist man in der glücklichen Lage, anderen Unannehmlichkeiten zu bereiten.« Das wusste er aus eigener schmerzlicher Erfahrung. Als er einmal bei einem Versandhaus eine Sexpuppe mit sage und schreibe acht lebensechten Funktionen bestellt hatte, war diese nie angekommen.

Einige Sekunden starrten sie einander böse an. Der Bezirksinspektor war der Erste, der blinzelte.

»Und was gedenken Sie nun zu unternehmen?«, forderte Kleist eine rasche Entscheidung.

»Na, was wohl?« Doppler gab sich betont lässig. Einen Mann mit seiner Erfahrung konnte nichts erschüttern. »Notfalls hungern wir den Kerl aus. Ich bin schon mit ganz anderen Typen fertig geworden. Mit richtig schweren Burschen.«

»In welche Kategorie würden Sie Reichenbach einordnen?«

Wieder krachte ein Schuss, und das Projektil bohrte sich über Dopplers Rücken in den Fahrersitz.

»Vor allem interessiert mich, wie es Ihnen bisher gelungen ist, gegen die richtig schweren Burschen am Leben zu bleiben«, stichelte Kleist. »Ich schlage vor, den Rückzug anzutreten und Verstärkung anzufordern.«

»Lächerlich!« Mit einer abfälligen Handbewegung wischte der Bezirksinspektor Kleists Vorschlag beiseite. »Zwei Kriminalbeamte und ein Irrer: Auf wen würden Sie setzen?«

Die Detonation einer Handgranate erschütterte das Fahrzeug. Splitter regneten auf das Wagendach und durch die geborstene Windschutzscheibe.

»Auf den Irren«, machte Mag. Kleist seine Wette.

»Hören Sie, Sie tun, was ich sage!« Dopplers Stimme klang kratzig. »Hier bestimme immer noch ich! Wir treten den Rückzug an und holen Verstärkung! Haben Sie mich verstanden? Der Wahnsinnige ist bewaffnet wie eine ganze Armee!«

*

Zu allem bereit und ausnahmsweise nüchtern hatten Lerch und Haberfeld das Feuer aus der Pförtnerloge eröffnet. Ein zweites Mal wollten sie sich nicht übertölpeln lassen und sich zum Gespött ihrer Kameraden machen, denn schließlich waren sie die Elite, die

Crème de la Crème des Wachdiensts sozusagen, zu deren vorrangigen Aufgaben es zählte, kompromisslos alle Investoren – oder waren es Invasoren gewesen? Egal! – zu stoppen. Das galt folglich auch für jenen dunklen Wagen, der sich der Fabrik im Schritttempo genähert hatte. Als er bis auf 70 Meter herangekommen war, hatte Lerch kurzerhand losgeballert.

Herrn Wosczynski ging es gar nicht gut. Er war ein Schatten seiner selbst. Müde und abgeschlafft. Weiße Bartstoppeln standen ihm am Kinn, seine Wangen waren eingefallen, seine Augen blutunterlaufen. Ein unangenehm stechender Schmerz strahlte von seinem Herzen aus und zog sich bis in den linken Oberarm.

Den dritten Tag steckte er hier nun fest, inmitten jugendlicher Rowdys, die seiner Ansicht nach alles mögliche waren, nur nicht die viel gepriesene Zukunft dieses Landes, wie Hermann ihn glauben machen wollte. Seit er mit der *Treuen Heimatfront* in die Fabrik eingerückt war, wurde er das Gefühl nicht los, dass etwas auf ihn zukam, das die Wahrscheinlichkeit, einen ruhigen, beschaulichen Lebensabend im trauten Heim zu verbringen, drastisch reduzierte. Und das Gefühl wurde immer stärker. Er war in ein Harakiri-Unternehmen geraten, aus dem es kein Zurück gab.

Am Morgen hatte er noch einen schwachen Versuch gestartet, sich davonzumogeln. Er müsse zur Arbeit, war er nach dem Frühstück an Hermann herangetreten. Er habe ganz vergessen, sich den Montag freizunehmen. Der Kommandant hatte das natürlich nicht gelten lassen, irgendetwas von *Mitgefangen, mitgehangen* gefaselt und dass man Prioritäten setzen müsse. Was wohl wichtiger sei, die Neugestaltung der Heimat oder eine triviale Buchhaltertätigkeit in der Bank? Er solle dort gefälligst anrufen und sich krankmelden.

Herr Wosczynski hatte es tatsächlich getan. Um der alten Freundschaft willen, doch es war unverkennbar, dass sie längst hässliche Kratzer abbekommen hatte. Zwischen ihm und Hermann war eine spürbare Distanz entstanden. Eine eisige Kälte, die der Temperatur im Verwaltungstrakt der Sargfabrik um nichts nachstand.

Der Kommandant schenkte ihm keine Beachtung. Er lehnte am Fenster und blickte in den Hof, wo sein Gefolge, emsig wie die Ameisen, zwischen der Lagerhalle und dem Eisentor hin- und herflitzte, Särge ankarrte und sie im Halbkreis um die Einfahrt aufstapelte.

»Bin mächtig stolz auf die Burschen!«, kommentierte er das rege Treiben. »Können kräftig anpacken, wenn es darauf ankommt.«

»Auf wen haben die eigentlich geschossen?«, fragte Herr Wosczynski müde und ließ sich hinter dem Schreibtisch nieder.

»Spielt das eine Rolle?« Die Antwort kam schnell und barsch. »Irgendwelche Eindringlinge. Werden so rasch nicht wiederkommen. Sind davon, wie die Ratten vom sinkenden Schiff, har, har!«

Im Gegensatz zu uns, dachte der Obmann der Bürgerwehr gegen Drogen, Kriminalität und Kulturschande. Sie waren gerade dabei, jämmerlich abzusaufen. »Das wird nicht ohne Folgen bleiben«, flüsterte er.

Hermann drehte sich abrupt um. »Wäre enttäuscht, wenn es ohne Folgen bliebe! Meine Männer haben die Chance verdient, sich im Kampf zu bewähren.«

»Das heißt?«

»Gehe davon aus, dass in Kürze die Polizei hier aufkreuzt.«

Herr Wosczynski nickte betrübt. »Ja, das befürchte ich allerdings auch.«

»Befürchten?« Hermann packte ihn an der schmerzenden Schulter. »Habe darauf gewartet, dass das passiert! Werden die Hosenscheißer das Fürchten lehren! Korrupte Bullen, Handlanger einer kriminellen Regierung! Wird Zeit, dass alle erfahren, wo's langgeht!«

Herr Wosczynski hatte so eine Ahnung, wo es langgehen würde, entschloss sich aber, seine Befürchtungen für sich zu behalten.

Stiglitz stürzte im Laufschritt herein und nahm zackig Haltung an. »Habe Barrikadenbau überwacht«, meldete er salutierend. »Sind soweit fertig. Befürchte allerdings, dass die Särge einem Dauerbeschuss nicht standhalten werden.«

»Befürchten!«, brauste der Kommandant auf. »Alle *befürchten* hier! Memmen! Nehmt euch ein Beispiel an den Jungs da draußen! Ein bisschen mehr Selbstvertrauen, Kameraden, wenn ich bitten darf!«

»Stiglitz hat Recht«, warf Herr Wosczynski ein. Für einen kurzen Moment sah er sich im Aufwind. »Wenn ich etwas vorschlagen dürfte. Wir, äh, ziehen uns vom Fabrikgelände zurück, warten, bis der Feind aufmarschiert, und fallen ihm dann in den Rücken.« Es war ein verzweifelter Versuch, dem drohenden Gemetzel zu entrinnen. Sobald er erst einmal draußen war, wollte er sich klammheimlich aus dem Staub machen.

Sein Plan stieß auf wenig Begeisterung. »Papperlapapp!«, donnerte der Kommandant. »Werden keinen Zentimeter weichen. Habe vor, unsere Stellung bis zum bitteren Ende zu verteidigen! Wie können wir den Wall verstärken, Stiglitz?«

»Habe hinten an der Mauer Grababdeckungen aus Granit entdeckt. Lagern auf einer Palette.«

»Ausgezeichnet! Werden sie vor den Särgen aufbauen. Der Feind soll sich ruhig daran die Zähne ausbeißen! Los, alles mir nach!«

Immer zwei Stufen auf einmal nehmend, eilte Friedrich nach unten. Herr Wosczynski hatte Mühe, mit ihm Schritt zu halten. Als er im Hof ankam, rang er nach Luft. Ihm war speiübel.

»Holen Sie sich zwei Mann und schaffen Sie die Dinger nach vorn!«, befahl der Kommandant.

»Dauert zu lange«, meinte Stiglitz unschlüssig. »Sind verflucht schwer.«

»Dann nehmen Sie den LKW und hängen Sie das Abschleppseil an die Palette. So müsste es funktionieren.«

Und es funktionierte tatsächlich. Wenig später tuckerte der Mannschaftstransporter mit den Granitplatten im Schlepptau über den schneebedeckten Asphalt.

»Eine wahre Freude, den Buschen zuzusehen!«, strahlte Friedrich, als mit lautem Ho-Ruck die Platten abgeladen und in die richtige Position gebracht wurden. »Legen einen Feuereifer an den Tag.«

Mit wachsender Verzweiflung musste Herr Wosczynski mit ansehen, wie ihm seine letzte Fluchtmöglichkeit Stück für Stück verbaut wurde. Links außen, neben der Pförtnerloge, war noch ein kleiner Durchgang frei. Wäre er jetzt losgelaufen …

»Männer, ich will keine großen Reden halten«, ertönte Friedrichs Stimme, und ihr Echo hallte zwischen den beiden Ziegelbauten eindrucksvoll wider. »Ihr wisst, was auf euch zukommt, und ihr wisst, was ich von euch erwarte! Einen erbitterten Kampf bis zum allerletzten Blutstropfen! Für unser Vaterland! Für das deutsche Volk! Heil der Treuen Heimatfront! Wir sind bereit, der Feind kann kommen!«

»Ich glaube, das tut er schon«, hauchte Herr Wosczynski und deutete nach vorne zur Hauptstraße, wo in der hereinbrechenden Dämmerung Blaulicht aufflackerte.

9

»Einer? Was soll das heißen, *einer*?«, brüllte Major Rikkendorff vom Einsatzkommando COBRA, kaum dass er in aller Kürze über die Lage unterrichtet worden war. »Wegen *einer* lächerlichen Witzfigur wagen Sie es, uns anzufordern?«

Bezirksinspektor Doppler trat verlegen von einem Fuß auf den anderen. »Tja«, murmelte er kaum hörbar. »Er hält sich in der alten Sargfabrik verschanzt. Es ist unmöglich, an ihn heranzukommen.«

»*Einer*!«, wiederholte der Major empört. »Sind Sie noch bei Trost? Ich rücke mit 20 meiner besten Männer aus, Männer, die jahrelang ausgebildet wurden, um Al Kaida-Terroristen das Handwerk zu legen, und dann kommen Sie mir mit so einer Lappalie? Glauben Sie allen Ernstes, wir hätten nichts Besseres zu tun?«

Mangels anwesender Al Kaida-Leute vermutlich nicht, dachte Doppler, sprach es vorsichtshalber allerdings nicht aus. Mit Unbehagen stellte er fest, wie sich der Unmut des Befehlshabenden auf dessen Einheit übertrug, und es war bei Gott kein angenehmes Gefühl, von 20 übel gelaunten, vermummten und bis an die Zähne bewaffneten Sonderbeamten umringt zu sein. Der einzige, von dem er Unterstützung hätte erwarten können, war Mag. Kleist, doch der saß in ihrem Dienstfahrzeug und gab laufend die neuesten Entwicklungen an Dr. Feuersturm durch.

»Was schlagen Sie vor?«, fragte Doppler zaghaft.

»Unglaublich!«, stieß Major Rikkendorff hervor, ohne auf die Frage einzugehen. »Seid ihr Kriminalheinis nicht in der Lage, einen einzelnen Mann zu überwältigen? Wo ist übrigens die Reichenbach?«

»Auf Urlaub.«

»Und wer hat bei euch jetzt das Sagen?«

»Also, hm, ich. Und Sie können mir glauben, ich komme ganz gut ohne sie zurecht.«

»Das sieht man!«, Rikkendorff schnaubte erbost. »Um wen geht es eigentlich?«

»Um den Entführer und Mörder von Ippstein. Ein außerordentlich gefährlicher Verbrecher. Gebärdet sich wie ein Verrückter. Hat uns unter Dauerbeschuss genommen, wirft mit Handgranaten um sich und so weiter.«

»Ein Verrückter, wie?« Verächtlich zog der Major durch die Nase auf und spuckte in den Schnee. Zwar hielt er sich und seine Mannen nach wie vor für überqualifiziert, kam aber zu dem Schluss, sich ausreichend bedrängt haben zu lassen. Letzten Endes waren kleinere Einsätze wie dieser hie und da ganz nützlich, um die exorbitanten Kosten zu rechtfertigen, die seine Sondereinheit verschlang. »Also dann, Männer«, richtete er sich an seine Truppe. »Schnappen wir uns den Kerl, bevor es dunkel wird, oder?«

Klar … Sicher … Keine Frage … Machen wir ihn fertig, tönte es gelangweilt zurück.

»Okay, wir gehen einfach rein und …«

»Halt, warten Sie!« Der Schrei kam von der provisorischen Absperrung an der Exelbergstraße. Ein Mann in einem grünen Lodenmantel war aus seinem Mercedes gesprungen und hetzte auf sie zu. »Ich muss mit Bezirksinspektor Doppler sprechen!«

»Wer ist der Kerl?«, fragte Major Rikkendorff.

Doppler sah ihn ratlos an. »Keine Ahnung«, sagte er.

Noch ehe der Unbekannte auf acht Meter herangekommen war, rissen ihn zwei Nahkampfspezialisten der COBRA zu Boden und bogen ihm die Arme auf den Rücken.

»Lassen Sie mich los! Dr. Feuersturm schickt mich. Ich soll mich hier beim verantwortlichen Einsatzleiter melden.«

Doppler trat einen Schritt vor. »Das bin ich«, bestätigte er mit stolzgeschwellter Brust. »Was wünschen Sie?«

»Mein Name ist Robora«, ächzte der Mann unter der Last der Sicherheitsbeamten. »Dr. Robora. Ich bin Psychiater. Ihr Vorgesetzter meint, ich könnte Ihnen helfen.«

»Mir? Weshalb?«

»Was soll das?«, fauchte Rikkendorff und fixierte den Bezirksinspektor argwöhnisch. »Verstehe ich das richtig? Sie brauchen einen Psychiater, der sich um Sie kümmert?«

»Was? Nein! Wo denken Sie hin?«

»Wenn sich herausstellt, dass wir bei dieser Scheißkälte ausgerückt sind, nur weil Sie unter Paranoia leiden ...«

»Wie kommen Sie auf diese Idee?« Doppler schüttelte wie wild den Kopf. »Ich habe nicht den leisesten Schimmer, weshalb Dr. Feuersturm ...«

»Wäre nicht das erste Mal, dass Polizisten wie Sie unter der nervlichen Belastung zusammenbrechen. Was soll der Mist von dem schwer bewaffneten Geisteskranken, der sich angeblich in der Sargfabrik verschanzt hält? Davon ist wohl kein Wort wahr, oder? Der einzige Wahnsinnige hier sind Sie!«

»Vielleicht kann ich das Missverständnis aufklären«, wimmerte Dr. Robora.

»Ich denke, es hat sich bereits aufgeklärt.« Rikkendorff wandte sich unverzüglich seiner Truppe zu. »Männer, wir rücken ab. Die psychische Betreuung von durchgeknallten Kollegen zählt nicht zu unserem Aufgabengebiet.«

»Moment!«, kreischte Doppler in hellster Aufregung. »Was erzählen Sie da? Das ist völlig absurd!«

»So lassen Sie mich die Sache doch erklären!«, flehte Dr. Robora. »Und sagen Sie um Himmels willen Ihren Leuten, dass sie von mir runtergehen sollen!«

Rikkendorff nickte kurz in Richtung der COBRA-Beamten, die sich daraufhin von ihrem Opfer zurückzogen.

»Ich habe im Radio gehört, dass Sie Daniel Reichenbach eines Mordes bezichtigen«, begann der Arzt, während er sich aufrappelte und seine Glieder zurechtbog. »Und ich sage Ihnen: Das ist unmöglich!«

»Unmöglich? Was? Dass wir ihn verdächtigen?« Doppler warf ihm einen abfälligen Blick zu.

»Nein, dass er einen Menschen getötet haben soll. Herr Reichenbach war bei mir in Behandlung. Ich kenne ihn in- und auswendig. Er ist absolut harmlos!«

»Oho! Harmlos, ja? Das Arschloch hat alles darangesetzt, mich und meinen Kollegen umzubringen, und Sie latschen hier an und erzählen, er sei harmlos?«

»Aber ja, das ist er!« Dr. Robora ließ sich nicht beirren. »Sehen Sie, Herr Reichenbach verabscheut jede Form von Gewalt. Er ist ein ausgesprochen zurückhaltender, scheuer Mensch. Hm, wie soll ich es erklären? Sie wissen, ich unterliege der ärztlichen Verschwiegenheitspflicht. Ich darf eigentlich gar nicht darüber sprechen, dass er unter einer psychotischen Angststörung mit alternierend klaustrophobischen und agoraphobischen Episoden leidet. Jede kleinste Belastung vermag, ihn aus der Bahn zu werfen.«

»Das kann ich allerdings bestätigen«, knurrte Doppler.

»Nein, Sie verstehen mich falsch. Ich meine, sein psychischer Zustand lässt in Stresssituationen kein logisches Denken zu«, versuchte es der Arzt anders.

»Das habe ich bemerkt. Genau deshalb können Sie die Behandlung dieses Falls getrost mir überlassen. Ich werde ihn mir vorknöpfen, dass ihm Hören und Sehen vergeht. Glauben Sie mir, Gewalttherapie ist mir durchaus ein Begriff!«

Der Psychiater schnappte verzweifelt nach Luft. »Gestalttherapie! Es heißt Gestalttherapie! Aber das tut nichts zur Sache. Wollen Sie es denn nicht begreifen? Aggressives Verhalten ist Herrn Reichenbach völlig fremd. Er neigt dazu, jeder Konfrontation aus dem Weg zu gehen. Denken Sie, ich hätte ihn sonst aus der Klinik entlassen?«

»Dann tragen also *Sie* die Verantwortung hierfür«, mischte sich Major Rikkendorff ein. Er hatte lange zugehört und den Arzt mit Kennerblick eingeschätzt. So sehr er diesen hysterischen Doppler verachtete, punkto Geisteskranker war er mit ihm einer Meinung. Sie der Obhut von Therapeuten anzuvertrauen, die bekanntermaßen kein bisschen normaler waren, als ihre Patienten, brachte genau gar nichts. Gesunder Menschenverstand war gefragt. Auch Schwachsinnige sollten nach ihren Möglichkeiten einen Beitrag zum Wohle der Gesellschaft leisten. Rikkendorff dachte dabei an Arbeitslager oder menschliches Material für Forschungszwecke. Was dabei herauskam, wenn man neunmalkluge Psychiater an Abnorme heranließ, zeigte die gegenwärtige Situation. »Hätten Sie diesen Mistkerl weiterhin weggesperrt, wäre uns der ganze Ärger erspart geblieben!«

»Herr Reichenbach war doch nicht weggesperrt! Und wer immer auf Sie geschossen hat, es muss ein anderer gewesen sein.«

»Unfug!«, stellte Doppler kategorisch fest. »Es gibt eindeutige Hinweise, dass es sich um den Gesuchten handelt.«

Rikkendorff hatte genug gehört. Seine Zeit war kostbar. »Wie auch immer«, kam er zu einer längst fälligen Entscheidung. »Männer, schafft den Doktor weg! Er hat hier nichts verloren. Und dann bringen wir die Sache hinter uns. Ich möchte zum Abendessen zu Hause sein.«

*

Wie zwei unheimliche Schatten tauchten die Gebäude der Sargfabrik vor der anrückenden Sondereinheit auf. Im Kontrast der schneebedeckten Kreuzbühelwiese und des sternenklaren Nachthimmels glichen sie den düsteren Mauern eines Spukschlosses.

»Es sieht verdammt ruhig aus«, bemerkte Major Rikkendorff und schnippte seine Zigarette aus dem Fenster. Er saß am Steuer des an der Spitze fahrenden Panzerwagens und fand, dass es an der Zeit war, wieder seine grimmig-überhebliche Seite hervorzukehren. »Jede Wette, dass sich dieser Reichenbach gleich anscheißen wird!«

Doppler beachtete ihn nicht. In seinem Kopf lief gerade ein Film ab. Einer, bei dem er nicht nur selbst Regie führte, sondern auch die Hauptrolle spielte. Die Handlung war simpel und bestand lediglich aus zwei Szenen. Die erste zeigte ihn, wie er unter Einsatz seines Lebens, bekleidet mit einem ärmellosen Feinripp-Shirt, Simones Bruder überwältigte, die nächste, wie er im Blitzlichtgewitter vom Innenminister persönlich einen Orden an die blutverschmierte Brust geheftet bekam. Auf der Leinwand, bemerkte er, sah er ein bisschen aus wie Bruce Willis.

»So wie sich mir die Sache darstellt, ist da gar keiner drinnen«, verkündete Rikkendorff. »Wahrscheinlich haben Sie sich die Geschichte doch nur eingebildet.«

»Passen Sie lieber auf!«, warnte ihn der Bezirksinspektor mürrisch. Er hatte die ewigen Sticheleien langsam satt. »Ich bin sicher, der Wahnsinnige wird jeden Moment losballern! Sie sollten ihn nicht unterschätzen. Auch wenn er alleine ist.«

»Lächerlich! Wir fahren da rein, greifen uns den Arsch und dann Feierabend. Mit Bomben und Granaten werden wir ihn aus seinem Versteck jagen! Ruckzuck!«

Die Handgranate detonierte etwa 30 Meter vor ihnen und veranlasste Rikkendorff zu einer Notbremsung.

»Wie war das mit Bomben und Granaten?«, lästerte Doppler.

»Sofort anhalten!«, brüllte der Major in sein Funkgerät. »Raus mit euch Jungs, verteilt euch im Gelände und geht in Deckung! Feuert, was das Zeug hält, macht den Kerl mürbe! Zeigt ihm, dass er es nicht mit Amateuren zu tun hat.«

Erneut war der unsichtbare Gegner schneller. Als die Männer in das kleine Wäldchen neben der Zufahrt huschten, ratterten die Sturmgewehre los. Rikkendorff, der die Fahrertür geöffnet hatte, um seiner Einheit im direkten Kampf Beistand zu leisten, warf sie augenblicklich wieder zu und zog es vor, wie Doppler unter dem Armaturenbrett in Deckung zu gehen.

»Was faseln Sie da?«, schrie er den Bezirksinspektor an. »Sie wollen allen Ernstes behaupten, dieser Drecksack wäre alleine dort drinnen? Wollen Sie mich verarschen? Das ist eine ganze Armee!«

»Das verstehe ich nicht«, gab Doppler kleinlaut zu. »Ich dachte ...« Seine Worte gingen im Geschützlärm unter. Die COBRA-Männer hatten begonnen, das Feuer zu erwidern. Eine Kakophonie aus dem Knattern automatischer Waffen, aus klirrendem Metall und pfeifenden Querschlägern brach über ihn herein.

»Bleiben Sie in Deckung!«, brüllte Rikkendorff. »Halten Sie den Kopf unten, dann kann Ihnen nichts passieren. Die Scheiben sind aus unzerstörbarem Panzerglas.«

Warum er dann den Kopf unten halten sollte, war Doppler nicht ganz klar. Aber die nächste Granate explodierte bedeutend näher, und die Splitter, die auf das Wagendach prasselten, veranlassten ihn nicht nur, Rikkendorffs Rat zu beherzigen, sondern auch die Sache mit dem Panzerglas ernsthaft in Frage zu stellen.

Wo zum Teufel war er da hineingeraten? Der anonyme Anrufer hatte lediglich von Daniel Reichenbach gesprochen. Von einem Haufen schwer bewaffneter Partisanen war nie die Rede gewesen!

»Hier, machen Sie sich selbst ein Bild!«, bellte Rikkendorff und reichte ihm ein Nachtsichtgerät. »Wenn das ein Einzelner organisiert hat, fresse ich einen Besen!«

Langsam richtete sich der Bezirksinspektor auf. Tatsächlich, der COBRA-Mann hatte Recht. Vorne, beim Tor hatte sich allerhand verändert. Eine mannshohe Barrikade war errichtet worden.

»Klarer Fall. Die haben uns erwartet«, zischte Rikkendorff. »Ich werde die Lage an die Zentrale durchgeben.«

Gerade als er zum Funkgerät greifen wollte, meldete sich eine Stimme. »Zentrale an Einsatzkommando«, krächzte sie aus dem Lautsprecher. Ein Anruf für Bezirksinspektor Doppler. Ende.«

»Er sitzt neben mir. Stellen Sie durch! Ende.«

»Was ist denn das für ein Radau, bei euch? Läuft da der Fernseher? Ende.«

»Reden Sie keinen Scheiß!«, plärrte Doppler. »Wer will mich sprechen?«

»Ende?«

»Ja, verflucht! Ende!«

»Eine Frau Doktor Bal. Ich verbinde. Ende.«

Doppler schoss das Blut in den Kopf. Das war wieder typisch Lotte! Immer rief sie zum denkbar schlechtesten Zeitpunkt an.

»Lotte, hör zu!«, schrie er in der Hoffnung, das unaufhörliche Rattern zu übertönen. »Die Lage ist ausgesprochen ungünstig. Ich melde mich später bei dir, in Ordnung?«

»Hier ist nicht Lotte«, rauschte es aus dem Funkgerät. »Hier spricht Lottes Mutter.«

»Oh.« Doppler schluckte.

»Wir sollten uns nochmals über die Hochzeit unterhalten. Sagen Sie, was ist das für eine entsetzliche Verbindung? Ein ständiges Knacksen …«

»Das liegt nicht an der Verbindung«, stellte der Bezirksinspektor klar. »Ich befinde mich in einem Einsatz. Ich muss Sie bitten …«

»Wie auch immer«, fuhr Frau Dr. Bal unbeirrt fort. »Soweit ich meine Tochter verstanden habe, lieben Sie sie und sie liebt Sie ebenfalls.«

»Äh, ja …«

»Letzteres ist für mich zwar schwer vorstellbar, aber was soll's? Schließlich seid ihr beide erwachsene Menschen … Hallo? Verstehen Sie mich? Was sagen Sie?«

»Nichts«, hauchte Doppler, der, um Rikkendorffs vorwurfsvollem Blick zu entgehen, konsequent auf die Fußmatte starrte.

»Gut. Nach reiflicher Überlegung bin ich nämlich zu der Überzeugung gekommen, dass es das Beste wäre, ihr würdet umgehend heiraten. Man will sich ja nicht dem Geschwätz der Nachbarn aussetzen, verstehen Sie? Es geht in erster Linie um meinen Ruf als praktizierende Ärztin, müssen Sie wissen.«

»Frau Bal, bitte!«

»Frau Doktor Bal. So viel Zeit muss sein, Herr Doppler! Ich habe da an eine Zeremonie in überschaubarem Rahmen gedacht, etwa 200 Gäste. Lotte wünscht es sich so, und Sie müssen wissen, ihr Glück liegt mir sehr am Herzen!«

Major Rikkendorff gab ein drängendes Räuspern von sich. Für Gefühlsduseleien in Krisensituationen fehlte ihm jedes Verständnis. Wie ihm überhaupt jedes Verständnis für Gefühlsduseleien fehlte.

Doppler wand sich wie ein Wurm. »Ja, ähm, könnten wir das, hm, vielleicht ein anderes Mal klären?«

»Na, hören Sie?«, brauste Lottes Mutter auf. »Bedeutet Ihnen meine Tochter so wenig?«

»Nein, selbstverständlich nicht.«

»Jetzt machen Sie sofort die Leitung frei!«, schnaubte der COBRA-Kommandant. »Ihren Privatkram können Sie später regeln.«

»Wer war das?«, keifte Frau Dr. Bal. »Wer hat das gesagt?«

»Major Rikkendorff«, stöhnte Doppler.

»Unverschämter Kerl! Sagen Sie ihm, er soll sich gefälligst um seine eigenen Angelegenheiten kümmern!«

»Aber ...«

»Was ich eben erwähnen wollte ... Hallo? Herr Doppler, hören Sie mich? Das klang wie eine Explosion.«

»Das klang nicht nur so«, jammerte der Bezirksinspektor und schüttelte die Splitter des unzerstörbaren Panzerglases von sich ab.

»Die Wahnsinnige soll augenblicklich aus der Leitung verschwinden!«, brüllte Rikkendorff.

»Ich habe mir erlaubt, die kirchliche Trauung für übernächsten Samstag anzusetzen. Ich gehe davon aus, Sie haben nichts dagegen einzuwenden. Wir sollten rasch für klare Verhältnisse sorgen. Überlassen Sie die Vorbereitungen nur mir. Ich werde die Feierlichkeiten persönlich arrangieren.«

»Wie bitte?« Doppler keuchte. In seinem Kopf ging es drunter und drüber. Er stand kurz davor, in Ohnmacht zu fallen. Hatte die alte Fuchtel jetzt endgültig den Verstand verloren? Wie kam sie dazu ...

»Sind Sie einverstanden?«

»Raus aus der Leitung!«, tobte der Major. »Doppler, beenden Sie auf der Stelle dieses Gespräch! Das ist ein Befehl!«

»Ja, Sie haben Recht.« Der Bezirksinspektor nickte schwach. Er war leichenblass geworden.

»Ausgezeichnet. Lotte wird sich freuen«, sagte die alte Bal noch, bevor die Verbindung abbrach.

»Darf man gratulieren?«, fragte der COBRA-Kommandant giftig und boxte Doppler in den Oberarm. »Nicht jeder wird unter solchen Umständen verheiratet. Ich hoffe doch sehr auf eine Einladung.« Er unterbrach sich und spitzte die Ohren. »Haben Sie das gehört?«

»Nein, was?« Der Bezirksinspektor war so benommen, dass selbst der Gefechtslärm in weite Ferne gerückt war.

»Das Klopfen. Irgendetwas klopft hier!«

Jetzt nahm es auch Doppler wahr. »Das kommt von draußen«, stellte er fest. »Was ist das?«

»Ich bin das!«, schrie Mag. Kleist und trommelte wie verrückt gegen die Beifahrertür. »Machen Sie um Himmels willen auf!«

»Kleist? Sagen Sie bloß, Sie stehen da draußen!«

»Ich liege!«

»Ja, wo waren Sie denn?«, fragte der Bezirksinspektor amüsiert, als sein Mitarbeiter ins Wageninnere krabbelte. »Das ist wohl alles ein bisschen zu viel für Sie, hm? Nun, daran werden Sie sich gewöhnen müssen. So sieht unser Alltag bei der Kriminalpolizei eben aus.«

»Ich habe mir erlaubt, einen Plan der Fabrik zu organisieren«, kam Kleist unverzüglich zur Sache. »Meiner bescheidenen Meinung nach sollte man mit einem Objekt vertraut sein, ehe man es zu erstürmen versucht.«

»Blödsinn! Ihre Meinung ist hier nicht gefragt. Überlassen Sie das uns Profis! Ich habe die Situation völlig unter Kontrolle.«

»Der Mann denkt mit«, lobte Major Rikkendorff. »Geben Sie den Wisch her!«

»Auf dem Areal gibt es zwei Gebäudekomplexe«, erklärte Kleist. »Dazwischen befindet sich ein Hof. Hier, sehen Sie? Der einzige Zugang ist das Tor dort vorne.«

Doppler rang sich ein gequältes Lächeln ab. »Im Moment wohl eher nicht. Oder wollen Sie hingehen und anläuten?«

»Aber es gibt noch eine andere Möglichkeit. An der Rückseite reicht eine Mauer vom Verwaltungstrakt auf der rechten Seite bis hinüber zur Werkhalle. Sie ist etwa drei Meter hoch und dürfte für Ihre Leute kein unüberwindbares Hindernis darstellen.«

»Völliger Humbug!«, wetterte der Bezirksinspektor.

Rikkendorff funkelte ihn böse an. »Lassen Sie den Mann aussprechen! Der Bursche ist intelligenter, als er aussieht.«

»Aber die knallen Ihre Leute ab, sobald sie über die Mauer klettern!«

Kleist schüttelte den Kopf. »Nicht wenn wir sie hier vorne ablenken.«

»Pah, Sie haben keine Ahnung!«

»Wir machen es, wie es der Bursche sagt«, entschied Rikkendorff. »Dann sitzen die Ratten in der Falle. Die Idee könnte direkt von mir sein. Also los! Wir ziehen uns zum Parkplatz zurück und gehen die Einzelheiten durch.«

*

Herr Wosczynski nahm seinen ganzen Mut zusammen und zur Sicherheit noch einen kräftigen Schluck Marillenbrand, bevor er schwer atmend aus dem Verwaltungstrakt taumelte. Die wüste Schießerei hatte ihn mürbe gemacht, die Aufregung seinem ohnehin angeschlagenen Allgemeinzustand ordentlich zugesetzt.

Die Begeisterung der jubilierenden Skinheads vermochte ihn nicht anzustecken. Er ahnte, dass ihre Freudentänze verfrüht waren, auch wenn Hermanns Taktik vorerst aufgegangen war. Die Granitplatten hatten die in sie gesetzten Erwartungen nicht nur erfüllt, sondern sogar bei weitem übertroffen und die Polizei zum Rückzug gezwungen.

Anlässlich der vom Kommandanten persönlich durchgeführten Bestandsaufnahme stellte sich heraus, dass es im Lager der *Treuen Heimatfront* keinerlei ernsthafte Verletzungen zu beklagen gab. Lediglich einer der Burschen, der unvorsichtigerweise just in dem Moment im Fadenkreuz eines Polizisten aufgetaucht war, als er, erhitzt von den Kampfhandlungen, eine Bierflasche an seine Lippen gesetzt hatte, würde in Hinkunft ohne Nasenspitze auskommen müssen.

»Wird von der Heldentat noch oft seinen Kindern und Kindeskindern berichten und die Schramme stolz zur Schau tragen«, war sich Friedrich sicher und begutachtete die blutigen Glassplitter.

»Vorausgesetzt, der Trunkenbold findet ein Mädel, das sich von ihm schwängern lässt, so wie er neuerdings aussieht«, bemerkte

Herr Wosczynski giftig. »Und selbst wenn, ist da nicht mehr viel, das er zur Schau tragen könnte.« Und dann wollte er noch etwas loswerden, das ihn seit Langem beschäftigte. »Undisziplinierte Schwachköpfe hast du da angeschleppt, brutale Hooligans ohne jeden Verstand!«

Der Kommandant hob langsam seinen Kopf und funkelte ihn finster an. In seinem Blick lag abgrundtiefe Verachtung. Sekundenlang standen sie sich gegenüber, Aug in Aug, dann machte Hermann wortlos kehrt und gesellte sich zu seiner Truppe.

Der Obmann der *Bürgerwehr gegen Drogen, Kriminalität und Kulturschande* wusste, dass er zu weit gegangen war. Erstmals hatte er seine Abneigung offen ausgesprochen und damit einen tiefen Graben zwischen sich und seinem langjährigen Wegbegleiter aufgerissen. Von ihrer Freundschaft war nicht viel übrig geblieben.

Geschwächt lehnte er sich an den Mannschaftstransporter und verfolgte die ausgelassenen Jubelszenen vorne am Tor. Fast schien es, als feierte die *Treue Heimatfront* bereits den Endsieg. Kapierten die Dummköpfe denn nicht, dass die Sache noch lange nicht ausgestanden war? Jedem Vollidioten musste klar sein, dass die Polizei sich nur vorübergehend zurückgezogen hatte und schon bald wieder von sich hören lassen würde!

Es passierte schneller, als Herr Wosczynski dachte.

»Hier spricht Major Rikkendorff vom Einsatzkommando COBRA«, dröhnte eine vielfach verstärkte Stimme über das Gelände. »Sie haben keine Chance zu entkommen. Widerstand ist zwecklos. Ich fordere Sie hiermit auf, Ihre Waffen niederzulegen und sich zu ergeben!«

»Einen Scheißdreck werden wir tun!«, fauchte Friedrich und versuchte, das jäh verstummte Gejohle neu anzuheizen. »Sollen sie nur antanzen! Wir werden ihnen den Arsch aufreißen!«

»Sie haben genau eine Viertelstunde. Wenn Sie bis dahin meinen Anweisungen nicht Folge leisten, greifen wir an!«

Den Kommandanten konnte das nicht beeindrucken. »Zurück auf die Gefechtsplätze!«, ordnete er an. »Sobald die Bastarde auch nur einen Schritt näherkommen, knallt ihr sie ab!«

Eine eisige Stille senkte sich über die Sargfabrik, als die Kämpfer der Heimatfront ihre Stellungen an der Barrikade bezogen hatten. Minuten verstrichen. Minuten knisternder Anspannung. Da lagen sie, unerfahrene Burschen, junges Gemüse, fast noch Kinder, mit Gewehren im Anschlag und entschlossen, bis zum Äußersten zu gehen.

So weit wollte sie Herr Wosczynski gar nicht begleiten. Es hätte ihm genügt, rechtzeitig vor dem nächsten Angriff zurück ins Gebäude zu gelangen, doch die Strapazen hatten ihn regelrecht paralysiert. Wie angewurzelt stand er neben dem LKW und rang nach Luft.

»Es bleiben Ihnen noch genau fünf Minuten«, tönte es wieder aus dem Lautsprecher. »Legen Sie die Waffen weg und verlassen Sie mit erhobenen Händen Ihren Unterschlupf!«

»Ich will auch etwas sagen«, schnarrte plötzlich eine zweite Stimme durch die Nacht.

»Nein, kommt überhaupt nicht in Frage! Ich regle das!«

»Geben Sie mir das Megaphon! Lassen Sie mich mit denen reden!«

»Nein, habe ich gesagt! Finger weg, Doppler!«

»Polizeitaktik«, beruhigte Friedrich seine Männer, die ihn verunsichert anblinzelten. »Probieren es mit allen Mitteln.«

Es folgte ein Klopfen, ein Scheppern, ein Pfeifen und Quietschen, dann setzte sich die zweite Stimme durch. »Hier spricht Bezirksinspektor Doppler. Ich bin der Leiter des Referats 1, Kapitalverbrechen.«

»Der interimistische«, korrigierte die erste Stimme genervt.

»Wir wissen, dass sich unter Ihnen der Mörder von Jonas Ippstein befindet. Liefern Sie ihn aus, und wir garantieren allen anderen freien Abzug.«

»Sind Sie übergeschnappt?«, ging die erste Stimme donnernd dazwischen. »Was fällt Ihnen ein? Sofort her mit dem Megaphon!«

Hinter den Barrikaden keimte Unruhe auf.

»Woher wissen die das?«, zischte Friedrich und nahm Lerch und Haberfeld scharf ins Visier. »Woher, verflucht, wissen die, dass ihr das wart?«

»Äh, ich, also wir …«, entgegnete Lerch wenig aufschlussreich.

»Und warum *Mörder*? Soll das heißen, ihr habt den alten Saujuden exekutiert, ohne meine Befehle abzuwarten?«

Von den Worten *freier Abzug* aus seiner Lähmung gerissen, war Herr Wosczynski an sie herangetreten. »Das ist doch ein Angebot«, hauchte er hoffnungsvoll.

»Schnauze!«, brüllte der Kommandant, wobei er seine Männer nicht aus den Augen ließ. »Ich will wissen, was ihr mit Ippstein angestellt habt!«

»Ähm, halb so wild, hm, Drohanrufe …«, wisperte Haberfeld kaum hörbar.

»Und Briefe«, fügte Lerch hinzu. »Mit vielen Hakenkreuzen.«

»Was soll das heißen? Ihr habt ihn euch doch geschnappt, oder? Das stand in allen Zeitungen, und jetzt ist er angeblich tot. Ich wünsche eine Erklärung!«

Lerch wurde speiübel. Haberfeld erging es nicht besser. Sie hatten nicht mehr damit gerechnet aufzufliegen. So perfekt war alles gelaufen und ganz ohne Mühe.

»Wir waren es nicht«, gestand Haberfeld schließlich, der auf keinen Fall ausgeliefert werden wollte.

»Wie bitte? Ihr …« Friedrich verschlug es die Sprache.

»Wir haben ihn nicht entführt«, fügte Lerch kleinlaut hinzu.

»Ihr … habt nicht?«, zeterte der Kommandant.

»Sie haben nicht.« Herr Wosczynski lächelte versonnen. Das war das Beste, das er seit Tagen gehört hatte.

Ohne es zu beabsichtigen, war es Doppler gelungen, Emotionen zu wecken. Und Emotionen waren gefährlich, denn sie machten verwundbar.

Major Rikkendorff ahnte nichts von der Irritation im Lager des Feindes. »Hören Sie auf mit dem Unsinn!«, befahl er, nachdem er dem Bezirksinspektor das Megaphon entrissen und abgeschaltet hatte. »Keiner von denen wird hier als freier Mann davonspazieren, kapiert? Dafür lege ich meine Hand ins Feuer!« Kurz blickte er auf seine Uhr. »Gruppe 2 müsste jetzt am Ziel sein. Wir greifen an. Geben Sie das Zeichen!«

*

Die Leuchtrakete zischte in den schwarzen Himmel, stieg höher und höher, schien an ihrem Scheitelpunkt kurz anzuhalten, bevor sie sich langsam senkte und die alten Ziegelbauten in rotes Dämmerlicht hüllte.

»Das ist das Signal!«, flüsterte Mag. Kleist noch ganz außer Atem.

Man hatte ihm nicht viel Zeit gelassen. In großem Bogen war er mit zehn Mann des Einsatzkommandos COBRA um die Fabrik geschlichen und eben erst an der rückseitigen Mauer angelangt. Bis hierher hatte es vorzüglich geklappt. Bis hierher ... Der Rest war es, der ihm ernsthafte Sorgen bereitete.

Er hätte nicht im Traum daran gedacht, so bald an einem gefährlichen Großeinsatz mitzuwirken. Noch dazu in vorderster Linie. Dopplers Vorschlag, ihn an der Aktion teilnehmen zu lassen, war einigermaßen überraschend gekommen. Kleist war sich nicht sicher, ob ihm der Bezirksinspektor damit eine unerwartete Ehre zuteil werden ließ, oder ob es sich nur um einen plumpen Versuch handelte, ihn ein für alle Mal loszuwerden.

Doch dies war weder der richtige Ort, noch der richtige Zeitpunkt, sich darüber Gedanken zu machen. Während drei Beamte die Kreuzbühelwiese sicherten, hatten die anderen bereits begonnen, mit Enterhaken und Kletterseilen die Mauer zu erklimmen. Mit vereinten Kräften zog und schob man ihn hinterher, bis er endlich obenauf saß und gleich darauf unsanft zur anderen Seite hinuntergeschubst wurde. Nun gab es kein Zurück mehr. Er konnte nur noch auf das Geschick der Einsatzkräfte vertrauen und hoffen, dass die COBRA im Kampfgetümmel nicht postwendend zur Blindschleiche mutierte.

Kommandant Friedrich war der Erste, der das herannahende Unheil bemerkte. Er hatte hinter seinen Burschen Posten bezogen und überwachte das Areal. Zuerst dachte er an eine Sinnestäuschung, doch er litt keineswegs an Halluzinationen. Im matten Licht des Mondes wusste er die Schatten, die über die Mauer in den Hof glitten, richtig zu deuten.

Sofort schlug er Alarm. »Alle Mann kehrt!«, brüllte er aus Leibeskräften. »Die Schweine kommen von hinten!«

Die dramatischen Folgen seiner Warnung wurden ihm beinahe zum Verhängnis. Als sich seine Männer umdrehten und ohne zu zögern drauflosballerten, blieb ihm nur die Flucht.

»Seid ihr wahnsinnig geworden?«, schrie er, während er gebückt davonhetzte. »Hört sofort auf damit!«

Endlose zehn Meter trennten ihn vom rettenden Eingang des Verwaltungstrakts. Zehn Meter im Kugelhagel zwischen den Fronten. Friedrich rannte um sein Leben. Er hielt die Luft an, biss die Zähne zusammen, konzentrierte sich nur auf das eine Ziel. Noch fünf Meter ... noch vier ... Knapp neben ihm perforierte eine Gewehrsalve die Plane des Lasters. Fast hätte er das Abschleppseil übersehen und wäre zu Sturz gekommen. Dann sprang er los. Unter der Wucht des Aufpralls brach die Tür aus den Angeln, und Friedrich schlug hart auf die Steinplatten des Vorraums.

Völlig außer Atem krabbelte er die Treppe zur Hauptkommandozentrale hinauf. Es war ein Fehler gewesen, sämtliche Kräfte vorne am Tor zu konzentrieren, gestand er sich ein. Hier oben hätte er ein paar seiner Leute postieren müssen, direkt an den Fenstern, dann wären die Bullenschweine blindlings in die Falle getappt. Aber noch war nicht aller Tage Abend! Was er jetzt brauchte, war ein Plan, irgendeine Idee, mit der es ihm gelingen würde, das Ruder herumzureißen.

»Es ist aus«, hörte er jemanden sagen.

Friedrich wirbelte herum.

Herr Wosczynski kauerte neben dem Schreibtisch und hielt sich die schmerzende Schulter. »Aus und vorbei«, stöhnte er.

Unten an der Barrikade hatte inzwischen Stiglitz das Kommando an sich gerissen. Als Stellvertreter Friedrichs stand ihm das zu, auch wenn es zu diesem Zeitpunkt nicht mehr viele gab, die in der Lage gewesen wären, seinen Befehlen zu gehorchen. Die *Treue Heimatfront* hatte schwere Verluste erlitten, und so galt es in erster Linie, die eigene Haut zu retten, in zweiter, eine wirkungsvolle Gegenoffensive zu starten.

Gemeinsam mit Lerch und Haberfeld gelang es ihm, in die Lagerhalle zu flüchten, von wo aus sie unbehelligt in die Werkstatt vordrangen.

»Die Scheißkerle stecken irgendwo dahinten«, erläuterte er seinen Plan. »Wir werden sie von der Seite her überraschen, ihnen in die Flanke fallen, wo sie uns nicht erwarten, versteht ihr?« Ihren ratlosen Blicken zufolge taten sie das nicht. »Ich meine, da draußen haben sie wenig Deckungsmöglichkeiten. Wenn wir also … Egal«, kürzte er seinen hoffnungslosen Versuch ab. »Mir nach!«

Vorsichtig pirschten sie sich an das letzte Hoffenster heran, das ihnen tatsächlich einen glänzenden Ausblick bot. Da lagen sie. Drei Mann, keine 30 Meter entfernt, an die Mauer des gegenüberliegenden Gebäudes gepresst.

»Metzelt sie nieder!«, befahl Stiglitz heiser. »Keine Schonung. Wir machen keine Gefangenen!«

Das gefiel den Skinheads. Das brauchte man ihnen kein zweites Mal zu sagen. Niedermetzeln entsprach ganz ihren Vorstellungen. Niedermetzeln war ein wesentlicher Bestandteil ihrer Kompetenz.

Die COBRA-Männer hatten keine Chance. Lerch und Haberfeld feuerten, was das Zeug hielt. Selbst als ihre Gegner bereits regungslos im Schnee lagen, hörten sie nicht auf.

»Obacht!«, brüllte Stiglitz, der bereits das nächste Ziel ausgemacht hatte. »Auf zehn Uhr kommen noch mehr! Ich glaube, sie haben uns entdeckt! Knallt sie ab! … So schießt doch! … Um Himmels willen, warum schießt ihr denn nicht?«

»Wie denn«, maulte Lerch.

»Was soll das heißen, *wie denn*?«

»Die Magazine sind leer«, erklärte Haberfeld.

Ein Anflug von Panik keimte in Stiglitz auf. »Dann ladet gefälligst nach!«

»Und womit, Alter?«

»Ja, habt ihr keine Reservemunition mit?«

Lerch zeigte sich entrüstet. »He, uns hat niemand gesagt, dass …«

Fensterglas zersplitterte. Eine Handgranate flog in die Halle und kullerte unter die Kreissäge.

»Sofort raus hier!«, brüllte der stellvertretende Kommandant und machte einen Satz zur Tür.

Im selben Augenblick schleuderte die Detonation die Werkbank hoch und Lerch und Haberfeld zu Boden. Ein wahrer Splitterregen aus Holz- und Metallteilchen ging auf sie nieder. Dann vernahmen sie dieses eigenartige Surren.

Wie ein tödliches Frisbee zischte das Sägeblatt durch die Werkstatt, drehte eine rasante Runde um die Neonröhren, ehe es geradewegs Kurs auf Stiglitz nahm und ihm mit einem glatten Schnitt den Kopf abtrennte.

Der enthauptete Körper stand eine Weile in strammer Haltung da, hob dann den rechten Arm zum Deutschen Gruß, machte kehrt, öffnete die Tür und marschierte zackig aus der Halle. Im Stechschritt überquerte er gut die Hälfte des Hofs, ehe er mangels Augenlichts über Mag. Kleist stürzte, der sich hinter dem VW-Bus der *Treuen Heimatfront* so flach wie möglich in den Schnee gegraben hatte.

Lerch zeigte sich zutiefst beeindruckt. »Cool!«, hauchte er. »Hast du das gesehen?«

»Los, komm schon«, mahnte Haberfeld zur Eile. Er ahnte, dass dies erst der Anfang eines umfangreichen Köpferollens gewesen war. »Wir hauen ab! Zurück ins Pförtnerhäuschen. Da haben wir den besten Überblick.«

»Und jede Menge Handgranaten!« Lerch strahlte glücklich. Oft waren es die kleinen Freuden, die das Leben lebenswert machten.

*

Daniel hockte noch immer unten im stockdunklen Schacht und zitterte wie Espenlaub. Er hielt seine Beine umschlungen, presste den Kopf an seine Knie und wippte unaufhörlich vor und zurück.

Ein Hund kam in die Küche … Er sang ein Lied, das er schon als Kind gerne gesungen hatte, wenn das Monster unter seinem Bett wieder einmal aktiv geworden war. Und er sang es laut, um den nicht enden wollenden Krach zu übertönen, der von oben in sein Loch drang.

Und stahl dem Koch ein Ei … Er versuchte sich abzuschotten, akustisch wie visuell. Mit zusammengekniffenen Augen malte er sich angestrengt eine Fantasiewelt aus Rosarot und Himmelblau.

Da nahm der Koch das Messer … In diesem Zustand fortschreitender Realitätsverweigerung hatte er nicht die geringste Vorstellung von dem, was sich eineinhalb Meter über ihm abspielte.

Und schlug den Hund entzwei … Es interessierte ihn auch nicht. Damit hatte er nichts zu tun. Das alles ging ihn nichts an. Verflucht, es sollte nur endlich aufhören!

Da kamen viele Hunde … Daniel wusste nicht, dass Lerch und Haberfeld ungehindert in die Portierloge gelangt waren und alles daransetzten, die Fabrik bis zum letzten Blutstropfen zu verteidigen.

Und gruben ihm ein Grab … Er wusste auch nicht, dass die beiden wahllos Handgranaten zum Fenster hinausschleuderten, was die Polizei zwar kurz davon abhielt, ihren Vormarsch fortzusetzen, andererseits aber die Zahl ihrer bis dahin überlebenden Kameraden infolge eklatanter Fehlwürfe drastisch reduzierte.

Sie setzten einen Grabstein … Daniel konnte weiters nicht wissen, dass Haberfeld gerade die letzte Handgranate ergatterte, dass Lerch sie ihm eifersüchtig zu entwenden versuchte, dass ein zähes Ringen um den Sprengkörper entstand, wobei Haberfelds linker Daumen in den Sicherungsring rutschte, ehe Lerch ihn mit einem gezielten Kopfstoß ins Wanken und das Objekt der Begierde in seinen Besitz brachte.

Auf dem geschrieben stand … Daniel bekam nur die ohrenbetäubende Explosion mit, die das Pförtnerhäuschen in alle Windesrichtungen auseinandersprengte und ein riesiges Loch in den Boden riss.

Geschockt richtete er seinen Blick nach oben. Lodernde Flammen erhellten den Schacht und wiesen ihm den Ausgang. Instinktiv sprang er auf. Angetrieben vom letzten Rest seines Selbsterhaltungstriebs kletterte er aus dem Krater und wankte über brennende Trümmer und verkohlte Leichenteile hinweg direkt auf das Tor zu. Für einen kurzen Moment nahm ihm beißender Rauch die Sicht. Daniel stolperte über ein Mauerstück und stürzte in die Barrikade.

Als er die Augen öffnete, war es still geworden. Wunderbar still. Über ihm, am Himmel, hing der dicke Mond und schenkte ihm ein mildes Lächeln. Daniel lächelte dankbar zurück. Dann klappte der Deckel des schweren Eichensargs zu, und es wurde finster.

*

»Was zum Teufel …« Kommandant Friedrich stand wie angewurzelt am Fenster seiner Hauptkommandozentrale und wähnte sich in einem Horrorfilm. Der kopflose Körper, der zuvor quer durch den Hof marschiert war, hatte ihn bereits in inneren Aufruhr versetzt, doch diese gespenstische Gestalt, die sich wie ein Phönix aus der Asche erhoben hatte, nun hölzern auf das Tor zusteuerte und schließlich in einem der Särge verschwand, raubte ihm nahezu den Verstand.

»Wir müssen weg«, krächzte er und sah sich wie ein gehetztes Tier um.

Herr Wosczynski schüttelte nur matt seinen Kopf. »Es ist zu spät«, flüsterte er. »Das Spiel ist aus.«

»Nein. Das ist mein Spiel, und es ist erst aus, wenn ich es sage!«

»Mein Gott! Sieh es doch ein, Hermann. Sie sind überall! Es gibt kein Entkommen. Verstehst du? Ich bin krank. Ich kann nicht mehr … Ich glaube …« Ächzend griff er sich an die Brust.

»Ich werde dich auf keinen Fall der Polizei überlassen!«, entschied Friedrich.

»Danke, Freund, aber …«

Kaum war der Schuss verhallt, hastete der Kommandant die Treppe hinunter und sprang in den Mannschaftstransporter. Er erkannte seine Chance auf den ersten Blick. Dort, wo das Pförtnerhäuschen gestanden war, hatte sich eine schmale Lücke aufgetan.

»Heil der Treuen Heimatfront!«, schrie er und startete den Motor.

Immer schneller werdend, donnerte der LKW im Kugelhagel der anrückenden Sondereinheit auf das Nadelöhr zu. Als er wuchtig durch die Barrikade schrammte, schlug das Abschleppseil am Boden auf, wirbelte in die Luft und landete auf einem Eichensarg, wo es sich in einem kunstvoll geschnitzten Lorbeerblatt verfing.

Schon von weitem sah Friedrich den Panzerwagen, der die Zufahrt blockierte. Zum Äußersten bereit, umklammerte er das Lenkrad und trat das Gaspedal durch. Ihm blieb nur eine Möglichkeit. Er musste seitlich vorbei, irgendwo zwischen Straße und Unterholz durchbrechen.

In seinem Schlepptau hüpfte der Sarg über Bodenwellen, drehte sich um die eigene Achse und schlingerte völlig außer Kontrolle in immer weiteren Bögen hin und her.

Als Friedrich das Steuer herumriss, bemerkte er, dass er viel zu schnell war. Der LKW stellte sich quer, schlitterte über die rutschige Fahrbahn und krachte nahezu ungebremst gegen das Einsatzfahrzeug. In diesem Augenblick löste sich der Sarg vom Haken. Er schoss noch ungefähr zwanzig Meter weiter, mähte Doppler nieder, der das Abflauen der Kampfhandlungen abgewartet hatte, um am Wegesrand seine Notdurft zu verrichten, und blieb anschließend neben dem Bezirksinspektor im Straßengraben liegen. Mit einem gespenstischen Knarren sprang der Deckel auf.

»Himmel, Arsch …«, fluchte Doppler, während er sich aufrappelte und den Schnee von seiner Kleidung klopfte. Dann sah er, welcher Fang ihm ins Netz gegangen war, und konnte sein Glück kaum fassen. Seine Fahrkarte in den Olymp der Bundespolizeidirektion lag ihm direkt zu Füßen.

»Wen haben wir denn da?«, höhnte er mit rauer Stimme. »Herr Reichenbach, ich verhafte Sie wegen Mordes an Jonas Ippstein … Und wegen der Entführung natürlich auch … Ach ja, und wegen Erpressung«, fiel ihm noch ein. »Und Widerstands gegen die Staatsgewalt. Das bin nämlich ich, müssen Sie wissen.«

Das Sturmgewehr im Anschlag stürmte Major Rikkendorff auf den ramponierten LKW zu. »Raus aus dem Wagen und nehmen Sie die Flossen hoch!«, brüllte er.

Friedrich machte keine Schwierigkeiten. Er kletterte aus der Fahrerkabine und nahm Haltung an. Er war gewillt, seine Niederlage wie ein Ehrenmann hinzunehmen. Er kannte seine Rechte als Kriegsgefangener.

»Umdrehen und Hände hinter den Kopf!«, schrie der Major. Er hatte gute Lust, den verdammten Bastard auf der Stelle abzuknallen. Nervös zuckte sein Finger am Abzug. »Eine falsche Bewegung, und ich ...« Ungläubig runzelte er die Stirn. »Hermann?«, fragte er. Langsam ließ er die Waffe sinken. »Hermann Friedrich? Bist du das?«

»Sag bloß ...« Friedrich stutzte. Schließlich erkannte auch er seinen Bundesbruder aus der Deutschen Burschenschaft. »Das darf doch nicht wahr sein! Rikkendorff, altes Haus! Nach all den Jahren!«

»Du warst das also! Hätte ich mir denken können. Respekt! Ich muss schon sagen, da hast du ganze Arbeit geleistet! Noch immer engagiert bei der Sache, was?«

»Treu bis in den Tod!« Friedrich schlug die Hacken zusammen und salutierte. »Aber kurz zu etwas anderem«, versuchte er umgehend, die Gunst der Stunde zu nützen. »Siehst du vielleicht eine Möglichkeit ...«

»... dich da rauszuhalten?« Rikkendorff kratzte sich am Kinn.

10

Der Winter legte noch einmal kräftig zu. In den Morgennachrichten wurde ein neuer kältester Tag des Jahres ausgerufen. Die sternenklare Nacht hatte die Frühtemperaturen auf minus 14 Grad sinken lassen und das Leben in der Stadt nahezu eingefroren. Autos versagten reihenweise ihren Dienst, die planmäßigen Intervalle der öffentlichen Verkehrsmittel gerieten heillos durcheinander. Auch am Schwechater Flughafen machten sich die Auswirkungen der Kältewelle bemerkbar. Simones Flieger landete mit sage und schreibe 94 Minuten Verspätung.

Die Kriminalbeamtin war mit ihrer Geduld am Ende. In ihr pochte das unstillbare Verlangen, endlich Gewissheit zu erlangen. Endlich alles über die furchtbaren Vorkommnisse zu erfahren. Kaum hatte das Flugzeug seine Parkposition erreicht, boxte sie sich rücksichtslos durch den engen Gang zwischen den Sitzreihen. Die lautstarken Proteste der anderen Passagiere tangierten sie nicht im Geringsten. Sollte jeder selbst sehen, wo er blieb. Ihre Bedürfnisse gingen vor!

Beim Aussteigen nützte sie noch rasch die Gelegenheit, um der unverschämten Flugbegleiterin mit der roten Igelfrisur einen ordentlichen Denkzettel zu verpassen. Quasi im Vorübergehen rammte sie ihr mit aller Kraft den Ellbogen in die Rippen. Das war sie ihr schuldig gewesen.

Während des ganzen Flugs hatte das respektlose Weib unentwegt neugierig gaffende und lärmende Kinder durch die Business Class nach vorne ins Cockpit gelotst. Simone war wirklich die Freundlichkeit in Person gewesen, als sie der Bedienung aufgetragen hatte, diese Völkerwanderungen gefälligst zu unterlassen, denn schließlich führe man erster Klasse, um den Pöbel im wahrsten Sinne des Wortes hinter sich zu wissen. Da hatte diese blöde Kuh doch glatt geantwortet, dass sie erstens nicht fahren, sondern fliegen würden, sie aber zweitens gerne bereit sei, die nächste Gruppe außen durch den Garten zu leiten, könne sie Simone damit Erleichterung verschaffen. Außer sich vor Empörung hatte die Kriminalbeamtin nach dem Kapitän verlangt und von der skandalösen Person zu hören bekommen, sie werde den Autopiloten schicken.

Noch als sie durch den Zoll lief, ärgerte sie sich grün und blau, dass Rudolf die ganze Zeit wie gebannt aus dem Fenster geglotzt und anscheinend keinen Moment daran gedacht hatte, für sie Partei zu ergreifen.

Die große Werbetafel in der Ankunftshalle vermochte ihre Laune nicht zu bessern. *Die Walküre trinkt nach ihrem Ritt eine Halbe Ippstein-Schnitt*, stand da weithin sichtbar. Lisa! Wenn sie das kleine Luder in die Finger kriegen würde …

»Doppler! Da bist du ja«, schrie sie und raste wie ein Rammbock auf ihren Mitarbeiter zu. »Was zur Hölle ist passiert?«

»Tja, äh, es tut mir sehr, hm, leid, das mit deinem Bruder«, stammelte er und suchte die Halle nach einer Fluchtmöglichkeit ab. »Wie war der Urlaub?«

»So, es tut dir leid?« Simone funkelte ihn an. »Hast du sie wenigstens erwischt?«

Doppler nickte eifrig. »Ja. Letzte Nacht. In einer verlassenen Sargfabrik.«

»Sargfabrik? Sehr gut. Wäre ich dabei gewesen, ich hätte dem Miststück gleich ein passendes Ende gesetzt.«

Der Bezirksinspektor horchte verblüfft auf. Er hätte nicht erwartet, dass sie die Verhaftung Daniels so positiv aufnehmen würde. Immerhin war er ihr Bruder. »Das Miststück?«, fragte er um sicherzugehen.

»Na, Lisa, ich spreche von Lisa Ippstein.«

»Lisa?« Hilfe suchend wanderte sein Blick zu Rudolf M. Beinholtz, der jetzt erst zu Simone aufgeschlossen hatte.

»Hörst du schlecht?«, fauchte sie. »Warum in aller Welt hat sie das getan?«

Doppler verlor immer mehr die Übersicht. »Was getan?«

»Daniel umgebracht, verflucht noch einmal! Lass dir gefälligst nicht alles aus der Nase ziehen!« Fahrig fischte sie die E-Mail aus ihrem Handgepäck. »Das hast du doch geschrieben! *Ippstein entführt und ermordet Daniel auf der Flucht*.«

Doppler nahm ihr den Zettel aus der Hand. Langsam dämmerte ihm, dass offensichtlich ein gröberes Missverständnis vorlag. »Ähm … Das soll heißen: Ippstein entführt und ermordet. Daniel auf der Flucht.«

»Wie? Sag es mit anderen Worten!«

Als er seine Vorgesetzte endlich über die Umstände aufgeklärt hatte, atmete sie erleichtert auf. »Das bedeutet also, dass … Verstehe ich dich richtig: Daniel ist *nicht* tot?« Sie war den Tränen nahe. Kurz sah es so aus, als würde sie umkippen. Dann fand sie rasch ihre Fassung wieder. »Was du da erzählst, ist der größte Schwachsinn, der mir je untergekommen ist!«, fuhr sie ihn an. »Daniel ein Mörder! Pah! So ein Unfug kann nur deinem kranken Gehirn entspringen!«

»Es gibt Beweise«, nuschelte er.

»Beweise? Die möchte ich sehen! Du fährst mich auf der Stelle zu Feuersturm!«

»Ähm … Deswegen bin ich hier. Er wollte dich sowieso sprechen.«

»Das möchte ich ihm geraten haben! Kaum bin ich ein paar Tage weg, geht bei euch alles drunter und drüber.«

Der Bezirksinspektor schwieg. Er wusste, weshalb Dr. Feuersturm Simone zum Rapport beordert hatte, fand aber, dass es nicht seine Aufgabe war, sie einzuweihen. Ihm lag nichts daran, sich wieder einmal vorschnell in die Nesseln zu setzen. In der Bundespolizeidirektion würde sie früh genug erfahren, was in der Luft lag.

Die Art, wie der Leiter der Kriminaldirektion unruhig hinter seinem Schreibtisch hin- und herwetzte, seine Finger verbog, bis die Gelenke krachten, und ständig Dinge auf der Tischplatte zurechtrückte, wies darauf hin, dass er etwas sehr Unangenehmes hinter sich zu bringen hatte.

»Verehrte Kollegin«, setzte er an. »Lassen Sie mich Ihnen vorerst versichern, wie sehr ich die Vorkommnisse um Ihren Bruder bedaure. Nun, wir konnten ihn noch nicht einvernehmen, und wer weiß …«

Simone ließ ihn nicht aus den Augen. »Worum geht es?«, hakte sie nach, als ihr die Pause zu lange dauerte.

»Tja, wie soll ich es am besten sagen?« Feuersturm probierte es mit einem Hüsteln. »Sie sind uns immer eine sehr wertvolle Mitarbeiterin gewesen … Wirklich, da gibt es nichts, was ich gegen Sie … Nun, bedauerlicherweise sind wir im Zuge der Ermittlungen auf Dinge gestoßen …« Umständlich lockerte er seine Krawatte. Ihm war heiß geworden. »Für den gegenständlichen Fall, ähm, an sich völlig bedeutungslos …«

»Ja? Ich höre.«

Feuersturm gab sich einen Ruck. »Anlässlich der Haussuchung bei Ihrem Bruder, also in Ihrer früheren Wohnung, wenn ich nicht irre, wurden im Schlafzimmerschrank hinter einer doppelten Wand Gegenstände gefunden, die, hm … Das sickert natürlich durch, müssen Sie wissen, auch wenn im offiziellen Bericht selbstverständlich kein Wort darüber erwähnt wird.«

Es war nicht die Beschämung, die Simones Gesicht dunkelrot anlaufen ließ, es war rasender Zorn. Zorn über ihren fatalen Leichtsinn, das Zeug in ihrer Wohnung gelassen zu haben, und Zorn über Feuersturm, der nichts Eiligeres zu tun hatte, als aus ihren Privatangelegenheiten Kapital zu schlagen. Herausfordernd starrte sie ihn an. Allzu leicht wollte sie es ihm nicht machen. Sollte er nur ausspucken, was ihm auf der Zunge lag.

»Also, man fand gewisse Utensilien, ähm, Werkzeuge, einschlägiges Zubehör … Wäsche und so. Sie ahnen wahrscheinlich, worauf ich hinauswill. Im Grunde keine große Sache. Leider identifizierte einer unserer Beamten die Gegenstände und ordnete sie zu.«

»Doppler!«, entfuhr es ihr. Wütend schlug sie auf den Tisch. »Der Arsch! Das hätte ich mir denken können.«

»Ich bitte Sie, Frau Kollegin. Wer es war, ist doch nicht ausschlaggebend. Ich sagte es ja bereits: Nichts davon wurde ins Protokoll aufgenommen. Wenn Sie so wollen, handelt es sich lediglich um Gerüchte, kaum tragisch, aber es dürfte Ihnen ja bekannt sein, wie solche Sachen ablaufen.«

»Und wie?«, zischte sie gefährlich.

Dr. Feuersturm wand sich wie ein Wurm. »Sie machen ihre Runde im Haus. Man schwatzt hinter vorgehaltener Hand, bis irgendwann irgendjemand, dessen Diskretion bedauerlicherweise zu wünschen übrig lässt, die Geschichte aufschnappt. Tja, und am nächsten Tag, man muss kein Hellseher sein, findet sich die delikate Angelegenheit in den Medien wieder, und es entsteht ein Rummel, der … Sie verstehen?«

»Nein.« Es brodelte in Simone. Sie biss ihre Zähne zusammen, bis es wehtat. »Das geht kein Schwein etwas an.«

»Da stimme ich Ihnen absolut zu. Eine reine Privatangelegenheit, keine Frage! Aber die Nachrede! Stellen Sie sich die Schlagzeilen vor: *Kriminalbeamtin frönt Sado-Maso-Orgien!, Sexbesessene Domina in leitender Position bei der Polizei.* Und die Folge? Skandal, Aufregung, Empörung, eine Kampagne gegen den Minister.«

Dr. Feuersturm schöpfte tief Luft. »Nun, ich wäre sehr dafür, die Aufregung möglichst gering zu halten. Mit einem Wort: Ich würde Ihr Ausscheiden aus dem Polizeidienst zwar außerordentlich bedauern, Ihre Entscheidung aber letztlich akzeptieren.«

Simone glaubte sich verhört zu haben. »Ich denke nicht im Traum daran!«, schrie sie. »Mein Privatleben ist ausschließlich meine Angelegenheit. Damit werden Sie leben müssen!«

»Oh, ich versichere Ihnen, ich könnte das.« Dr. Feuersturm sah ihr ernst ins Gesicht. »Allerdings bezweifle ich, ob Sie in der Lage wären, dem enormen Druck standzuhalten. Das Gerede, die Diffamierungen … Zwangsläufig würde es eine hausinterne Untersuchung geben. Dazu kommt das Verfahren gegen Ihren Bruder, das Ihnen den Umgang mit den Kollegen nicht gerade erleichtern wird. Schließlich werden sich von ganz oben einflussreiche Leute einschalten, und Ihre Karrierechancen … Na ja, muss ich mehr sagen?«

Er musste nicht. Simone hatte auch so verstanden. Wutentbrannt sprang sie auf und schleuderte ihm ihren Dienstausweis ins Gesicht. Dann stürmte sie davon. Die Aktenschränke wackelten, als sie die Tür hinter sich zuknallte.

*

Gewaschen und dank ärztlicher Versorgung physisch und psychisch einigermaßen im grünen Bereich, hatte Daniel menschliche Züge angenommen. Trotz der Konsequenzen, die seine Tat nach sich ziehen würde, war er sicher, das Schlimmste überstanden zu haben. Vorsichtig rückte er seinen Stuhl näher an den abgeschlagenen Heizkörper in Dopplers Büro. Er war bereit, auf der Stelle reinen Tisch zu machen.

Der Bezirksinspektor ließ ihn noch ein wenig zappeln. Müde lehnte er an seinem Schreibtisch und überlegte, auf welche Weise er ein Verhör mit einem geisteskranken Mörder eröffnen sollte. Diesbezüglich fehlte es ihm an Erfahrung, denn gewöhnlich bekam er es mit normalen Halunken zu tun, also mit Leuten wie du und ich.

Immer wieder schweiften seine Gedanken ab, kehrten zu der Pressekonferenz zurück, an der er vorhin, übrigens zum ersten Mal, an der Seite Dr. Feuersturms hatte teilnehmen dürfen. Es war ein wenig anders gelaufen, als erwartet. Kurz gesagt: Die mediengerechte Präsentation seines heroischen Eingreifens war auf taube Ohren gestoßen.

Ständig saßen ihm die Pressefritzen mit ihren provokanten Fragen im Nacken. Weshalb bei der Aktion Polizisten in den Tod gehetzt worden seien und ob man nicht die Möglichkeit gehabt hätte, einen effizienteren Angriffsplan auszuarbeiten, um ein derartiges Blutvergießen zu vermeiden. Unter Zeitdruck wäre man schließlich nicht gestanden.

Unterstützt durch Dr. Feuersturms zugeflüsterte Ratschläge redete Doppler geschickt um den heißen Brei herum, bis ihm eine blutjunge Journalistin mit unschuldigen Rehaugen mächtig Honig um den Bart schmierte und er ihr fast auf den Leim gegangen wäre. Ob er bereit sei, für das Gemetzel die Verantwortung zu übernehmen, fragte sie ihn mit zuckersüßer Stimme. Beinahe hätte er selbstbewusst mit *ja* geantwortet, doch ein schmerzhafter Tritt gegen sein Schienbein brachte ihn gerade noch rechtzeitig zum Schweigen. Die Untersuchungen würden noch laufen, riss Dr. Feuersturm eilig das Geschehen an sich. Soweit man die Sachlage beurteilen könne, habe Herr Daniel Reichenbach mit einer äußerst gefährlichen rechtsextremen Gruppe namens *Treue Heimatfront* unter der Leitung eines gewissen Herrn Wosczynski kooperiert. Selbiger sei im Zuge der Kampfhandlungen ums Leben gekommen und somit bedauerlicherweise nicht mehr vernehmungsfähig. Nach einem flüchtigen Neonazi, über dessen Identität man keine Angaben machen könne, werde im Übrigen fieberhaft gefahndet.

Um weiteren Unannehmlichkeiten vorzubeugen, erklärte der Leiter der Kriminaldirektion die Pressekonferenz für beendet und zerrte seinen Mitarbeiter schleunigst aus dem Saal.

Doppler wechselte vom Schreibtisch zum Fensterbrett und beschloss, den Unterschied zwischen normalen und abnormalen

Verbrechern vorerst beiseitezulassen. Das Vernünftigste wäre, so vorzugehen wie immer.

»Nun, Herr Reichenbach, jetzt wollen wir uns einmal anhören, was Sie zu berichten haben«, sagte er mit gespielter Gutmütigkeit. Das war Methode eins. Vertrauen erwecken.

Daniel lächelte versonnen. »Wo soll ich anfangen?«, fragte er freundlich.

»Vielleicht damit, dass Sie Jonas Ippstein umgebracht haben. Das würde uns weiterhelfen.«

»Ja, das stimmt.«

Doppler lachte verächtlich auf. »Herr Reichenbach, leugnen hilft Ihnen nicht weiter. Wir haben Beweise, die …« Er brach ab und nahm den Verdächtigen argwöhnisch ins Visier. Hatte er richtig verstanden? Hatte der Kerl den Mord tatsächlich gestanden? Einfach so? »Könnten Sie das bitte wiederholen?«, fragte er um sicherzugehen.

»Ich habe Jonas Ippstein getötet.«

Also doch! Verärgert wandte er sich ab. So machte es keinen Spaß. Doppler schätzte es, wenn sich Verdächtige sträubten. Das bot ihm die Möglichkeit, tief in seiner Kiste mit unkonventionellen Verhörmethoden zu wühlen und das passende Instrument, im Regelfall eine Beißzange, herauszusuchen. Daraus würde diesmal nichts werden. »Sie geben es also zu?«, erkundigte er sich matt.

»Ja, aber es war ein Unfall.«

»Aha!« Doppler klatschte in die Hände. Seine Augen blitzten. Auf diese Tour versuchte es der Kerl also! »Wollen Sie mich für dumm verkaufen?«, schnauzte er ihn an. Methode zwei. Respekt verschaffen. »Sie kreuzen mit einer geladenen Waffe in Ihrem Haus auf, steigen in den Keller, knallen den alten Mann nieder, den Sie seit Tagen gefangen halten und behaupten allen Ernstes, es sei ein Unfall gewesen?«

»Wie bitte?« Daniel nagte verwirrt an seiner Unterlippe. Er hatte alles gesagt, was er wusste. Was wollte der Polizist denn noch? Das Krachen, mit dem Dopplers Faust auf der Tischplatte landete, ließ ihn zusammenzucken.

Methode drei, Angst machen. Das funktionierte im Normalfall immer. Nur Reichenbach war nicht normal, fiel Doppler ein, und für einen Verrückten verhielt er sich zudem außerordentlich geschickt. Vielleicht sollte er sich einer gefinkelteren Taktik bedienen. Jener, die Simone bei Verhören gerne anwandte und mit der sie auch ihm das Leben immer wieder zur Hölle machte. Die klare Linie, der logische Aufbau. Da tat es nichts zur Sache, dass Doppler Zeit seines Lebens mit der Logik auf Kriegsfuß gestanden war und mit diesem Kriegsfuß gerne auf der Leitung, wie seine Vorgesetzte – Exvorgesetzte – bei jeder Gelegenheit spöttisch bemerkte. Vorzugsweise dann, wenn sie ihre Tage hatte und die ganze Bundespolizeidirektion terrorisierte.

»Beginnen wir doch ganz von vorn«, schlug der Bezirksinspektor vor und kehrte zu Methode eins zurück, wenn auch nur für einen kurzen Augenblick.

»Also, geboren wurde ich …«

Aufgebracht trat Doppler gegen den Papierkorb, dessen Inhalt quer durch das Zimmer flog. »Spiel hier nicht den Pausenclown! Das haben schon andere probiert! Deine Kindheitsgeschichten interessieren mich nicht. Die kannst du deinem Psychiater erzählen.«

»Was dann?«, erkundigte sich Daniel zögernd.

»Wie wäre es mit Ippsteins Entführung?«

»Was soll ich dazu sagen? Ich war nicht dabei.«

»Ach nein? Wo waren Sie denn? Was haben Sie am Tag der Entführung denn so getrieben?«

Daniel zuckte mit den Schultern. »Wann soll das gewesen sein?«

»Das kann ich Ihnen sagen!«, bellte Doppler. Seine Wangen leuchteten knallrot. »An jenem Tag, als Sie abends mit einem dicken Kopfverband in diesem asiatischen Restaurant aufgekreuzt sind. Ein bösartiger Mensch könnte vermuten, es sei mit Ihrem Opfer zu Handgreiflichkeiten gekommen, wobei Sie am Ohr verletzt wurden. Aber ich bin überzeugt, Sie haben eine bessere Erklärung auf Lager. Wahrscheinlich sind Sie ja nur von einem Sessel gefallen?«

»Genauso war es«, bestätigte Daniel erleichtert.

Doppler holte tief Luft. »Und weshalb, Herr Reichenbach, fanden wir am Tatort, in *Ihrem* Haus, ein blutiges Taschentuch? Blut, das laut Auskunft der Kriminaltechnik zweifelsfrei *Ihr* Blut ist, Herr Reichenbach?«

»Ich weiß es nicht. Ich kann es mir nicht erklären.«

»Aber ich kann es! Sie haben das Taschentuch verloren, als Sie Ihr Opfer in den Keller gesperrt haben.«

»Nein, so war es nicht! Ich bin in Simones Wohnung vom Sessel gestürzt. Lisa Ippstein kann das bestätigen. Sie war es, die mir nach dem Unfall Erste Hilfe geleistet hat.«

»Schon wieder ein Unfall, hm? Das Glück scheint nicht auf Ihrer Seite zu sein. Und was ist mit dem Taschentuch?«

»Nasenbluten, kurz nach meinem Sturz bin ich gegen einen Türstock gelaufen.«

»Tatsächlich?« Doppler lachte grimmig. Jetzt hatte er den verlogenen Bastard in den Seilen. »Aber wie, Herr Reichenbach, kommt dann das Taschentuch in Ihr Haus?«

Daniel zuckte mit den Schultern. »Tut mir leid. Ich kann mich nicht daran erinnern, es mitgetragen zu haben, als ich …«

»Als Sie Ippstein gekidnappt haben?«

»Nein!«, quietschte Daniel verzweifelt.

»Wie war es dann?«

Daniel starrte zu Boden und schwieg.

Der Bezirksinspektor ließ die Zügel locker. »Gut, nehmen wir an, es stimmt, was Sie sagen. Weshalb sind Sie dann am Donnerstagnachmittag in der Seemüllergasse gewesen? Was hatten Sie dort verloren?«

»Am Donnerstag? Da war ich in Simones Wohnung.«

»Natürlich. Gibt es dafür Zeugen?«

»Ja, Albert …« Daniel brach ab. Nein, Albert war ja nicht da gewesen. Mist! Ständig putzte er hinter einem her und ging einem mit seinem Gequatsche auf die Nerven, aber wenn man ihn einmal brauchte …

»Albert Nuhr?«

Daniel schüttelte resignierend den Kopf.

»Also kein Alibi.« Doppler richtete sich zufrieden auf. »Dafür gibt es eine Zeugin, die Ihr Auto in der Seemüllergasse gesehen hat. Unmittelbar nachdem der tödliche Schuss abgefeuert wurde.«

»Aber das war erst am Freitag.«

Der Bezirksinspektor packte ihn am Kragen. »Ausflüchte!«, brüllte er. »Nichts als Lügen!«

»Schrei hier nicht herum!«, schrie Simone und knallte wieder einmal eine Tür hinter sich zu. Schnurstracks stürmte sie zu ihrem Bruder und nahm ihn schützend in die Arme. »Was hat das zu bedeuten, Daniel? Kann ich dich keinen Augenblick allein lassen? Sag, dass das alles nicht wahr ist!«

Umständlich versuchte sich Daniel aus ihrem Klammergriff zu befreien. Sein Bedarf an beengenden Situationen war bis auf Weiteres gedeckt.

»Er ist geständig«, bemerkte Doppler, um Simone den Wind aus den Segeln zu nehmen.

»Was?«, hauchte sie und ließ von ihrem Bruder ab.

»Er hat den Mord zugegeben.«

»So ein Blödsinn! Ich kenne deine Methoden. Du hast ihn gefoltert, ihn zu einer Aussage gezwungen! Daniel ist kein Mörder. Nie und nimmer! Er ist krank. Er braucht psychiatrische Behandlung!«

»Die kriegt er von mir.« Grob drängte sich Doppler zwischen das Geschwisterpaar. Er war stinksauer. Ausgerechnet jetzt musste Simone hereinplatzen! Aber dieses Mal dachte er nicht im Traum daran, ihr rechthaberisches Verhalten zu billigen und wie gewöhnlich nachzugeben. Das war vorbei. »Du hast hier nichts verloren«, zischte er sie an. »Ich muss dich bitten, die Einvernahme nicht weiter zu behindern und augenblicklich das Büro zu verlassen!«

Die Ohrfeige war so kräftig, dass der Knall im Raum nachhallte. Fassungslos griff er sich an seine brennende Wange. Für einige Sekunden war es totenstill.

»Entschuldige«, keuchte sie schließlich, als ihr bewusst wurde, was sie getan hatte. »Du hast Recht. Ich habe hier nichts mehr zu sagen. Lass mich nur meine Privatsachen einpacken.«

»Was?« Daniel starrte sie ängstlich an. »Was soll das heißen? Wieso? Hilf mir bitte!«

»Es tut mir leid. Mir sind die Hände gebunden«, erklärte sie kühl, während sie die Laden ihres Schreibtisches ausleerte. »Ich habe gekündigt. Da kommt gerade mein Nachfolger.«

Doppler blinzelte sie irritiert an, dann Mag. Kleist, der eben das Zimmer betreten hatte. Was meinte sie mit *Nachfolger*? Ausgerechnet der unerfahrene Grünschnabel sollte das sein? Wie kam sie darauf? Es musste sich um ein Missverständnis handeln! Selbstverständlich würde man auch weiterhin *ihn* mit der Leitung des Referats betrauen, bei der überzeugenden Arbeit, die er geleistet hatte.

»Man hat Tenker gefasst«, berichtete Kleist.

»Wen?« Der Bezirksinspektor war nicht ganz bei der Sache.

»Peter Tenker. Einer der beiden Kriminellen, die ursprünglich verdächtigt wurden, Ippstein entführt zu haben. Was ist mit Ihrer Wange passiert?«

Doppler wandte sein Gesicht ab. Der kleine Zwischenfall ging Herrn Superschlau nichts an. »Was soll ich mit diesem Zuhälter?«, murrte er unfreundlich. »Der Täter sitzt hier vor mir.«

»Ich dachte, es würde Sie interessieren.«

»Keine Spur. Wenn Sie Tenker in die Mangel nehmen wollen, bitte. Er gehört Ihnen. Machen Sie, was Sie wollen, aber verschwinden Sie! Ich habe zu tun. Das gilt übrigens auch für, ähm, dich«, sagte er zu Simone, nachdem Kleist abgerauscht war. »Es wäre mir, hm, sehr recht, wenn du jetzt …«

»Geschenkt«, fauchte sie und schnappte ihre Tasche. »Ich bin hier sowieso fertig. Du kannst es wohl nicht erwarten, mich loszuwerden, oder?« Ihr Gesicht war versteinert, als sie auf die Tür zusteuerte. Dann blieb sie noch einmal stehen und drehte sich um. »Daniel, ich weiß, dass du unschuldig bist. Am besten, du sagst kein Wort mehr, bis ich dir einen Anwalt besorgt habe. Halte durch, es wird alles gut werden. Das wünsche ich dir jedenfalls.« Ihr Blick verfinsterte sich, als sie ihren ehemaligen Mitarbeiter fixierte. »Und was ich *dir* wünsche, brauche ich wohl nicht zu erwähnen.«

»Nein, natürlich nicht. Ich danke dir!« Doppler lächelte versöhnlich und streckte ihr die Hand entgegen. Doch da war sie schon weg.

»Nun zurück zu Ihnen, Herr Reichenbach«, nahm er leicht beunruhigt das Verhör wieder auf. »Sprechen wir einmal über Ihre Verbindungen zu dieser Neonazibande.«

*

Zur Überraschung und wohl auch zum Ärger seiner Mitarbeiter, die sich gerade wie jeden Tag seit seiner Abreise ein ausschweifendes Sektfrühstück gönnten,fand sich Rudolf M. Beinholtz um 10 Uhr vormittags im Verlag ein. Mit nichtssagendem Gemurmel wehrte er ihre Fragen nach dem Grund seiner vorzeitigen Rückkehr ab und verschwand in seinem Büro. Er war direkt vom Flughafen hierher gefahren, in der Hoffnung, die Arbeit würde ihn von dem ablenken, was ihn seit geraumer Zeit zunehmend bedrückte.

Seine Frau hatte sich verändert und, wie er fand, nicht zu ihrem Vorteil. Immer öfter gewann er den Eindruck, dass Simone der nötige Respekt fehlte, dass sie ihn nicht als ihren Ehemann betrachtete, sondern eher als Prügelknaben. Und das bezog er nicht auf ihre sexuellen Vorlieben. Was das anbelangte, war ihre Dominanz durchaus in Ordnung, das mochte er. Nein, was er meinte, war ihr manchmal inakzeptables Verhalten im alltäglichen Umgang, der schroffe Ton, mit dem sie ihn herumkommandierte, als wäre er ein Dienstbote, ihr böser Blick, mit dem sie ihn gelegentlich durchbohrte, die Eiseskälte, die sie ausstrahlte. Seit geraumer Zeit ging das schon so. Seit sie beschlossen hatten zu heiraten, um genau zu sein.

Der Zauber der ersten Monate war bald verflogen gewesen. Und daran war er nicht ganz unschuldig. Er hätte ihren Stimmungsschwankungen beizeiten die notwendige Beachtung schenken und ein klärendes Gespräch suchen sollen. Doch dafür hatte ihm der Mut gefehlt. Simone war keine, mit der man gut reden konnte. Immerzu fühlte sie sich persönlich angegriffen und neigte dazu, wegen jeder Kleinigkeit in die Luft zu gehen. Deshalb hatte er abgewartet und gehofft, alles würde sich von selbst wieder einrenken. Das war nicht klug gewesen, erkannte er jetzt. Damit hatte er sich nur etwas vorgemacht. Früher oder später würde er um eine Aussprache nicht herumkommen. *So* konnte es jedenfalls nicht weitergehen!

Nachdenklich sah er die Post durch, überflog ein paar Manuskripte und sortierte die Eingangsrechnungen für die Buchhaltung. Das kleine himmelblaue Kuvert wirkte unscheinbar. Es fühlte sich dünn an und wies keinen Absender auf. Als er den Brief aus dem Umschlag fischte, war er angenehm überrascht. Peter Tenker hatte lange nichts von sich hören lassen.

Sehr geehrter Herr Beinholtz! Nach dem Ableben meiner Tante wende ich mich direkt an Sie. Ich denke, meine neue Geschichte wird Ihnen gefallen, da sie nicht nur auf einer wahren Begebenheit beruht, sondern auch brandaktuell ist. Hören Sie also beiliegende Kassette und teilen Sie mir mit, was Sie davon halten. Freundliche Grüße, Peter Tenker.

Beinholtz sah nochmals im Kuvert nach. Er fand keine Kassette, dafür aber einige Fotos. Offenbar hatte Tenker da etwas durcheinander gebracht.

Der Verleger griff zum Telefon und wählte die im Briefkopf angegebene Nummer. Als sich niemand meldete, legte er wieder auf und begutachtete nochmals die Schnappschüsse. Wenn er es sich recht überlegte, kam ihm die abgebildete Person irgendwie bekannt vor. Er war sich sicher, sie schon einmal gesehen zu haben. Aber wann? Und wo? Beinholtz schob die Fotos zurück in den Umschlag und steckte ihn in die Innentasche seines Sakkos. Er wollte Tenker am Abend von Zuhause aus nochmals anrufen, um die Sache aufzuklären.

*

Frisch gewaschen stand Bezirksinspektor Doppler vor der grauen, schleimigen Schmutzbrühe in der Duschtasse und frottierte seinen Rücken. Er stand aber auch vor der Qual der Wahl. Sollte er wieder die lange Thermounterhose anziehen, die er bereits seit einer halben Woche trug und die genau so lange gebraucht hatte, um richtig flauschig weich zu werden, wie er es gerne mochte, oder sollte er doch die rosaroten Boxershorts probieren, die mit den Tennis spielenden Teddybären. Ein Präsent Lottes. Natürlich. Wie könnte es anders sein.

Frauen fänden so etwas süß, hatte sie gemeint. Doppler hingegen fand sie eher tuntig und eines Mannes unwürdig. Aber angenommen, Lotte hatte Recht, waren sie für das zu erwartende Ereignis der optimale Aufputz, das Tüpfelchen auf dem *I* sozusagen. Nun, ausnahmsweise wollte er auf ihr Urteil vertrauen und seine Meinung zurückstellen. Nicht Lottes wegen. Sie hatte ja ausdrücklich in der Mehrzahl gesprochen. *Frauen*. Also auch andere. Im speziellen Fall Lisa Ippstein.

Ihr überraschender Anruf kurz vor Dienstschluss hatte die frustrierende Vernehmung Reichenbachs rasch vergessen gemacht. Der Geisteskranke war von seinen Lügengeschichten einfach nicht abzubringen gewesen, hatte mit einer Beharrlichkeit sondergleichen an seinen absurden Behauptungen festgehalten. Und dann, nach aufreibenden dreieinhalb Stunden: »Ohne Anwalt sage ich keinen Ton mehr.«

Da war Lisas Einladung zum Abendessen gerade recht gekommen. Doppler frohlockte. Seine Geduld hatte sich bezahlt gemacht, das lange Warten ein Ende. Was ihm von Anfang an klar gewesen war, wurde jetzt bestätigt. Lisa war scharf auf ihn. Und nun, da er das Verbrechen an ihrem Vater so souverän aufgeklärt hatte, stand einer Liebelei nichts mehr im Wege.

Doppler hatte nicht einmal ansatzweise ein schlechtes Gewissen, als er in die Bärenunterhose schlüpfte und sich im Spiegel musterte. Gar nicht übel, dachte er. In den Boxershorts kamen seine muskulösen, dicht behaarten Beine ausgezeichnet zur Geltung. Lisa würde hin und weg sein! Aber ehrlich: Wer konnte da schon widerstehen?

Für darüber wählte er seinen Rentierpullover und den eleganten dunkelblauen Anzug, der ihm einen gewissen honorigen Touch verlieh. Es erstaunte ihn jedes Mal aufs Neue, wie wichtig und gebildet er darin aussah. Ohne Weiteres wäre er als erfolgreicher Geschäftsmann durchgegangen. Als Börsenmakler, als Bankmanager oder sogar als Automobilhändler.

Mit dem Anzug hatte Lotte wirklich Geschmack bewiesen, das musste man ihr lassen. Lotte, die neuerdings seine Verlobte war.

Lotte, seine zukünftige Ehefrau. Lotte, die … Verflucht, war das alles schnell gegangen! Viel zu schnell für seinen Geschmack. Man hatte ihn überrollt, ihn in einem ungünstigen Moment erwischt und kaltblütig ausgetrickst.

Doppler verstand nicht, weshalb seine Schwiegermutter in spe einen derartigen Druck machte. Oder war es am Ende gar nicht die alte Bal? Steckte in Wahrheit Lotte selbst dahinter? Zumindest legte sie in Sachen Hochzeit neuerdings einen Feuereifer an den Tag. Dreimal hatte sie ihn heute angerufen, um ihn über den letzten Stand der Vorbereitungen zu unterrichten. Der Termin am Standesamt war festgelegt, der *Marchfelderhof* gebucht, das Brautkleid in Arbeit. Sogar die Einladungen hatte sie bereits drucken lassen.

Was *er* zu alledem meinte, schien sie überhaupt nicht zu interessieren, was wiederum sein Glück war, denn im Grunde hatte er zu diesem Thema gar keine ausgereifte Meinung. Jedenfalls hatte er sich noch nicht die Zeit genommen, sich eingehend damit zu beschäftigen. Wie immer, wenn etwas Unangenehmes auf ihn zusteuerte und er es vorzog, einfach darauf zu vertrauen, dass sich das Schlamassel von selbst erledigte. Möglichst zu seinem Vorteil.

Der Bezirksinspektor kämmte sein Haar straff nach hinten, wobei er das herausgewaschene, natürliche Fett durch Haarwachs ersetzte und besprühte sich flächendeckend mit Axe, einem herben, männlichen Duft, dem die Frauen, wenn man dem Werbefernsehen vertrauen durfte, reihenweise erlagen. Dann packte er noch schnell den Grünen Veltliner ein, den Dr. Feuersturm ihm zu Weihnachten geschenkt hatte, und eilte aus der Wohnung. Zehn Sekunden später stand er wieder da. Fast hätte er etwas Wichtiges vergessen. Seine Pistole. Die brauchte er unbedingt. Mit der würde er bei Lisa mächtig Eindruck schinden.

*

»Simone? Bist du da?« Rudolf M. Beinholtz stellte die Koffer im Vorzimmer ab und schälte sich aus seinem Mantel. »Simone?«

»Ja«, tönte es nach einer Weile aus ihrem Arbeitszimmer.

Früher war es *sein* Arbeitszimmer gewesen, doch sie hatte es sich nach und nach angeeignet. Stillschweigend, ohne das mit ihm abzuklären. Sie hatte seine Bücher einfach in den Keller verfrachtet und ihr Zeug, von dem er immer noch nicht wusste, was das eigentlich war, in ihrem neuen Rückzugsgebiet untergebracht. Hier wollte sie nicht gestört werden.

Beinholtz wagte es trotzdem. »Hättest du Lust, essen zu gehen?«, fragte er durch die verschlossene Tür. »Ins *Grünspan* vielleicht?«

»Nein.«

»Bist du sicher?«

»Ja.«

»Dann werde ich mir einen kleinen Imbiss zubereiten. Möchtest du auch etwas?«

»Nein.«

Das sagte sie immer, aber kaum hatte er sich zu Tisch begeben, tauchte sie wie aus dem Nichts auf und schnappte sich seinen Teller. »Und was isst *du*?«, fragte sie zu allem Überfluss, als wäre ihr Mundraub die normalste Sache der Welt.

Simone hörte seine Schritte, als er in der Küche verschwand, und atmete durch. Sie wollte ihn jetzt nicht sehen. Und schon gar nicht wollte sie ihm ihren blamablen Rausschmiss beichten. Sie hatte nicht die geringste Lust, ihre Bloßstellung zu rechtfertigen, oder, noch schlimmer, sich seinem Mitgefühl, seinen tröstenden Worten auszusetzen. Mit ihren Problemen war sie immer noch allein fertig geworden. Dazu brauchte sie keinen Mann. Keinen wie Rudolf. Keinen Herrn Perfekt, Herrn *Ich habe alles fest im Griff.*

Seine Gelassenheit brachte sie manchmal zur Weißglut. Seine Fähigkeit, in jeder Situation die Ruhe zu bewahren, für jedes Dilemma umgehend einen Ausweg anzubieten. Aalglatt. Und nie ging er auf Konfrontationskurs! Nie ließ er seinen Gefühlen freien Lauf.

Der Mann war viel zu gut, dachte sie. Unerträglich gut. Neben ihm ging sie hoffnungslos unter. Nein, genau genommen war es viel schlimmer! In seinem strahlenden Licht zeichneten sich ihre Unzulänglichkeiten erst überdeutlich als hässliche, schwarze

Schatten ab. Und das machte sie wütend wie sonst kaum etwas auf dieser Welt. Da wurde sie zu einem kleinen, zornigen Kind, das provozierte, nur um des Provozierens willen, aus purer Lust am Widerspruch.

Simone fiel es schwer, sich wieder auf die Akte Ippstein zu konzentrieren, die ihr in der Bundespolizeidirektion versehentlich in die Tasche gerutscht sein musste. Zum dritten Mal mittlerweile durchforstete sie die Vielzahl an Unterlagen und fand dennoch keine Lösung für Daniels Problem. Die Beweise, die ihn belasteten, waren unwiderlegbar. Die Fingerabdrücke, die Blutspuren, das fehlende Alibi. Das alles reichte locker für zehn Schuldsprüche. Aber irgendetwas stimmte trotzdem nicht. Das spürte sie instinktiv, und ihrer weiblichen Intuition durfte sie getrost vertrauen. Die ließ sich selbst von Fakten nicht blenden. Womit sie es hier zu tun hatte, war der klassische Doppler-Stil. Mit seinem auf Sparflamme laufenden Gehirn sah er nur das, was er sehen wollte, was sich direkt vor seinen Augen abspielte. Der Tellerrand als Horizont! Und bei Doppler war es ein Dessertteller.

Da musste es noch mehr geben, war sie sicher. Etwas, das ihm in seiner Einfältigkeit entgangen war. Dieser Albert zum Beispiel. Wie sich herausgestellt hatte, war sein Alibi alles andere als wasserdicht. Eine Frau Einfach-Nuhr, angeblich seine Schwester, existierte an der von ihm angegebenen Adresse nicht. Entweder hatte Doppler da etwas falsch verstanden, oder der Kerl hatte sich das nur ausgedacht.

Auch Dr. Westland, der neue Vorstandsvorsitzende der Ippstein-Brau AG, war ihrer Meinung nach bislang sträflich vernachlässigt worden. Simone konnte sich gut vorstellen, dass er mehr wusste, als er bereit war zuzugeben. Nicht erst seit heute standen Arbeitskollegen in ihrer Hitliste verdächtiger Individuen ganz oben. Intrigen gab es schließlich überall. Neider und Saboteure, denen jedes Mittel recht war, um sich an die Spitze durchzuboxen oder diese zu verteidigen. Egal, ob es sich um ein Brauereiunternehmen handelte oder um die Bundespolizeidirektion.

Fazit: Die Recherchen ihrer Kollegen – ihrer Exkollegen – waren ein einziger Pfusch! Doppler, Feuersturm und Kleist hatten etwas

Wesentliches übersehen, daran gab es keinen Zweifel. Nur was das war, wusste sie selbst noch nicht.

»Ah, da bist du ja«, sagte Rudolf, als sie sich zu ihm in die Küche gesellte. »Das war das einzige, das ich im Tiefkühlfach gefunden habe.« Es klang wie eine Rechtfertigung, als er auf seine Spinat-Schafkäse-Pizza deutete.

»Kann ich sie haben?«, fragte sie und setzte sich zu ihm.

Seufzend schob er ihr den Teller hin. »Was gibt es Neues? Im Büro meine ich.«

Simone zuckte mit den Schultern. »Nichts, was uns Doppler nicht schon am Flughafen erzählt hätte. Daniel steckt bis zum Hals in Schwierigkeiten. Angeblich hat er den Mord sogar gestanden.«

»Wirst *du* jetzt mit dem Fall betraut?«

»Nein, ähm, Feuersturm meint, als Schwester des Tatverdächtigen wäre ich befangen«, log sie. »Außerdem bin ich ja noch auf Urlaub.«

Rudolf kehrte den Streber hervor. »Das bin ich auch. Trotzdem war ich heute im Verlag. Untätig herumzusitzen, bringt doch nichts.«

»Denkst du, ich werde nichts unternehmen?«, wurde sie lauter. »Selbstverständlich stelle ich meine eigenen Nachforschungen an. Schließlich geht es um meinen Bruder! Als erstes werde ich morgen mit diesem Albert Nuhr sprechen.«

Der Verleger runzelte die Stirn. »Albert Nuhr?«

»Ja. Er war Patient auf der Baumgartner Höhe, und wie es aussieht, wohnt er jetzt bei Daniel.« Simone kaute endlos an einem Stück Pizza, bevor sie weitersprach. »Und wenn ich schon dort bin, werde ich gleich Lisa besuchen.«

»Und wer ist das?«

»Na, Lisa. Du kennst sie von unserer Hochzeitsfeier. Ippsteins Tochter.«

Rudolf richtete sich abrupt auf. »Du wirst nicht glauben, was ich heute mit der Post bekommen habe!«, stieß er hervor und holte das Kuvert aus seinem Sakko. »Von Peter Tenker. Ich dachte zuerst an einen Irrtum und vielleicht war es auch einer, aber …«

»Von wem?« Simone sah ihn scharf an. »Peter Tenker?«

»Ja, ja. Einer meiner Autoren.«

»Der ist heute verhaftet worden.« In ihren Augen blitzte das Jagdfieber auf. Oder war es ein Funke Hoffnung? »Er soll etwas mit der Entführung zu tun haben.«

»Das würde mich nicht wundern. Der Mann ist in der Unterwelt kein Unbekannter. Da, sieh dir die Bilder an!«

Simone betrachtete die Fotos nur kurz. Mit einem Schlag war ihr alles klar, als hätte sie eine dicke Nebelbank durchstoßen. Sie sprang auf und lief zum Telefon. »Ist Doppler da?«, keuchte sie aufgeregt in den Hörer. »Ja, Bezirksinspektor Doppler … Nein? Hätte mich auch gewundert, um diese Zeit.«

»Also, ich werde aus den Fotos nicht wirklich schlau«, bemerkte Rudolf. »Klärst du mich bitte auf?«

»Du kommst mit!«, befahl sie. »Ich werde dir unterwegs alles erzählen.«

*

Bezirksinspektor Doppler schaufelte etwas in sich hinein, das aussah, wie einer der ungenießbaren Gemüseeintöpfe aus der Kantine, aber einen unaussprechlichen französischen Namen trug und somit wohl ungleich besser schmecken musste. Ob es das wirklich tat, konnte er nicht beurteilen. Dazu war er viel zu nervös. Sein Gehirn hatte alle überflüssigen Sinne deaktiviert und fixierte sich ausschließlich auf die zu erwartenden fleischlichen Genüsse. In Absprache mit dem Genitalbereich, der stets ein gewichtiges Wörtchen mitzureden hatte, ordnete es an, das förmliche Abendessen so rasch wie möglich hinter sich zu bringen, um endlich zur Sache zu kommen.

So schlang Doppler bereits den letzten Bissen hinunter, als seine Gastgeberin erst gemächlich an ihrem zweiten kaute. Lisa hatte es anscheinend nicht eilig. Nachdenklich nahm sie ein Häppchen Eintopf, brach ein Stück Baguette ab, schob es sich in den Mund, nippte am italienischen Rotwein und wandte ihre Aufmerksamkeit erneut dem Eintopf zu.

Bisher hatte sie kaum ein Wort gesprochen. Auch als er sich gleich zu Beginn höflich, wie er war, nach ihrem Befinden erkundigt und ihr feierlich den Grünen Veltliner überreicht hatte, war sie äußerst wortkarg geblieben.

»Dankeschön, aber das wäre doch nicht nötig gewesen«, hatte sie gemurmelt, ohne ihn dabei anzusehen.

Angestrengt suchte er nach einer amüsanten, geistreichen Bemerkung, mit der er das Eis brechen könnte. Doch erstens fiel ihm keine ein und zweitens scheute er als gebranntes Kind das Feuer. Wie er aus Erfahrung wusste, wurde sein Humor gerne missverstanden, was ihm nicht immer Sympathien einbrachte.

»Brauchen Sie noch lange?«, fragte er schließlich. Das hielt er für relativ neutral.

Lisa sah kurz von ihrem Teller auf. »Womit?«

»Na, mit dem Essen.«

»Wollen Sie schon gehen?« Ihre großen Augen wurden noch größer.

»Nein, nein«, wehrte er eifrig ab. »Ich dachte nur …«

»Was?«

»Dass Sie, ähm, ich meine *wir*, nun …« Fahrig griff er nach seinem Glas und leerte es in einem Zug hinunter. Der Wein schmeckte harzig-bitter und drohte, ihm die Mundschleimhäute abzulösen.

Lisa aß unbeirrt weiter. Schließlich legte sie ihr Besteck beiseite. »Sie wollen sicher wissen, warum ich Sie eingeladen habe«, begann sie endlich. »Tja, ich möchte Ihnen danken. Dafür, dass Sie sich so große Mühe gegeben haben. Bei den Ermittlungen und so.«

»Das war doch selbstverständlich. Ich meine, das ist mein Job.«

»Na dann …« Eintopf, Weißbrot, Rotwein, Eintopf …

Doppler linste mürrisch auf seine Uhr. Wenn das alles gewesen sein sollte, wenn sie nicht bereit wäre, ihre Dankbarkeit überzeugender zu demonstrieren, hätte er sich den Weg sparen können.

»Daniel wird doch verurteilt, oder?«, erkundigte sie sich.

»Das garantiere ich Ihnen. Die Beweislast ist erdrückend. Außerdem hat er bereits ein Geständnis abgelegt. Na ja, teilweise.«

Zufrieden schob sie ihren Teller beiseite. »Ich möchte nämlich, dass Papas Mörder für immer aus dem Verkehr gezogen wird.«

Doppler wollte das ebenso. Im Moment erschien es ihm jedoch erstrebenswerter, endlich *in* den Verkehr gezogen zu werden. Aber danach sah es leider gar nicht aus.

»Laufen Sie nicht weg«, sagte sie und erhob sich. »Ich bin gleich wieder da.«

Als sie im Nebenzimmer verschwand, entledigte er sich klammheimlich eines Windes, der ihm schon seit einiger Zeit Unbehagen bereitet hatte. Ein wenig zu laut, wie er befürchtete, denn Jochen, der auf der Anrichte an einem Stück Baguette knabberte, sah kurz von seinem Imbiss auf und rümpfte missbilligend die Nase. Hastig wedelte Doppler den Geruch beiseite.

Wenn sie nun mit einem Fotoalbum aufkreuzte und anfing, alte Erinnerungen an ihren Vater aufzuwärmen, würde er das nicht überstehen!

Mein Gott, was hatte er eigentlich erwartet? Dass sie ihm die Kleider vom Leibe riss und sie die ganze Nacht wie die Besessenen heißen Sex hatten? Ja, erwartet hatte er das schon, doch je länger er in seinem Rentierpullover und dem feinen Anzug dasaß und unter den Achseln schwitzte, desto mehr drängte sich die ernüchternde Realität auf.

Daheim, dachte er, daheim könnte er jetzt gemütlich vor dem Fernseher lümmeln, sich das eine oder andere Pornovideo reinziehen und stressfrei in Eigeninitiative auf den Höhepunkt hinarbeiten. So wie sonst auch. Eigentlich klappte das ja ganz gut ohne Frau. Weshalb also bewährte Gepflogenheiten ändern?

Wie sich herausstellte, waren weder Pornos noch Eigeninitiative vonnöten. Bereits vier Minuten später kam er ziemlich heftig und unkontrolliert. Zum Leidwesen der Tennis spielenden Teddybären, die einiges schlucken mussten.

Plötzlich war sie dagestanden, in einem unzüchtigen, weißen Spitzenhemdchen, das ihr bis zum Nabel reichte, einem Stringtanga, der mehr zur Schau stellte, als er verbarg, glänzenden Seidenstrümpfen und hochhackigen Pumps. Ehe er einen Ton hervorgebracht hatte, war sie auf seinen Schoß gesprungen, hatte ihre Fingernägel in seine Brust gekrallt und wilde, rhythmische Verrenkungen vollführt. Da war es passiert.

*

Mangels regulärer Parkplätze stellte Simone ihren Wagen direkt vor dem Haustor ab. Ein völlig bedeutungsloses Vergehen gegen die Straßenverkehrsordnung angesichts ihrer halsbrecherischen Manöver während der Fahrt, die nicht nur manch anderen Verkehrsteilnehmer, sondern auch Rudolf M. Beinholtz um sein Leben hatten bangen lassen.

Gezeichnet von den Strapazen kroch er aus dem Fahrzeug. Seine Finger waren taub, so fest hatte er sich an den Griff der Beifahrertür geklammert, in der naiven Annahme, auf diese Weise dem Tod entrinnen zu können. Es war ein wunderbares Gefühl, endlich wieder festen Boden unter den Füßen zu haben. Gerne hätte er eine kurze Pause eingelegt, um Kräfte zu sammeln, doch Simone duldete keinen Müßiggang.

»Worauf wartest du?«, trieb sie ihn an. »Beeil dich! Zum Faulenzen haben wir keine Zeit!«

Als er schnaufend den vierten Stock erreichte, stand sie bereits vor Lisas Wohnung und presste ihr Ohr an die Tür. »Pst!«, zischte sie und meinte wohl seinen rasselnden Atem, denn gesagt hatte er nichts. »Hörst du das?«

Beinholtz schüttelte den Kopf.

»Hörst du das nicht?«, wiederholte sie.

Jetzt vernahm er doch recht merkwürdige Laute. Es klang wie ein Quietschen, untermalt von einem gequälten Röcheln. »Was mag das sein?«, hauchte er gespannt.

»Wir werden es gleich wissen.« Ihr forsches Klingeln ließ es in der Wohnung schlagartig ruhig werden. Ungeduldig läutete sie ein zweites Mal.

»Warum öffnet sie nicht?«, flüsterte sie.

Hinter der Tür wurde es wieder lebendig. Leise Schmerzensschreie und weniger leise Flüche drangen bis ins Stiegenhaus.

»Du musst sie aufbrechen!«, wies sie ihren Mann an.

»W … was? Warum ich?« Beinholtz wich empört zurück. Als Verleger war er kein Mann leichtfertiger Entscheidungen. Er war es gewohnt, Dinge genau zu analysieren und reiflich zu überdenken.

»Hör zu, da drinnen passiert womöglich ein Verbrechen! Los, tritt die Tür ein!«

»Aber angenommen, du irrst dich …«, versuchte er, Zeit zu schinden.

»Keine Diskussion jetzt!«, herrschte sie ihn an.

Das war es, was er gemeint hatte: Sie ließ nicht mit sich reden. Sie gab die Anweisungen, und er musste springen. Diesmal sogar im wahrsten Sinne des Wortes. Unter Protest nahm er Anlauf über den halben Gang. Das genügte, um ihn schon beim ersten Versuch durch den Vorraum mitten ins Wohnzimmer zu katapultieren. Er kam gerade zum Stillstand, da wich er auch schon wieder entsetzt zurück.

»Oh pardon!«, hauchte er und wandte sich diskret ab.

»Was ist los, da drinnen?«, rief Simone, die hinter ihm hergestolpert kam.

»Bleib draußen, Liebling! Sieh nicht hin!«

Doch sie stand bereits vor dem Sofa, auf dem zwei Körper, unbekleidet und innig ineinander verschlungen, angestrengt nach Entwirrung trachteten.

»Sieh einer an, der Herr Bezirksinspektor ist auch da«, flötete sie amüsiert. »Wer hätte das gedacht? … Oh, hallo Jochen!« Die Ratte hockte auf Dopplers Oberschenkeln und schnüffelte mit zusammengekniffenen Augen hingebungsvoll an seinem Hintern, wie hypnotisiert. Als könnte sie nicht genug davon kriegen.

»Was soll das?«, bellte der Bezirksinspektor, hektisch bemüht, sich so wenig Blöße wie möglich zu geben. »Verflucht, was hast du hier zu suchen?« Er hatte es satt, ständig in den intimsten Momenten überrascht zu werden.

»Nun, was ich hier zu suchen habe, sollst du gleich erfahren. Vielleicht könntet ihr zuvor eure akrobatische Übung beenden.«

»Können wir nicht«, schluchzte Lisa.

Neugierig beugte sich Simone zu dem Paar hinunter. »Und weshalb nicht, wenn ich fragen darf?«

»Krampf«, flüsterte Lisa und drehte ihren Kopf beschämt zur Seite.

»Kampf? Das sieht mir eher aus wie …«

»Krampf!«, heulte sie auf.

Doppler kam ihr unterstützend zu Hilfe. »Ich stecke in der Falle, verdammt noch einmal!«

»Oh, jetzt verstehe ich.« Simone grinste breit. »*So* ein Krampf! Ich habe das immer für eine Legende gehalten, die man sich an kalten Winterabenden erzählt, aber anscheinend …«

»So hilf uns doch!«, winselte er. »*Bitte*, wollte ich sagen«, fügte er in Anbetracht seiner ausweglosen Situation leise hinzu. »Und schaff die Ratte weg! Sie kitzelt.«

»Ich fürchte, da kann ich gar nichts unternehmen. Schließlich hast du dich selbst in das Schlamassel hineingeritten.« Simone begann die Unterhaltung enormen Spaß zu machen. »Ich denke, du hast es einfach zu weit getrieben.«

»Hol einen Arzt!«

»Tja, das ließe sich natürlich machen. Rudolf, wärst du so freundlich? Das Telefon steht im Vorzimmer.« Sie schob einen Fauteuil vor das Sofa und machte es sich gemütlich. »Bis der Notarzt da ist, wird es leider ein bisschen dauern. Ich schlage vor, wir nützen die Zeit, um einige Missverständnisse im Fall Ippstein auszuräumen.«

»Ich denke nicht daran!«, zischte Doppler. »Die Sache geht dich nichts an! Du bist da raus.«

»Im Gegensatz zu dir, wie unschwer zu erkennen ist.«

»Und außerdem …«

»… ist deine Gesprächssituation, lieber Doppler, nicht die allerbeste. Auch wenn du augenscheinlich obenauf bist.« Simones Grinsen reichte mittlerweile von einem Ohr bis zum anderen. »Du hast zugenommen, wie ich feststelle. Dein Arsch war schon knackiger.« Das sagte sie ganz leise, damit es Rudolf nicht hörte.

»Was willst du von mir?«, weinte Lisa. »Wenn es dir darum geht, mich zu demütigen, ist es dir gelungen.«

»Ach, die Demütigung kommt erst an zweiter Stelle. Der Zweck meines Besuchs ist es, dir den Mörder deines Vaters zu präsentieren.«

»Das ist dein Scheißbruder!«, brüllte Doppler und bewegte sich so heftig, dass Lisa vor Schmerzen aufschrie.

»Du irrst. Wie so oft. Genau genommen, wie immer.« Gemächlich griff Simone nach dem Rotwein und schenkte sich ein Glas ein. Sie nahm einen Schluck, ließ die Flüssigkeit durch ihren Mund laufen und schnalzte mit der Zunge. »Ein vorzüglicher Tropfen! Was ist das? Ein Chianti? Rudolf, den musst du probieren!«

»Nein, danke«, tönte es von draußen herein. »Wenn es dir nichts ausmacht, möchte ich lieber hier warten.«

»Gut. Dann werde ich euch nicht länger zappeln lassen.« Sie rückte sich in eine bequeme Stellung, schlug die Beine übereinander und strich ihren Rock glatt. »Ich gebe zu, Doppler, die Beweise, die du zusammengetragen hast, sprechen eine deutliche Sprache. Meiner Ansicht nach allerdings eine zu deutliche, die dich verleitet hat, auf genauere Nachforschungen zu verzichten. Dadurch hast du übersehen, dass einige wesentliche Fragen offen geblieben sind.«

»Was für Fragen?«

»Weshalb zum Beispiel der Entführer sein Opfer umbringt, ist es lebend doch eine horrende Summe wert. Sicher nicht, weil die Polizei eingeschaltet wurde. Pah, lächerlich! Jedem musste klar sein, dass das früher oder später passieren wird. Und warum lässt der bislang so gefinkelt vorgehende Täter allerlei Spuren am Tatort und in seiner Wohnung zurück? Das passt doch nicht zusammen. Hast du dir das einmal überlegt?« Simone kostete nochmals vom Wein. »Wirklich exquisit«, stellte sie anerkennend fest. »Interessante Blume und sehr würzig im Abgang … Wo waren wir stehen geblieben? Ah ja, offen gestanden haben mich diese Widersprüche ratlos gemacht. Ich kam einfach nicht weiter. Ein unangenehmes Gefühl, wenn man in der Klemme steckt. Ist es nicht so, Doppler? Doch dann kam mir der Zufall zu Hilfe. Eine schlichte Postsendung hielt mir das tatsächliche Geschehen vor Augen.«

»Was wird das?«, fauchte Lisa. »Machst du auf Miss Marple? Wir sind hier nicht im Theater.«

Simone lachte. »Ich muss zugeben, ich finde trotzdem Gefallen an dem Stück. Aber keine Sorge, schon kommen wir zum letzten Akt. Der Täter, liebe Lisa, lieber Doppler, war jemand, der von dem *Mord* und nicht vom Lösegeld zu profitieren hoffte. Und es war auch der Mörder selbst, der die Medien über die Entführung informiert hat, um dann den Mord als Folge der Berichterstattung und der daraus resultierenden polizeilichen Ermittlungen darzustellen.«

»Schwachsinn!«, wehrte sich der Bezirksinspektor. »Dein Bruder ist geständig.«

»Was Daniel anbelangt, er war zweifellos am Tatort, das streite ich nicht ab. Ich räume auch ein, dass er es mit der Angst zu tun bekommen und einen Schuss abgefeuert hat. Aber erinnere dich an den Bericht der Kriminaltechnik. Es wurden *zwei* Projektile gefunden. Nun, ich bin sicher, dass Lisas Vater zum Zeitpunkt von Daniels Eintreffen längst tot war ... Ermordet von jener Person, die in weiterer Folge nichts unversucht ließ, um meinen Bruder zum Sündenbock zu stempeln, indem sie das blutige Taschentuch am Tatort deponiert und das zerschnipselte Werbematerial unter seiner Matratze versteckt hat.«

»Woher, verflucht, kennst du diese Details?«, knurrte Doppler.

»Ach, das ist doch jetzt nicht wichtig. Zuerst die Auflösung. Die kleine Freude könntest du mir ruhig gönnen.« Simone piekste ihn aufmunternd in die Rippen. »Hier die Denksportaufgabe: Wer zog als einziger Nutzen aus Ippsteins Tod?« Ihr Blick wanderte von Doppler zu Lisa und wieder zurück. Beide schwiegen. »Nein? Ich werde es euch sagen. Es war jene Person, die alles darangesetzt hat, dass ausgerechnet du, Doppler, den Fall übernimmst, weil sie sich dadurch gute Chancen ausgerechnet hat, nicht aufzufliegen. Und dieselbe Person ist jetzt sogar bereit, dir mit sexuellen Diensten gänzlich den Verstand zu rauben, da sie, wie ich vermute, heute einen Brief erhalten hat, aus dem sie zwar nicht recht schlau geworden ist, der ihr aber dennoch klargemacht haben muss, dass es jemand anderen gibt, der die Wahrheit kennt und der sie in arge Schwierigkeiten bringen kann.«

»Wie?« Der Bezirksinspektor verstand einmal mehr nur Bahnhof.

»Lisa, hast du wirklich gedacht, Doppler könnte dir aus der Patsche helfen? Eigentlich solltest du ihn zwischenzeitlich gut genug kennen! Und noch zwei Fragen: Wie sehr hat es dich verletzt, dass dir dein Vater verwehrt hat, seine Nachfolge anzutreten? Und wie viel hast du erhofft zu erben, als Wiedergutmachung quasi?«

»Du spinnst doch komplett!«, kreischte Lisa und wand sich unter Dopplers Last. »Du bist genauso verrückt wie dein Bruder!«

Gelassen holte Simone die Fotos aus der Tasche und hielt sie dem verkrampften Paar unter die Nasen. »Also ich würde sagen, das auf den Bildern bist du, Lisa, stimmt's? Auf diesem sehen wir dich, wie du das Grundstück deines Vaters betrittst. Am nächsten, wie du es wieder verlässt, mit einem, hm, ist das ein Jagdgewehr? Hier stehst du vor Daniels Haus in der Seemüllergasse. Das ist doch wieder die Waffe in deiner Hand, oder? Und am letzten – aufgrund des Dämmerlichts ist es leider etwas unscharf geworden – verlässt du gerade den Tatort, in Daniels Wagen.« Simone steckte die Fotos weg und erhob sich. »Das Beste kommt noch. Heute wurde nämlich der Fotograf verhaftet, und ich bin mir absolut sicher, er wird meine Theorie bestätigen.«

Lisa starrte sie feindselig an. »Ich sage kein Wort mehr«, presste sie hervor.

»Auch gut. So wie ich meinen verehrten Ex-Kollegen kenne, wird er später ein Geständnis aus dir herausprügeln. Nicht wahr? Hast du ihn doch in eine äußerst unangenehme Zwangslage gebracht.« Simone pflückte den betäubten Jochen von Dopplers Hintern und setzte ihn in seinen Käfig. »Was meint ihr dazu? Könnte es sich so zugetragen haben?«

»Aber wie …?« Dem Bezirksinspektor fehlten nach wie vor wesentliche Informationen. »Und wann …?«

»Na gut, für alle, die es immer noch nicht kapiert haben, Doppler. Lisa hat ihren Vater in Daniels leer stehendes Haus gelockt, mit der Bratpfanne niedergeschlagen und in den Keller gesperrt, wo sie ihn einfach verrecken lassen wollte. Als mein Bruder aber kundtat, dass er vorhabe, nach Dornbach zu fahren, musste sie ihren Plan zwangsläufig ändern. Schließlich konnte sie nicht zulassen, dass ihr Vater lebend gefunden wurde. Also hat sie sich sein Jagdgewehr besorgt und ihn kaltblütig erschossen. Den Verdacht auf Daniel zu lenken, war dann bloß ein Kinderspiel.«

Doppler gab ein verzweifeltes Wimmern von sich. Noch nie war er von Simone dermaßen gedemütigt worden. Wenn er eine Erkenntnis aus ihrem Vortrag ziehen konnte, dann jene, dass die gegenwärtige Situation, den absoluten Höhepunkt aller öffentlichen Bloßstellungen darstellte, in die er jemals geschlittert war. Schlimmer konnte es nicht mehr werden. Dachte er.

»Die Notärztin ist da«, vermeldete Rudolf M. Beinholtz aus dem Vorzimmer.

»Kommen Sie nur weiter, Frau Doktor«, rief Simone. »Sie werden bereits sehnlichst erwartet. Befreien Sie diesen Herren doch bitte aus seiner Zwickmühle.«

Die langjährige Erfahrung erlaubte Frau Dr. Bal, das Problem auf den ersten Blick zu erkennen. »Oh weh! Ich verstehe«, gurrte sie mitfühlend. »Eine amouröse Panne. Aber glauben Sie mir, meine Herrschaften, da gibt es keinen Grund sich zu schämen. Das kommt öfter vor, als man denkt.« Als engagierte Allgemeinmedizinerin war es ihr stets ein Anliegen, ihren Patienten mit Trost und Rat zur Seite zu stehen. Gewissenhaft setzte sie ihre Brille auf und suchte eine Ampulle aus ihrem Arztkoffer. »Eine kleine krampflösende Spritze für die Dame und …« Sie erstarrte, als sie erkannte, wer da vor ihr lag. Mit ihrer Liebenswürdigkeit war es schlagartig vorbei. »Doppler, Sie?«, stieß sie fassungslos hervor.

»Der Herr ist Ihnen vertraut?«, erkundigte sich Simone neugierig.

»Ob er mir …?« Wutentbrannt stemmte Frau Dr. Bal ihre Hände in die Hüften. »Allerdings!«, fauchte sie. »Er … er ist der Verlobte meiner Tochter. Das heißt, er war der Verlobte meiner Tochter … Weil nach diesem Eklat … Also das ist doch … Und das vor meinen Augen!« Aufgebracht rang sie nach Worten. Eine derartige Unverfrorenheit war ihr noch nie untergekommen.

»Du wolltest heiraten, Doppler?«, erkundigte sich Simone amüsiert. »Davon wusste ich gar nichts. Wer wäre denn die Bedauernswerte gewesen?«

Seine Antwort ging in Lisas Quietschen unter, als ihr die Injektionsnadel weit tiefer, als unbedingt notwendig, in den Hintern gerammt wurde. Obwohl es nur ein paar Sekunden dauerte, bis das Mittel zu wirken begann und er sich vom Sofa wälzen konnte, kam es ihm vor, als würde eine Ewigkeit vergehen. Eine Ewigkeit unsagbarer Schande.

»Sie werden Lotte nie wiedersehen, Sie unverschämter Rüpel!«, entschied die Ärztin dezidiert. Sie schäumte immer noch vor Wut. »Und was die bisher entstandenen Kosten für die Hochzeit anbelangt, können Sie sich auf eine geschmalzene Rechnung gefasst machen!«

»Armer Doppler.« Simone stand die Schadenfreude ins Gesicht geschrieben. Vergnügt betrachtete sie ihn, wie er regungslos am Boden hockte, vergebens bemüht, mit seinen Händen gleichzeitig Gesicht und Genitalien zu bedecken. »Ich muss schon sagen, es sieht nicht gut für dich aus. Wie ich Dr. Feuersturm kenne, wird er keine große Freude mit deinem Fehltritt haben.«

Lisa Ippstein hatte sich zögernd erhoben. Sie erwartete, dass man sie aufforderte, sich anzukleiden, um sie abzuführen, aber die beiden Frauen hatten sich dermaßen auf Doppler eingeschossen, dass ihr niemand Beachtung schenkte.

Blitzschnell sprang sie los, über den Bezirksinspektor hinweg, stieß Frau Dr. Bal gegen Simone und stürmte am konsternierten Rudolf M. Beinholtz vorbei, hinaus aus der Wohnung.

»Unternimm etwas, Doppler!«, kreischte Simone aufgeregt. »Worauf wartest du? Ihr nach! Fass!«

»Also das ist doch die Höhe!«, schimpfte die Ärztin. »Was geht hier vor? Sind denn jetzt alle übergeschnappt?« Mühsam rappelte sie sich auf, wurde jedoch im selben Moment von Doppler erneut umgerannt, der hektisch die Verfolgung aufnahm. Im Laufen schlüpfte er in seine Bärenshorts und griff nach der Pistole, die er mit dem Sakko abgelegt hatte. Noch war nicht alles verloren.

*

Vor der Ampel am Gürtel hatte sich ein kleiner Rückstau gebildet. Mag. Kleist hielt seinen Wagen an und sah auf die Uhr. Kurz nach zehn. Er hatte es nicht besonders eilig. Es spielte keine Rolle, ob er Lisa Ippstein fünf Minuten früher oder später verhaftete. Sie würde ihm nicht weglaufen. Die Gute wusste ja nicht, dass Peter Tenker ein umfassendes Geständnis abgelegt hatte.

Guter Dinge drehte er das Autoradio lauter und trommelte im Takt der Musik auf das Lenkrad.

»Und wenn ein Bösewicht was Ungezog'nes spricht, dann hol ich meinen Kaktus und der sticht, sticht, sticht«, näselte Max Raabe. »Mein kleiner grüner Kaktus steht draußen am Balkon.«

»Holeri, holeri, holero«, setzte Mag. Kleist ein.

Die Volksoper, aus der eben die Besucher einer *Gräfin Mariza*-Neuinszenierung strömten, war hell erleuchtet und rundum eingerüstet. Seit Monaten bereits. Der Kriminalbeamte fragte sich, ob die Renovierungsarbeiten an der Fassade tatsächlich so lange dauerten oder ob die Einnahmen aus den Werbetransparenten, die das Gerüst flächendeckend verhüllten, nicht längst unverzichtbar für die Aufrechterhaltung des Spielbetriebes geworden waren.

Gerade als die Ampel auf Grün schaltete, und er den ersten Gang einlegen wollte, hörte er einen Schuss. Gleich darauf den nächsten. Mit einem Mal kam Bewegung in die Menge vor der Oper. Aufgeregte Schreie gellten durch die Nacht. Menschen liefen durcheinander. Ohne auf das Hupkonzert zu achten, das hinter ihm losbrach, sprang er aus dem Auto. Dann sah er die splitternackte Frau direkt auf sich zukommen. Ihre Brüste hüpften rhythmisch auf und ab. Ihr Atem ging stoßweise und flog in dicken weißen Schwaden davon. Sie rannte, als wäre der Teufel hinter ihr her. Der war es aber nicht. Denn der Teufel trug keine rosaroten Boxershorts aus denen sein kleiner Dämon bei jedem Schritt zu entwischen versuchte. Schon eher handelte es sich um einen geistig Verwirrten, der zu allem Überfluss bewaffnet war.

Sofort riss Kleist seine Glock aus dem Halfter. »Stehen bleiben!«, schrie er. »Polizei! Lassen Sie die Waffe fallen!«

Der Unhold war jetzt etwa 70 Meter von ihm entfernt. Kleist erkannte, dass ein Eingreifen unmöglich war, ohne die Frau zu gefährden, die sich genau in seiner Schusslinie befand.

»Halt, bleiben Sie stehen!«, rief er abermals.

Da geschah das Unerwartete. Der Verfolger geriet in arge Turbulenzen. Durch die Erschütterung flügge geworden, befreite sich sein Gemächt aus den wehenden Shorts, und bei dem Versuch, es zurückzudrängen, geriet er so sehr aus dem Tritt, dass er ins Rutschen kam und wertvolle Meter einbüßte.

Kleist zögerte keine Sekunde. Er hob seine Pistole und legte an.

»Nein! Nicht!«, quietschte der Mann. »Ich bin's!«

Kleist stutzte. Er kannte die Stimme. Das zerzauste Haar mochte ihn irritieren, das knallrote Gesicht und das Genital, das sich wieder und wieder seinen Weg ins Freie bahnte, aber ... »Doppler?«, rief er, um sicherzugehen.

In diesem Moment hetzte die Frau an ihm vorbei, und er begriff. Wie ein Footballspieler hechtete er hinter ihr her und schnappte nach ihren Füßen.

Lisa Ippstein schlug hart am Boden auf. Sie schlitterte noch einige Meter über den rutschigen Gehsteig, bevor sie benommen liegen blieb. Ihr Kopf dröhnte. Ein dünner Blutfaden lief aus ihrem Mund und tropfte in den schmutzig-braunen Schnee. Erst jetzt spürte sie die Kälte, die sich wie tausend Nadelstiche in ihre Haut bohrte.

»Frau Ippstein, ich verhafte Sie«, hörte sie jemanden sagen.

Langsam hob sie ihren Blick. Zuerst konnte sie das riesige Werbetransparent an der Volksopernfassade nur unscharf erkennen. Dann nahm die fünf Meter hohe Bierflasche immer deutlicher Gestalt an. Lisa schloss die Augen. Den Text musste sie nicht lesen. Sie kannte ihn auswendig.

Läuft's im Leben manchmal schlecht, besinne dich auf rein und echt und find' des Glückes golden Elixier in einer Flasche Ippstein-Bier.

In einem Punkt hatte ihr Vater Recht gehabt. Diese Werbeheinis waren Vollidioten!

Epilog

Noch in der Nacht hatte Dr. Feuersturm die Nachricht von der dramatischen Wende erhalten. So erfreulich es war, die wahre Schuldige hinter Schloss und Riegel zu wissen, so schockierend stellten sich die blamablen Umständen ihrer Festnahme dar. Dementsprechend missgelaunt saß er bereits frühmorgens in seinem Büro und suchte einmal mehr nach Wegen, die Schmach unter den Teppich zu kehren. Doch angesichts der beiden Quälgeister, die nichts unversucht ließen, seine Bemühungen zu sabotieren, war er nahe daran aufzugeben und seinen Job an den Nagel zu hängen. *Die zerstörerischen Zwei, Das dämliche Duo, Das gestörte Gespann, Die katastrophale Kombination …*

»Ihr Eingreifen war im höchsten Maße unkorrekt!«, schnauzte er Simone an. Irgendwo musste er ja beginnen. »Sie hätten mich augenblicklich von Ihrem Wissen unterrichten müssen, statt eigenmächtig und ohne jede Befugnis zu agieren!«

»Es tut mir leid«, antwortete sie knapp und mit einer Fröhlichkeit, die das Gegenteil verriet.

»Papperlapapp! Es tut Ihnen leid … Denken Sie ernsthaft, dass ich Ihnen das abkaufe? Ich warne Sie, halten Sie sich in Zukunft aus der Polizeiarbeit heraus! Haben Sie verstanden?«

»Aber sicher. Wie Sie wünschen.«

Dr. Feuersturm blinzelte sie ungläubig an. Das ging ihm viel zu glatt. Gerade von der Reichenbach war er es nicht gewohnt, dass sie seinen Anweisungen widerspruchslos Folge leistete. Es roch förmlich nach einem hinterhältigen Schachzug. Sein Blick wanderte weiter zu Bezirksinspektor Doppler, der völlig geknickt zu Boden starrte. »Was um Himmels willen haben Sie sich nur dabei gedacht, mit einer Mörderin, hm …«

»… zu ficken?«, bot Simone ein mögliches Satzende an.

»Halten Sie den Mund!«, explodierte der Leiter der Kriminaldirektion. »Doppler kann für sich selbst sprechen. Na? Kann er? Ich höre!«

Der Bezirksinspektor zog es vor zu schweigen.

»Schlimm genug, dass Sie die eigentlichen Hintergründe nicht erkannt haben, aber einfach so holdrio zu dieser Ippstein zu fahren und mit ihr …«

»… zu ficken.« Simone konnte es nicht lassen.

»Frau Doktor, ich verbitte mir diese ungehobelte Ausdrucksweise! Intim zu werden, wollte ich sagen, *intim zu werden*!« Dr. Feuersturm atmete tief durch. »Und diese furchtbare Szene auf offener Straße, vor den Augen der Opernbesucher. Mir treibt es jetzt noch die Schamesröte ins Gesicht, wenn ich daran denke! Was soll ich bloß mit Ihnen anstellen?«

Simone nahm die Lösung vorweg. »Ich bin sicher, Doppler wird im Interesse aller, wenn auch zu Ihrem großen Bedauern, die Konsequenzen ziehen und das Handtuch werfen. So wie ich es getan habe. Immerhin war sein Gebaren ungleich skandalöser, als meine in den Privatbereich fallenden, äh, Betätigungen.«

Dr. Feuersturm starrte sie feindselig an. »Auf Ihre Ratschläge kann ich verzichten. Doppler bleibt und damit basta! Es wird sich bestimmt eine Möglichkeit finden, die gestrige Panne irgendwie zu, hm, neutralisieren. Schließlich steht in diesem Fall auch mein Ruf auf dem Spiel, und den lasse ich mir nicht ruinieren. Weder von Ihnen, noch von jemand anderem!«

»Wie groß mag die Wahrscheinlichkeit sein, Dopplers fulminanten Volksopernauftritt in Boxershorts zu vertuschen?«, konterte Simone.

»Ach, Sie und ihr Zynismus! Es wäre wirklich nicht das erste Mal, dass wir aus Gründen der Staatsräson ein Einsatzprotokoll ein wenig …«

»Fälschen?«

»*Umformulieren*! Ich zähle da ganz auf den Rückhalt des Innenministers.«

»Und wer garantiert Ihnen, dass eine enttäuschte Kollegin die Farce nicht an *News* oder die *Krone* verkauft?«

Der Chef der Kriminaldirektion wurde kreidebleich. »Sie würden es nicht wagen!«, stieß er hervor.

»Welche Kollegin?«, erkundigte sich Doppler. »Außer dir, mir und Kleist weiß doch niemand davon.«

Simone klopfte ihm kameradschaftlich auf die Schulter. »Verzeihung, *Ex*-Kollegin. Jene nämlich, die aufgrund einer Lappalie ihren Hut nehmen musste.«

»Ich verbiete Ihnen …«, begann Dr. Feuersturm, ehe seine Stimme versagte.

»Sie können mir nichts verbieten. Ich stehe nicht mehr in Ihren Diensten. Schon vergessen?«

Feuersturm spülte mit einem Schluck Wasser den Frosch aus seinem Hals. »Sie drohen mir tatsächlich, mit dieser heiklen Geschichte an die Presse zu gehen, nur damit ich Doppler feuere?«

Der Bezirksinspektor horchte erschrocken auf. Feuern? Ihn? Weshalb?

»Gleiches Recht für alle«, erwiderte Simone kühl. »Meine Entscheidung steht fest. Es sei denn …«

Eine halbe Stunde später traten sie und Doppler hinaus auf den Schottenring und spazierten gemächlich zum Café-Restaurant Stein. Es war deutlich wärmer geworden. Eine milde Südweströmung blies über die Stadt und löste die Dachlawinen aus ihrer eisigen Starre.

»Danke für die Einladung«, sagte Doppler. Ein ordentliches Frühstück war genau das, was er jetzt brauchte.

»Keine Ursache … Zur Feier des Tages.«

»Es wird also alles beim Alten bleiben, so wie es war?«

»Mhm.«

»Und Kleist?«

»Wird bestimmt eine Bereicherung für unser Referat darstellen. Der Mann ist talentiert, wenn auch noch ein wenig farblos.«

»Hm.«

Zehn Meter weiter hielt Doppler plötzlich an. »Dein Bruder!«, fiel ihm ein. »Auf den haben wir ganz vergessen! Er sitzt noch immer in Untersuchungshaft. Willst du ihn nicht heimbringen?«

»Ach ja, Daniel. Du hast Recht.« Simone überlegte kurz. »Nein«, entschied sie dann. »Nicht heute. Also ehrlich, ich brauche ein wenig Erholung, ein bisschen Zeit für mich.« Und mit Daniel am Hals würde sie die nicht kriegen. »Ich könnte mir vorstellen, dass er es noch einen Tag in seiner Zelle aushält, oder auch zwei. Was meinst du?«

»Komisch ist das schon«, sinnierte Doppler, als sie sich wieder in Bewegung setzten.

»Was?«

»Na, die eigenartigen Fälle, mit denen wir es in letzter Zeit zu tun bekommen.«

»Eigenartig?«

»Ja. Seltsam.«

»Du meinst grotesk?«

»Wie soll ich es sagen … So unwahrscheinlich, als würde jemand die Geschichten erfinden.« Nachdenklich blickte er hinauf zum Himmel, der grau war wie ein Blatt Recycling-Papier.

Simone lachte hämisch auf. »Aber sicher«, spottete sie. »Und wir sind dann nur die Protagonisten in einem Kriminalroman. Sag einmal, Doppler, spinnst du jetzt komplett?«

Verwirrt sah er sie an. »Prota … was?«

ENDE

Vom selben Autor im Prolibris Verlag

Robert Pucher
Katerfrühstück
Wien Krimi
240 Seiten, Paperback, Originalausgabe 2006
ISBN 978-3-935263-39-9

Nach einer durchzechten Nacht eine Leiche in seiner Badewanne zu finden, ist schon schlimm genug. Vor allem für den erfolglosen, an der Welt zweifelnden Wiener Schriftsteller Daniel Reichenbach. Aber das spurlose Verschwinden des Leichnams nur zwei Tage später, macht die Sache nicht besser.

Will ihm jemand übel mitspielen? War alles nur Einbildung?

Bald muss Reichenbach feststellen, dass eine abgesägte Hand, die er in den Weinbergen findet, noch lange nicht das Ende des Grauens bedeutet. Kündet sie doch von einem weiteren Mord ...

Von der schockierenden Mordserie heillos überfordert, verstrickt sich Oberinspektor Doppler selbst immer tiefer in illegale Machenschaften. Und die Zusammenarbeit mit seiner Vorgesetzten im Referat 1, Kapitalverbrechen, Dr. Simone Reichenbach, klappt auch nicht immer reibungslos: Sie kann ihn buchstäblich nicht riechen.